Le Guerrier de Hallstatt

Le Guerrier de Hallstatt

Françoise Langlois

© 2020, Françoise Langlois.

Édition : BoD – Books on Demand
12/14 rond-point des Champs-Élysées, 75008 Paris
Impression : BoD - Books on Demand, Norderstedt, Allemagne

ISBN : 978-2-3222-5415-6

Dépôt légal : novembre 2020

Pour toi, Christine,
où que tu sois.

« *Le surnaturel n'est qu'un jeu d'ombres*
dansant sur les restes de nos peurs d'enfants »
Henning Mankel (Profondeurs)

Prologue

Du ciel bas et cotonneux, quelques flocons s'échappent et se déposent sur les branches déjà surchargées de neige.

Un épervier quitte la forêt avec une rapidité foudroyante. Son cri strident vient déchirer le silence ouaté qu'impose depuis des semaines la gangue qui enrobe tout. Cherchant les courants d'air ascendants les plus favorables, il s'élève par paliers, dans une progression saccadée relayant spirales fulgurantes et chutes brèves. Parvenu à bonne altitude, il décrit de larges cercles paresseux, tout en scrutant, de ses yeux d'or, tour à tour, le ciel et le sol neigeux. Sous lui, dans une blancheur iridescente, les bois avancent jusqu'au lac dont l'eau est figée.

La forêt est percée de clairières et de pâturages, qui se couvriront, au printemps, d'herbes et de fleurs. Dans cette nature tranquille viendront naître, se reproduire et mourir des animaux de toutes espèces. Il en va ainsi du cycle de la vie. Ce qui ressemble à un lieu paisible n'est en définitive qu'un enfer. Un instant, l'attention de l'oiseau est attirée par une masse sombre qui progresse plus bas, dégageant un sentier séculaire, où le manteau neigeux, protégé par le couvert du bois, est moins profond.

À peine plus audible que les battements d'un cœur, le choc régulier de sabots frappant le sol trouble le silence hivernal. Dressée sur son séant, une hermine entend le sourd martèlement. Effrontée, muée par la curiosité, elle se fige, debout devant son terrier, pour ressentir la vibration en son être. Puis, agile et vive, elle plonge dans son refuge, laissant les alentours aussi vierges que si elle n'avait jamais été là.

1

Soudain, jaillirent de la forêt un cavalier et sa monture. Une cape en peau de loup couvrait les épaules de l'homme jusqu'à la croupe de l'animal. Il montait à cru, uni à la bête par la seule force de ses cuisses. Chaque foulée rythmait, comme une danse, les mouvements de la crinière blonde de l'individu, et celle brune du cheval. Leur maintien dans cette cadence atteignait une telle cohésion, une telle perfection, que tous deux semblaient ne former qu'une seule créature.

Devant eux s'offrait une vaste étendue, vide, immaculée, dont la blancheur, tel un écho, répondait aux nues. Ils franchirent une légère déclivité avant d'atteindre la rive du lac. Le chemin emprunté si souvent par les hommes et leurs bêtes s'arrêtait là, sur la berge de vase et de sable aussi dure que la pierre. Après s'étendait une mer d'étain sombre.

À cet instant l'harmonie entre l'homme et la bête se déchira. Poussant une sorte d'exclamation rauque, le cheval s'arrêta brutalement. Il se dressa sur ses pattes arrière en secouant la tête pour indiquer son refus, manquant de désarçonner le cavalier. Ce dernier vociféra avec rage, les traits durcis et le teint blanchi par la colère. Il poussa un hurlement bestial, tira durement sur les rênes, talonna sauvagement les flancs, donna du poing dans la masse musculeuse de la bête. Celle-ci céda quelques mètres avant de se révolter à nouveau. Il y eut une nouvelle avalanche de coups et d'insultes. De l'écume et de la bave sortaient de la bouche du cheval réticent. Les yeux bleus du maître trahissaient une colère démente. Ils progressèrent ainsi dans une danse forcée, sur une distance assez éloignée du bord. L'épervier surveillait la scène, point sombre flottant mollement dans l'air, témoin muet du drame se reflétant dans son regard aussi inexpressif que du verre.

Les sons parvenant aux oreilles de Cadwagwn se mêlaient en un chant lugubre, unissant le hennissement affolé de l'animal, cabrant pour se défaire de son maître, au timbre éraillé, inhumain, de sa propre voix hurlant des ordres pour forcer la bête. Puis il perçut le craquement sec et sinistre de la matière se rompant sous eux.

L'eau glacée engloutit monture et cavalier à l'instant du combat final, dans une sensation abominable, comme si chaque vaisseau sanguin et chaque organe de leurs corps se rétractaient douloureusement. Ils s'enfoncèrent dans un féroce corps à corps, chacun luttant farouchement pour sortir de ce piège.

Cadwagwn l'invincible, confiant dans la vigueur de ses muscles, remonta d'un énergique coup de reins, emplissant rageusement ses poumons d'un flot d'air salvateur. Il savait nager et n'éprouvait aucune peur. Le miroir brisé laissait un passage étroit jusqu'à la rive toute proche. C'est alors que le sabot de Yuzkar atteignit l'homme à la nuque, propageant, en un éclair, une ultime sensation, celle d'une vague de picotements chauds et lumineux. Cadwagwn bascula dans la nuit. Il n'était plus.

Le guerrier disparut sous les flots. Les mèches de sa longue chevelure enlacèrent les volutes d'un halo rouge, semblable à un nuage de fumerolle, s'échappant de sa tête. Ses grands yeux clairs demeurèrent ouverts sur le néant.

Doté de la même furie que le guerrier, suffoquant dans l'eau glaciale, Yuzkar avança vers le rivage. Sa progression était un martyre. Il brisait la surface, de ses sabots antérieurs, dans un mouvement affolé. Par moments, la glace entaillait douloureusement sa peau. Pourtant il retrouva peu à peu le sol sous ses pattes. Il regagna la plage, le souffle caverneux, les naseaux dilatés, l'œil fou, traînant le corps du guerrier, lié à lui par une corde entortillée à une extrémité dans sa bride, et à l'autre autour du poignet de l'homme. À bout de forces, la bête s'immobilisa à quelque distance de la rive, tremblant de la tête aux sabots, enveloppée d'un léger nuage de vapeur.

Il s'écoula le temps d'une poignée de sel glissant lentement de la main presque fermée d'Aranrhod, avant que Tadhg ne découvre le drame. Il apparut à la lisière de la forêt, entre les arbres cristallisés, campé sur un solide cheval noir, et comprit le drame avant même de parvenir à hauteur de son frère. Il mit pied à terre. Les semelles de ses bottes crissaient sur le sol poudré, de la buée sortait de sa bouche par saccades et le givre perlait dans les poils dorés de sa moustache. En quelques enjambées il fut auprès de la forme étendue. S'agenouillant doucement, il posa sa large main sur l'épaule du gisant, comme si par ce geste, il cherchait une étincelle de vie. Son regard gris s'obscurcit d'un voile de profonde tristesse.

Le corps, mollement allongé sur le ventre, donnait à voir l'arrière de son crâne défoncé. De la plaie en arc de cercle s'écoulait du sang qui imbibait peu à peu les vêtements gorgés d'eau.

L'ombre de consternation s'attarda encore sur le visage de Tadhg. Sa paume glissa dans le dos du mort, comme pour une caresse, un dernier salut. Puis son poing se ferma de colère et il se redressa à demi, fouillant d'un regard circulaire le paysage autour d'eux. L'ennemi responsable du drame ne pouvait être loin. Il ferait justice à son frère affalé dans la neige. Rien. Le sol était net de toutes traces, autres que celles de leurs propres chevaux, et de celle, sanglante, du cadavre traîné par la monture. Il devait se rendre à l'évidence, Cadwagwn n'était victime que de son imprudence.

Tadhg dénoua la bride qui unissait toujours Yuzkar à son fardeau. Il le frotta à l'aide de la courte fourrure qui couvrait les reins de sa propre monture. Puis il hissa le cadavre sur le cheval. L'épaisse tunique du mort, tissée de laine grossière, était déjà recouverte d'un voile givré. Il semblait que les motifs éclatants, dégradés en losanges jaunes et orangés, se soient, eux aussi, éteints.

L'homme poussa alors un formidable cri, hurlant de toutes ses forces contre les dieux, contre le néant, et contre le destin qui l'empêchait de révéler à Cadwagwn une décision du chef qui aurait pu tout changer. Il rugit son chagrin pour cette mort absurde. Puis il repartit sans un mot, dans un galop au rythme lent, afin d'épargner la vie de Yuzkar, le détendre, le réchauffer, calmer la peur et le courroux qu'il lisait dans son regard.

2

Septembre 2017

La jeune femme remit sa carte d'identité à l'employée assise en face d'elle. D'un geste mécanique, la caissière annota le chèque après avoir vérifié la correspondance entre le document et la cliente. Elle adressa un regard un peu insistant à Maude Fanchon Mandarine Lalubie. Elle en voyait passer des clients aux états civils cocasses, mais celui-là trouvait une place de choix dans son classement. De surcroît, la pauvre fille était née à Lourdes, marquée par le chiffre huit, car née le 08/08/1988. L'employée tendit à Maude son document et ses achats en la gratifiant d'un léger sourire.

La photo récente montrait une jolie brunette, aux cheveux mi-longs, légèrement enchevêtrés, un peu comme ceux d'une fillette au réveil. Bien qu'il soit interdit de sourire sur ce type de cliché, on pouvait deviner un tempérament plutôt rieur à son regard pétillant, et aux fossettes qui marquaient l'une et l'autre de ses joues. Pourtant, à cet instant, debout devant la caisse de la librairie avec ses épaules légèrement voûtées, dans l'attitude de quelqu'un qui porte un poids trop lourd, son petit visage amaigri et ses yeux sombres fatigués, marqués de cernes violets, elle semblait un peu éloignée du personnage officiel.

Maude était parfaitement consciente de l'originalité de son identité. Les prénoms, tout d'abord, rétro et farfelus, remis au goût du jour par des parents babas cool, fans de ce film « Harold et Maud » dans lequel un très jeune homme tombe éperdument amoureux d'une excentrique mais néanmoins très, très, vieille dame.

Ensuite, son nom, Lalubie, héritage familial inscrit au patrimoine d'une longue lignée, se révélait parfois difficile à porter.

Pour poursuivre cette identité hors du commun, sa mère l'avait mise au monde prématurément lors de vacances dans les Pyrénées à Lourdes, ville, s'il en est du miracle et du mysticisme. Mais aujourd'hui, tout ceci était bien la dernière préoccupation de la jeune femme.

Elle sortit du magasin, la chevelure ébouriffée par un puissant mistral. Les tout premiers jours du mois de septembre s'égrenaient, et malgré le vent puissant, le soleil de cette fin de journée était encore chaud. Maude remonta le cours Mirabeau, ignorant les touristes cramponnés aux terrasses des cafés et les stands divers et bariolés du marché dont les tentes, solidement amarrées, avaient le plus grand mal à résister aux bourrasques répétées. Elle retrouva son petit véhicule garé dans une ruelle pavée et bien à l'abri dans sa voiture, roula vers la bourgade voisine. La route sinuait en direction de la montagne Sainte-Victoire qu'elle laissa sur la gauche, et dont la silhouette gris pâle se découpait nettement sur le ciel bleu intense.

Maude était envoûtée par cette luminosité, comme les petits insectes qui tournent autour des flammes, les soirs d'été. Cette lumière dorée annonçait la mort des beaux jours. Toutes les fibres de son corps et de son âme en ressentaient la splendeur mélancolique.

Chaque année, c'était la même émotion. Elle avait envie de retenir la saison du soleil blanc qui martyrisait la végétation et assoiffait les animaux. Elle souhaitait rester cigale, vêtue de tenues courtes, le corps libre dans des vêtements fluides, ses pieds nus aux ongles soigneusement peints flottant dans de fines sandales, ses épaules brunies caressées par l'air chaud. Elle adorait imaginer qu'il n'y aurait plus jamais de démarcation entre l'intérieur des maisons et le monde extérieur. L'été réunissait par les portes et les fenêtres grandes ouvertes en un seul tout ces deux univers.

Mais l'or cuivré de la clarté annonçait le lent basculement vers une autre saison, celle de l'automne éclatant. Elle détestait quitter l'été, tout aussi féerique que fût l'automne, car il annonçait le début d'un repli sur elle-même. Elle tentait d'y résister, mais personne ne résiste au rythme des saisons, au temps qui passe. Et malgré ce refus, elle savait qu'elle se laisserait hypnotiser par l'extraordinaire spectacle de l'automne. Charmée par la richesse de ses nuances flamboyantes, elle serait happée par son ambiance qui l'entraînerait, sans même qu'elle s'en rende compte, vers l'hiver.

Elle sombrerait alors dans une sorte d'engourdissement, qu'elle désirerait aussi retenir. Installée dans la mortelle saison avec délice, anesthésiée par le froid et la grisaille, la porte de son appartement close sur la chaleur artificielle du chauffage central, elle superposerait des étoffes et des lainages protecteurs sur son corps menu, et aurait un mal infini à reprendre pied dans le monde des vivants, bousculée par un printemps capricieux.

La saison qu'elle aimait le moins, était probablement le printemps, trop aléatoire. Il vous faisait croire au retour de l'été avec quelques fleurs, le bourdonnement d'une abeille, cinq ou six degrés de plus affichés au thermomètre du balcon, et tout à coup, il vous envoyait une pluie de grêlons, un retour en force du froid, une gelée assassine.

Ce cycle l'épuisait. Elle avait envie d'un monde où tout serait toujours pareil, immuable. On ne perdrait pas les gens qu'on aimait, rien jamais ne vous agresserait, ni la météo, ni la maladie, ni les événements, ni les séparations.

3

688 avant J.-C.

À l'adret de la montagne, le village situé entre forêts, pâtures et rivière encerclait la maison la plus importante, celle du chef. Toutes les habitations étaient bâties de la même manière : construites de torchis et de pierres, chapeautées de chaume terni par les intempéries. Comme chaque soir, des lignes de fumées blanches s'élevaient, verticales, au-dessus des toitures de paille, colonnes immobiles dans la torpeur glacée de l'hiver. Au creux des sentiers cheminant d'une maison à l'autre, la boue des ornières semblait pétrifiée à tout jamais. À l'intérieur des logis, quelques vaches rustiques mastiquaient le fourrage répandu un peu plus tôt. Des poules perchées çà et là, sommeillaient, la tête tassée sur le corps aux plumes gonflées, la mine renfrognée, les paupières à demi fermées. Les jeunes enfants, emmaillotés, dormaient sous des fourrures, dans des berceaux grossiers. Les femmes s'affairaient devant des marmites où bouillonnaient des céréales et des morceaux de viande. Au cœur d'une écurie sommaire, un peu à l'écart, en direction des pâturages, Yuzkar, animal de grande valeur, bouchonné et nourri retrouvait la sérénité dans l'odeur du foin et la chaleur de ses congénères. Rien ne paraissait différent, et pourtant tout avait basculé pour la tribu : l'un des plus valeureux guerriers, Cadwagwn, était mort.

Victime de son impétuosité, l'indomptable jeune homme s'était tué sans gloire, s'interdisant la place réservée aux guerriers dans l'au-delà, ce qui était plus consternant que sa mort elle-même.

Dans sa hutte aux murs tendus de peaux de bêtes, les proches et les membres les plus importants du groupe s'étaient réunis. Herbod, père de Cadwagwn, chef de la tribu, était là. L'homme, malgré son âge, demeurait toujours aussi terrifiant. De son crâne partiellement rasé, jaillissait jusqu'à ses épaules une tresse blonde rassemblée par un lien de cuir rouge. Sa face burinée était striée de cicatrices, traces de maintes batailles gagnées, souvent dans la douleur. Le manteau de fourrure dénué de manches qui le couvrait jusqu'aux genoux accentuait sa stature imposante et terrifiante. Il offrait aux regards des bras aux muscles puissants, couverts de tatouages, mais zébrés, là encore, des stigmates de combats passés. Son vêtement était maintenu fermé par une large ceinture piquée de clous d'or en forme de losange. À sa taille brillait un poignard de bronze effilé. Par sa posture et son allure, il écrasait les autres géants présents dans la pièce. Sur le visage d'Herbod se lisait la douleur d'avoir perdu son fils, la fureur et la haine. Il lançait des regards meurtriers en direction du druide qui semblait ne pas le voir. L'instant était solennel, mais la tension palpable entre l'homme et le prêtre rendait l'ambiance véritablement inquiétante. Chacun suspendait son souffle, retenait une envie de tousser, de se racler la gorge, ou de frotter ses semelles sur les herbes sèches étalées au sol, par crainte de déclencher les foudres du chef. Le barde chantait des paroles incantatoires pour le passage au royaume des morts. Sa mélopée, syncopée et gutturale, mêlait aux mérites du guerrier défunt les prières venues du fond des âges, chargées de l'accompagner vers le royaume des morts.

Le bleu des yeux d'Herbod prit une nuance glaciale, inhabitée, lorsque son attention s'arrêta sur Aranrhod. Il éprouvait une certaine défiance pour elle, l'épouse de son fils, qui n'était pas Cimbre à part entière. En revanche, il ne doutait pas que sa peine fût sincère. En lui-même il approuvait et appréciait la dignité de cette femme, même si elle avait toujours représenté une énigme pour lui. Puis, son regard se déplaça vers son petit-fils, Hartmod, et sa douleur grandit un peu plus. Cet enfant tenait des ressemblances à parts égales de l'un et l'autre de ses parents. La silhouette de Cadwagwn au même âge, sa bouche, la forme de sa mâchoire. De sa mère, il avait reçu les yeux en amande bordés de longs cils, les pommettes hautes, le nez fin. Malgré lui, un soupir souleva la poitrine du chef. Peu enclin à la nostalgie et moins encore à la mélancolie, il n'avait rien d'un tendre. Mais ce deuil le propulsait au cœur de souvenirs anciens, au temps de son apogée, là-bas dans le Jutland, alors qu'il était jeune guerrier, jeune époux, jeune père, alors que son épopée était à vivre. Il était affecté par la mort du jeune homme, à la fois fils pour lequel il éprouvait de la tendresse, et valeureux guerrier lui inspirant du respect. Mais cette mort le rapprochait aussi de sa propre fin. Non qu'il redoutât la mort elle-même, mais l'au-delà demeurait un mystère parfois effrayant, et ce n'était pas à Vaughn qu'il se serait adressé pour poser des questions sur ce qui l'angoissait. Il toisait le prêtre, et il l'aurait volontiers mis à mort s'il n'avait craint de provoquer le courroux des dieux.

Ce soir-là, il faisait si froid, que de la vapeur accompagnait le mouvement des lèvres du barde, malgré le feu au centre de la pièce, qui propageait sa lumière jusqu'à la couche où gisait le défunt, tout en renvoyant sur les murs des ombres monstrueuses.

Cadwagwn demeurait beau, figé par la mort dans toute la splendeur de sa jeunesse. Vaughn avait lavé le visage et le corps du guerrier avec une solution à base d'eau salée, d'arsenic, de pollen, de gui, d'hydromel et de bien d'autres ingrédients secrets. Puis on lui avait passé une tunique d'un rouge éclatant, des braies en peau de daim, et des chausses en cuir souple. Un épais torque d'or enserrait son cou, et on avait rajouté sur ses épaules une lourde cape de laine, fermée par une broche, une précieuse fibule filigranée, émaillée de teintes rouges et vertes. Aranrhod, sa compagne avait arrangé ses longs cheveux blonds en crinière, avec de l'argile, à la manière dont les guerriers se coiffaient pour effrayer l'ennemi. Et, pour l'accompagner jusque dans l'au-delà, elle avait détaché le bracelet en poils de renard, confectionné pour elle, lorsqu'il la courtisait, afin de l'ajuster au poignet de son époux. Puis, résignée, elle s'était reculée dans un coin de la salle, à côté de son fils, Hartmod, un garçon de six ans à la mine grave, légèrement appuyé contre les jambes du druide qui avait posé une main sur son épaule.

Hartmod n'avait pas de craintes. Malgré son très jeune âge, il connaissait déjà la mort. Sa sœur de trois ans à peine avait perdu la vie quelques lunes auparavant, défunte au retour du printemps, le jour de la fête de Beltaine, après plusieurs nuits de fièvre qu'aucune magie n'était parvenue à vaincre. Il la revoyait, méticuleusement roulée dans un riche drap brodé, troqué par sa mère contre une coupelle en bronze. Le linceul ne laissait apparaître que sa petite face ronde, voilée par Aranrhod d'un tissu très fin, après qu'elle eut placé une pierre de turquoise poli sur chacun des yeux du bébé, comme si elle voulait préserver pour l'éternité le regard céruléen de sa fillette. Puis, sous l'escorte de Vaughn et de quelques villageois, on l'avait emmenée pour la conduire dans une tombe minuscule, loin du village, aux côtés des ancêtres de la tribu.

Sa sœur, son père, les animaux sacrifiés ou tués à la chasse, parfois la tête d'un ennemi... Oui, pour Hartmod la mort était déjà une évidence.

Aranrhod, sa mère, le visage impénétrable, les yeux fixés sur son époux, ne laissait paraître aucune émotion. Le chagrin était trop profond. La volonté des dieux était parfois difficile à comprendre. Son époux n'aurait pas dû mourir ainsi, mais en guerrier. Dorénavant, il lui faudrait lutter seule, et sa première victoire serait de devenir insensible à la douleur.

La chanson du barde cessa. Vaughn s'adressa alors au garçonnet dans un chuchotement. Il remit à l'enfant une figurine en terre cuite, représentant une jeune femme chevauchant une jument, un oiseau posé sur l'épaule gauche. Tous deux se dirigèrent alors vers la dépouille et Hartmod déposa l'objet sur la poitrine de son père, alors que le druide marmonnait une dernière prière. Les guerriers présents à cet hommage sortirent de la hutte, munis de torches flambantes. Malgré la nuit qui tombait et le froid, ils devaient terminer la préparation de la tombe.

4

Septembre 2017

Laurent Fontaine était un grand sentimental, un rêveur romantique, fou de littérature, qui poursuivait des chimères. Jamais vraiment ancré dans la réalité, il obéissait à ses coups de cœur, ce qui parfois entraînait le cours de sa vie dans d'étranges rebondissements. C'est ainsi que, jeune prof à Montréal, il était tombé fou amoureux d'une Française. Il avait tout quitté pour la suivre, c'est-à-dire, son travail dans un lycée de banlieue et sa compagne du moment. Arrivé en France, son histoire de cœur n'avait pas fait long feu. Il avait donc choisi de « faire la route » à travers l'hexagone en vivant d'expédients. Après de nombreux aléas, il s'était mis en règle avec les autorités du pays et avait repris son travail de prof. De nombreuses années plus tard, à 55 ans, après deux mariages et un concubinage, il était père de cinq enfants et l'ex de trois femmes assez remontées contre lui. Il n'était pas de ces hommes que l'on attache avec un quotidien monotone. En revanche c'était un ami fiable lorsqu'il se prenait d'affection pour quelqu'un et il éprouvait une réelle affection pour Maude. Cette fille aurait pu être l'une de ses enfants, les exigences et récriminations en moins.

Il l'observa garant sa voiture sur le parking alors que lui-même terminait de fixer l'antivol de sa bicyclette. Il se sentait inquiet pour elle, craignant qu'elle finisse par faire une « ânerie ». Il leva le pouce à son adresse, signifiant ainsi que la manœuvre était parfaite. Les pinces à vélo fixées sur ses chevilles resserraient son pantalon d'une manière étrange, lui donnant une allure grotesque. Mais il ne s'en souciait pas. Il serra dans ses bras la jeune femme à peine sortie de sa voiture.

— Alors, comment vas-tu ma belle ? Tu as reçu mes cartes postales ? Ça fait un mois que je n'ai pas eu de tes nouvelles ! Tu aurais pu m'adresser un mail par-ci par-là... Tu as une petite mine. Je te raconterai les péripéties de mes vacances à midi à la cantine.

Il parlait à toute vitesse, exubérant, comme à son habitude.

— J'ai reçu toutes tes cartes, je sais que tu as parcouru la moitié de l'Europe ! Et tu sais que t'adresser des mails ne sert à rien. Tu oublies de charger, perds ou casses toujours tes portables. Je pensais te voir lundi pour la prérentrée, mais tu n'étais pas là ! Je ne te raconte pas les airs sous-entendus de nos chers collègues !

Laurent fit une grimace en levant les yeux au ciel, pour indiquer qu'il n'en avait rien à faire. Il ajouta « Je suis grand ! », mais ça sonnait plutôt « ch'suis grin ». Son accent traînant mettait immanquablement les élèves en joie. Maude trouvait qu'il ressemblait à un trappeur mal nourri. Il était maigre et affichait une barbe en friche, mais avait le mérite de la faire rire.

C'est avec un enthousiasme modéré qu'ils se dirigèrent vers le bâtiment. Au moment de se séparer pour la première matinée de cours, Maude, une mine désapprobatrice sur le visage, pointa du menton le bas de pantalon de son ami.

— Tu devrais éviter ce genre d'accessoire pour un premier contact avec les élèves.

Il observa ses chevilles comme s'il venait de se réveiller et s'affaira à retirer les pinces, alors que Maude pénétrait déjà dans sa salle de classe.

La jeune femme inscrivit son nom et son prénom, et se retourna vers ses élèves de terminale.

— Si vous avez envie de rire, je vous donne cinq minutes pour le faire, après on passe aux choses sérieuses.

C'était sa sixième rentrée en tant que professeur de biologie, et, d'expérience, elle savait qu'il ne fallait pas rater ce premier contact. Sa méthode avait toujours bien fonctionné. Elle était une bonne enseignante, et malgré la faible différence d'âge qui la séparait des très jeunes adultes assis en face d'elle, le courant passait plutôt bien. Elle observa un instant les vingt-six paires d'yeux qui la fixaient, l'air absent, gêné ou amusé, puis enchaîna :

— Bon, le temps pour la rigolade est terminé. Je vous distribue le programme, et on attaque par la présentation de ce que nous verrons cette année…

Elle fit circuler des feuillets, et nota en grosses lettres sur le tableau :

« Chapitre I : Approche du temps en biologie et géologie »

Voilà, une nouvelle année commençait, un nouveau cycle, elle expliquerait les mêmes choses à des jeunes gens qui buteraient sur les mêmes difficultés. Elle s'attacherait à certains, s'énerverait contre d'autres, et mettrait un point d'honneur à ce que tous réussissent. Pourtant, cette année serait différente. Nathan n'était plus là pour partager ses tracas, pour l'obliger à prendre du recul lorsqu'elle enrageait en corrigeant un lot de devoirs ratés, ou qu'elle râlait contre les directives du proviseur obtus. Il ne lui tendrait plus un verre de vin en lui retirant délicatement les lunettes qu'elle portait pour corriger ses copies, tout en la faisant chavirer, à côté de lui, sur le canapé, pour écouter le dernier CD qu'il venait de s'offrir. Il ne la rejoindrait plus dans la chambre à coucher, lorsqu'elle s'habillait en vitesse, le matin, aggravant un peu plus son retard. Il ne la surprendrait plus le vendredi, à la sortie des cours, pour l'entraîner dans un week-end improvisé. Elle s'y habituerait, de gré ou de force, puisque dorénavant c'était ça, sa vie.

À midi, elle prit tout son temps pour se rendre à la cantine, quitte à ne trouver qu'une place parmi les élèves. Son plateau vide entre les mains, elle remonta la ligne droite en direction des entrées et plats chauds, à peine attentive au vacarme ambiant. Elle fut rejointe par Laurent, accompagné d'un jeune collègue.

— Je te présente Lucas Garnier, notre nouveau prof de philo.

Maude et Lucas échangèrent un petit signe de tête.

— Nous nous sommes déjà rencontrés lors de la prérentrée.

La jeune femme adressa un large sourire au nouveau, ce qui équivalait, la concernant, à une grande marque de confiance.

Le nouveau prof avait la bouille ronde, la mèche folle, l'œil malicieux. Il émanait de lui quelque chose de rassurant. Laurent posa des couverts sur son plateau.

— Venez mes agneaux, nous allons essayer de trouver des places libres à l'écart de tout ce bruit et je vais vous conter mes inoubliables vacances.

Il réussit une fois encore l'exploit d'amuser Maude en racontant ses mésaventures de l'été, durant un voyage en camping-car en direction des pays de l'Est. Il s'était en effet distingué lors d'un contrôle de police, après un léger accident de circulation en République tchèque, pour avoir tout bonnement oublié l'intégralité de ses papiers en France. Ce fâcheux contretemps avait donné lieu à une série de rebondissements épiques, mémorables et croustillants. En effet, par chance, Nina, l'auto-stoppeuse parisienne récupérée en Bavière et qui traçait un bout de route avec lui, était apparentée à un haut fonctionnaire de l'ambassade de France à Prague. L'aventure s'était terminée dans les salons du Palais Buquoy, édifice baroque rose et blanc, où la représentation diplomatique française avait élu domicile. À la faveur des relations de Nina, les deux comparses s'étaient vu offrir deux nuits dans un merveilleux hôtel du quartier historique, en attendant que la paperasse soit régularisée. Laurent avait des étoiles dans les yeux lorsqu'il évoquait sa belle auto-stoppeuse. Lucas s'amusa gentiment à ses dépens en déclarant que, de toute façon, le prénom de cette fille sonnait parfaitement pour baptiser une tempête ou un cyclone.

La présence des deux enseignants reposa la jeune femme de la tension des premiers cours. Ils étaient plutôt drôles. Lucas ne manquait ni d'humour, ni de repartie. Elle se sentit plutôt à l'aise avec lui.

À quinze heures, sa journée terminée, Maude rentra chez elle. Lorsqu'elle poussa la porte de son appartement situé au deuxième et dernier étage de sa petite résidence, Tortille, son chat l'accueillit avec les ronronnements d'un poêle à bois chargé à bloc. Elle le serra dans ses bras, caressa son pelage noir et blanc, lui prodigua des câlineries. Le chant du félin redoubla d'intensité. Elle avait adopté ce très jeune fauve depuis quelques semaines, et ne se lassait pas de sa compagnie. Elle fit plusieurs fois le tour de son appartement avec l'animal calé sur la poitrine, s'installa à son bureau, se redressa, alluma la télé, l'éteignit, répéta la même manœuvre avec la chaîne stéréo, puis libéra Tortille qui préférait se rouler sur le tapis. Le soleil entrait avec force par les grandes baies vitrées, mais elle ne voulait pas le voir. Elle tira les épais rideaux de coton, se roula en boule sur le canapé, et dans le silence de sa maison, le cœur broyé par un chagrin aussi lourd que du plomb, pleura tout son saoul.

5

Tortille s'ennuyait. Il avait délicatement mâché quelques croquettes, joué avec sa souris de fil gris, frotté ses moustaches sur les jambes de sa maîtresse endormie, bousculé une pile de chemisiers du placard pour entamer une petite sieste dans le noir, vautré au centre d'un pull de mohair, puis, après une série d'étirements, il s'était attaqué à l'objet posé sur la table du salon.

D'un petit coup de patte nerveux, il envoya promener la télécommande, qui tournoya comme une toupie avant de s'écraser sur le parquet, déclenchant, dans un bruit fracassant, la mise en route de la télévision. Le chat déguerpit aussitôt, les poils hérissés, le dos rond, les oreilles collées au crâne. Maude, réveillée en sursaut, hébétée, imagina une fraction de seconde que Nathan était de retour. Comprenant dans le même temps la stupidité de cette idée, elle se jeta sur l'appareil en maugréant. C'était toujours les mêmes bêtises : ce chat était une andouille, et cette télé de m.... ne savait pas fonctionner sans beugler ! Elle allait l'éteindre, mais elle se ravisa. Les images montraient un joli village de montagne. La voix grave et posée du journaliste annonçait une découverte exceptionnelle. La caméra balayait le site : un village dans les Préalpes autrichiennes du nom de Hallstatt.

Blotties dans une vallée entourée de montagnes imposantes, les maisons aux couleurs jaunes, blanches, ou rosées, surmontées de toits pentus cassés sur l'avant, se reflétaient dans le miroir du lac

Hallstätersee. Le clocher de la petite église donnait une touche de style à l'ensemble.

Les façades magnifiquement fleuries s'offraient à la réverbération du soleil. Une fontaine, sur la place, coulait dans un joyeux clapotis. Tout était tenu comme on l'imagine et comme on l'envie chez nos voisins suisses, allemands, ou autrichiens, c'est-à-dire avec une rigueur sans faille, frisant la maniaquerie.

Le journaliste tendit son micro en direction de deux professeurs d'archéologie d'une quarantaine d'années qu'il présenta sous les noms de Léna Gruber et Lars Winkler.

— Tout d'abord pouvez-vous expliquer s'il vous plaît, pour ceux qui ne la connaissent pas, l'histoire du site de Hallstatt...

Lars Winkler qui avait un visage d'aventurier barbu commença avec un fort accent :

— La nécropole de Hallstatt est connue depuis le XIXe siècle. Les scientifiques sont parvenus à classer Hallstatt en périodes qui correspondent à des évolutions en matière de techniques, de matériaux et de coutumes. Par exemple le fer remplace le bronze, on pratique l'incinération et les champs d'urnes, puis on abandonne l'incinération au profit de l'inhumation, avec, pour les plus riches, des tombes à char, des épées de bronze, de grandes épées de fer, du mobilier funéraire, des produits importés comme des colliers d'ambre. Nous avons aussi trouvé dans les tombes des glaives courts, et de la vaisselle. Le sel bénéfique aux humains comme aux animaux devient une richesse. Outre le commerce, son exploitation fait appel à des mineurs, mais aussi des bûcherons et des charpentiers qui participent à la construction des mines. Ensuite, c'est le déclin, apparaissent des citadelles dirigées par des princes, mais les tombes sont moins nombreuses. À la fin de la civilisation de Hallstatt, les fortifications disparaissent, le grand commerce phocéen s'arrête, les Celtes se répandent en Europe mais aussi en Asie Mineure.

— Merci Professeur. Il faut en effet rappeler l'importance de l'exploitation du sel dans cette région depuis des temps très anciens. Comme vous me l'avez expliqué hors antenne.

— Oui, la mine de sel de Hallstatt est probablement la plus ancienne du monde. Aujourd'hui on peut y accéder par un funiculaire. Mais imaginez le labeur que représentait l'exploitation du site dans l'Antiquité. La vallée du sel se trouve à 835 mètres au-dessus du village de Hallstatt. On ne sait pas comment étaient approvisionnés les mineurs en nourriture, comment travaillaient les charpentiers qui étayaient les puits, comment étaient stockés les blocs, très lourds, découpés en forme de cœur. Mais on a qualifié le sel « d'or blanc », à juste titre. Dans les tombes de la nécropole nous avons retrouvé des objets témoignant d'une grande richesse. Il n'y avait pas d'autre production dans un très vaste rayon. Le sel était nécessaire à l'homme et au bétail. Ce qui est intéressant pour nous, archéologues, c'est qu'il a permis, dans certains cas, la préservation de cuirs, d'éléments vestimentaires, d'outils. Ainsi, nous avons trouvé des chapeaux, des chaussures, du textile, mais aussi du matériel comme des hottes en peau de bœuf, une houe en bois de cerf, et bien d'autres objets encore. En 1734 le corps d'un jeune garçon, protégé par le chlorure de sodium, a été retiré de la mine. Le pauvre a connu une fin tragique, écrasé par l'effondrement d'une galerie, certainement consécutif à un mouvement de terrain…

— Donc, vous allez nous dire aujourd'hui ce qu'il y a de nouveau sur ce site, dont on croyait tout connaître.

— Oui, nous avons fait une découverte unique concernant cette civilisation, une découverte absolument incroyable.

Le journaliste se tourna vers Léna Gruber, une jeune femme aux cheveux longs, aux yeux brillants, dont le sourire illuminait l'écran.

— Je vous propose de ne pas révéler tout de suite à nos auditeurs votre magnifique aventure, vous allez plutôt nous la dévoiler, pas à pas, telle que vous l'avez vécue…

Léna Gruber prit la parole.

— Je dois d'abord préciser que les sépultures présentes sur la nécropole ne sont pas disposées au hasard. Les tombes des guerriers entourent les autres fosses, comme s'ils continuaient d'assurer leur rôle protecteur. Le site funéraire de Hallstatt est sous contrôle constant. Il y a un an environ, après des pluies très violentes, les personnes chargées de la surveillance ont signalé l'émergence de ce qui ressemblait à un tumulus, à l'entrée du cimetière. Mais cela aurait aussi bien pu être un simple relief du terrain. Nous avons donc décidé d'une première exploration au scanner. Nous discernions mal ce qu'il y avait vraiment sous la surface, car la terre recouvrait d'énormes dalles de pierres, et d'autres matériaux très épais. Ceci est plutôt insolite. Habituellement les tombes ne sont pas obturées par autant d'épaisseurs. Notre équipe a cependant constaté que sous toutes ces couches il y avait une cavité, et nous avons pris la décision de l'explorer...

Le journaliste lui coupa la parole :

— En même temps que nous écoutons vos explications, les téléspectateurs peuvent regarder les images filmées de vos découvertes sur leurs écrans.

Maude s'était assise et suivait l'émission avec le plus grand intérêt.

Léna Gruber poursuivit :

— En réalité nous n'avons pas rencontré de grandes difficultés. Une fois la terre et les blocs de pierre retirés, nous avons aperçu un très épais coffrage de bois. Un nouvel examen au scanner nous a permis de vérifier qu'il s'agissait bien d'une tombe. Comme nous ignorions l'état de conservation de ce qu'elle contenait, un camion a été aménagé et conduit sur le site, pour le transfert et la préservation éventuelle du corps et des divers éléments qu'elle pouvait renfermer.

— C'est la raison pour laquelle votre découverte a été tenue secrète jusqu'à aujourd'hui ? J'imagine que vous avez l'habitude de vous méfier des déconvenues...

Léna Gruber eut un petit rire :

— Oui, les autorités étaient averties dès le début, et les alentours de la tombe ont été bouclés et mis immédiatement sous étroite protection. Nous étions persuadés de nous trouver face à quelque chose de très important, même si, vous avez raison de le souligner, il faut toujours éviter de s'emballer trop vite ! Une ouverture étroite a donc été pratiquée en retirant quelques planches du couvercle, ou plutôt des rondins, qui étaient soudés entre eux par de la résine...

— Oui, nos amis téléspectateurs peuvent continuer à suivre votre progression sur les images diffusées en ce moment. Alors M. Lars Winkler, pouvez-vous poursuivre les explications.

— Comme vous le voyez nous avons glissé une échelle, pour nous introduire dans la tombe...

Les images s'arrêtèrent.

— Racontez-nous ce que vous avez vu.

— Eh bien, je pense que la stupéfaction était la même que celle ressentie par l'équipe de Lord Carnarvon et de Howard Carter, découvrant la tombe de Toutankhamon. Imaginez : un guerrier, un géant d'un mètre quatre-vingt-quinze, somptueusement vêtu, dans un état de conservation parfait. On aurait pu le croire endormi, allongé sur un char de bronze comportant un plateau supporté par des guerriers et des cerfs, entourant une femme nue, filiforme. Un torque d'or orne son cou, et sur sa poitrine est posée une figurine de la déesse Épona, qui représente une femme à cheval. Un fin bracelet en poil de renard enserre son poignet, sûrement un talisman. Une magnifique fibule ferme sa cape. Il repose sur un lit de mousse. Il est entouré de blocs de cristaux d'halite, d'une grande pureté, d'une trentaine de centimètres environ. Un deuxième cercle alterne ces mêmes gemmes avec des pierres d'améthyste de taille identique, et des plaques de granit gravées de motifs symboliques et de représentations de dieux et déesses. Toujours sur le char, aux pieds de cet homme, nous avons eu la surprise de découvrir la petite statue d'un cavalier à cheval. Elle représente un guerrier portant un casque, un épais bouclier et un rameau d'argent. Nous pensons qu'il pourrait s'agir de Bran, un personnage appartenant plutôt à la mythologie irlandaise. C'est une mise en scène ahurissante que nous n'avons encore jamais rencontrée. À côté de lui, il y a une longue épée de fer, dont le pommeau est recouvert de feuilles d'or, incrusté d'ivoire et de perles d'ambre, ainsi qu'un poignard orné de rubis. Il y a aussi des paniers contenant des céréales, un service à boisson en argent, des poteries...

Les images reprirent. Dans la tombe faiblement éclairée d'une clarté couleur miel, on distinguait le gisant, aussi paisible qu'un homme assoupi, magnifique dans sa tenue princière, entouré par le double cercle de cristaux translucides traversés de lumière.

Maude buvait les images, les yeux plissés, la bouche ouverte, le souffle suspendu.

La caméra revint sur les scientifiques et le journaliste.

— C'est absolument incroyable ! Comment expliquez-vous cet état de conservation exceptionnel ?

— Il y a plusieurs explications. La peau de cet homme a été imprégnée avec des produits qui pouvaient la préserver, sans la brûler, contrairement aux résines utilisées sur les momies égyptiennes. D'autre part, la cavité était fraîche, très étanche, très sèche, avec une forte teneur en arsenic. Le sol était couvert de sable, mais la tombe contenait aussi un taux très important de radon, la couche de mousse comportait aussi des plantes aromatiques aux propriétés antifongiques et antibactériennes. Tous ces éléments ont probablement concouru à la sauvegarde de notre guerrier, mais je ne saurais vous dire dans quelle proportion. Il y en a certainement d'autres, que nous n'avons pas encore su analyser. Une chose est certaine, c'est que nous évitons de parler de « momie » à son sujet. Cela semble inadéquat, tant son état est remarquable, et aussi parce qu'il est conservé naturellement. Il n'a pas subi le traitement réservé aux momies, aucun organe n'a été retiré.

— Savons-nous qui est cet homme, et où se trouve-t-il aujourd'hui ?

Léna Gruber répondit :

— Non, nous ne savons pas qui il est. Nous pouvons dire que c'est un personnage important, mort à l'âge de 28 ans environ, de la période Hallstatt C, c'est-à-dire 700 avant J.-C. Il y a très peu d'écrits sur cette époque, nous pouvons seulement faire des hypothèses. Cet homme présente une large plaie, en arc de cercle, à la base de l'occiput, qui est vraisemblablement la cause du décès. Nous ignorons si la mort est accidentelle, ou s'il s'agit d'un combattant blessé sur un champ de bataille. Vous voyez, cet inconnu conserve tout son mystère, nous le présentons donc au monde sous le nom du Guerrier de Hallstatt.

— Aurons-nous la possibilité de le voir un jour ?

— Bien sûr ! Et à titre exceptionnel, ce sont les Français qui auront la chance de le rencontrer les premiers. Le corps est conservé dans un endroit secret, stérile et réfrigéré. Mais avant de l'exposer, nous souhaitons profiter de l'expérience des scientifiques de votre pays, en soumettant notre guerrier à leur examen. Certains d'entre eux ont eu l'occasion de restaurer et de préserver des momies très endommagées. Nous ne souhaitons prendre aucun risque. Nous avons le devoir de maintenir notre guerrier, à tout jamais, dans l'état où nous l'avons trouvé. Ensuite, parce que les autorités autrichiennes n'accepteront plus qu'il soit déplacé, nos gouvernements ont passé un accord pour qu'il soit présenté durant trois semaines au Louvre, à Paris. C'est une chance immense qu'il ne faudra pas manquer de saisir, car l'occasion ne se représentera plus jamais : ensuite, vous serez obligés de vous rendre à Vienne pour admirer le Guerrier de Hallstatt.

6

Maude énonça : « Cristallochimie de l'halite : L'halite se présente sous forme d'un réseau cubique d'ions hexacoordonnés, c'est-à-dire que chaque anion est entouré de façon octaédrique par six cations et réciproquement. »

Les élèves la regardaient d'un air morne. Elle glissa ses mains dans les poches de la blouse blanche qu'elle portait toujours durant ses cours, ne laissant dépasser que ses pouces, calés sur le bord du tissu. Elle aimait ce vêtement qui la distinguait des autres enseignants. Il lui rappelait sa période étudiante, et l'époque de ses ambitions avortées. Son visage exprima une certaine déception.

— Mouais... Jeunes gens, je vois que l'halite ne vous branche pas trop ! Pourtant sous son air compliqué, ce n'est que du sel gemme, et lorsqu'il est pur, il est très joli... Si je l'ai choisi aujourd'hui comme sujet de cours, c'est parce que vous êtes ma classe la plus brillante. Nous ne sommes pas en retard sur le programme, et les médias nous parlent sans arrêt du Guerrier de Hallstatt. J'ai donc décidé de lui consacrer quatre heures puisque c'est un thème qui mêle biologie et géologie. D'ailleurs je le verrais bien comme sujet de bac... Et puis, un peu de culture générale ne vous tuera pas ! Bon, savez-vous que le préfixe « hall » est d'origine celtique ? On le retrouve dans le nom de Hallstatt, qui est le lieu d'exploitation le plus ancien et le plus important de sel gemme ou halite...

Depuis le reportage télévisé, Maude était obnubilée par le Guerrier de Hallstatt. Elle avait suivi toutes les émissions consacrées à ce personnage, lu tous les articles, vu toutes les photos. Cette obsession ne lui permettait pas d'oublier Nathan, ce que, de toute façon, elle ne souhaitait pas, mais cela la distrayait de sa tristesse. Et puis, ce Celte qui avait traversé le temps d'une façon aussi impériale et grandiose excitait son esprit scientifique. Comme elle l'exposait à ses élèves, son cas concentrait biologie et géologie, des thèmes qu'elle affectionnait tout particulièrement.

À midi elle retrouva Laurent et Lucas à la cafétéria. Elle ne savait plus exactement si c'était elle qui évitait les autres professeurs, ou inversement. C'était probablement un peu les deux.

Un jour récent, où elle se sauvait littéralement de la salle des profs alors que trois d'entre eux arrivaient, Lucas l'avait rattrapée au milieu du couloir, en lui apportant son gobelet de café, oublié dans la machine.

— Tu as l'air cool, comme ça, mais en réalité tu es une vraie sauvage !

— Tu connais mon histoire ?

— Ben oui. Ici, comme ailleurs, on ne pourra jamais empêcher les gens de parler…

— Quand on est affecté par un drame, on n'a pas envie de la compassion chagrine des gens qui vous connaissent. Pour eux, on est un problème. Ils ne savent plus quelle attitude adopter lorsqu'ils te croisent. Différentes options s'offrent à leur aimable politesse : soit l'air navré de celui qui souffre pour toi, soit l'air optimiste de celui qui croit, malgré tout, aux bonnes surprises du destin, soit l'air de celui qui a classé l'affaire, car, ma pauvre dame, ainsi va la vie, il faut bien avancer... Et, pour la grande majorité d'entre eux, la sélection entre ces trois possibilités est un vrai casse-tête, finalement, tu n'es qu'une gêne. Ils préfèrent t'éviter, et moi, je les évite aussi pour ne pas lire l'embarras dans leur regard.

— Et moi, je suis comme eux ?

— Rien de tout ça. Ou alors, tu es nouveau, et peut-être que je baisse trop ma garde. Je ne vois pas le faux jeton qui sommeille en toi... Mais je ne crois pas...

— Et Laurent Fontaine ?

— Il possède une grande expérience de la vie. Il me semble qu'il a connu sa part de coups durs entre ses divorces multiples, et le rejet de ses enfants. Il ne juge jamais personne, et cherche à m'aider, à sa manière. C'est un protecteur gentil et drôle, et le seul ami que j'ai gardé après la disparition de Nathan. J'ai confiance en lui, je l'aime bien.

La coutume s'était donc établie d'elle-même : lorsque Maude Lalubie mangeait à la cantine, c'était avec Laurent Fontaine et Lucas Garnier, et personne ne venait les importuner.

Maude posa son plateau-repas à côté de Laurent, Lucas s'assit face à eux. Sans y prêter véritablement attention, elle les écouta débattre de la cohérence des programmes et de la maturité de leurs élèves. Laurent remarqua soudain son air préoccupé.

— On te gonfle avec notre conversation de profs grincheux ?

Elle saisit la carafe d'eau, et tout en remplissant chaque verre, l'air un peu ennuyé, elle lui répondit :

— Non… non, pas du tout ! Mais je réfléchissais. J'ai un service à te demander, Laurent.

En forçant son accent, il lui lança d'un ton enjoué :

— Vas-y baby, ch'suis tout ouïe !

— Je sais que les chats peuvent tenir quelques jours sans leur maître, mais ça me fait flipper. Tu pourrais venir voir Tortille, une fois, pendant les vacances de la Toussaint ?

Laurent fit la grimace.

— Je suis vraiment désolé, ma belle ! Nina, ma copine auto-stoppeuse m'a contacté. Nous avons un plan : je la retrouve à Pise dès le vendredi soir, et nous partons ensemble pour une balade en Toscane, avec mon camping-car, évidemment. Je serais venu te dépanner avec plaisir, mais là c'est impossible ! Ch'suis vraiment désolé, j'aurais vraiment aimé te rendre ce service…

— Mais c'est du sérieux avec cette Nina !

Laurent eut un petit rire niais.

— T'inquiète pas, je trouverai bien une solution.

Lucas lui adressa un grand sourire.

— Moi ! Je suis la solution ! Je suis même vexé que tu n'y aies pas pensé ! Étant complètement fauché, je ne vais nulle part pendant les prochaines vacances. J'accepte de m'occuper du chat en question, si Mademoiselle veut bien nous parler de ses projets.

— Tu ferais ça ? Ta femme ? Elle ne va pas râler ?

— Ben non, puisque je te le propose ! Et puis pour qui tu me prends ? Je suis marié, avec Nelly, pas asservi. J'ai encore la possibilité de disposer de mon temps libre !

Les joues de Maude se creusèrent de fossettes que personne ne voyait plus depuis des mois. Ses yeux noisette, étirés par son rire, exprimaient une joie intense.

— Bon, je te dis tout, tu l'as mérité : le Guerrier de Hallstatt sera exposé au Louvre du 29 octobre au 19 novembre. Je vais à Paris pour quatre jours, à partir du 30 octobre. J'ai déjà acheté mon billet de train !

— Bon, alors, si c'est pour une bonne cause, je me sacrifie volontiers ! Tu n'as plus que dix jours à patienter. Je souhaite que ton guerrier soit à la hauteur de tes espérances, parce que... J'ai un peu peur : un chat qui se nomme Tortille, ça doit être une vraie plaie !

7

Les experts traitèrent Cadwagwn avec le plus grand respect. Leur mission consistait à vérifier l'état du corps, identifier les détériorations éventuelles, et les enrayer. Leur seconde tâche, tout aussi importante, justifiait un déploiement de moyens exceptionnels. Ils devaient percer le secret de son incroyable préservation. Comme l'avait souligné Lars Winkler, dans son cas, on osait à peine parler de momie : une momie a toujours un petit air desséché, boucané, aussi bien conservée soit-elle, alors que ce guerrier ne semblait pas mort, mais juste profondément endormi.

Il fut donc soumis à différents rayons, différentes ondes, à un prélèvement microscopique de peau, à l'intérieur de la paume de sa main droite, puis à un second au poignet gauche, et enfin un troisième à peine plus important, à la nuque, là où la plaie en arc de cercle était recousue et pansée avec de l'argile et des herbes. Ces prélèvements devaient être les plus infimes possible afin de ne pas créer de brèche, de porte d'entrée, aux microbes, bactéries, et champignons. On recueillit aussi trois cheveux blonds, deux à la tempe, où ils étaient longs et souples, et un dernier, couvert d'argile, au milieu de la tête, à l'endroit coiffé en crinière par Aranrhod. Quelques brins de laine de sa cape et fils de tissu de sa tunique furent glissés dans des éprouvettes. On évitait le plus possible de le toucher et de manipuler ses vêtements.

Les conclusions n'apportèrent pas de révélations fracassantes. Ce Celte âgé de deux mille sept cents ans se portait extraordinairement bien, les analyses de ses cheveux montraient qu'il n'avait souffert d'aucune carence, au moins durant les derniers mois de sa vie. L'ADN prélevé permettait d'établir qu'il descendait d'une population originaire du nord. Le milieu ambiant et tous les éléments déjà mentionnés par les deux archéologues autrichiens jouaient un rôle essentiel dans sa conservation.

L'un des scientifiques reconnut son ignorance dans une interview, en déclarant avec ironie : « L'expertise a atteint ses limites, soit nous ne sommes pas assez avancés dans nos connaissances pour identifier d'autres éléments qui s'offriraient à nous, soit ce cas relève de la magie druidique, et là, nous sommes totalement incompétents. »

Bref, après ces coûteux examens, l'équipe préconisa d'éviter de déplacer le corps, de ne surtout pas enlever les poussières microscopiques déposées sur les vêtements, à cause de leur rôle protecteur, et de recréer au mieux les conditions de la tombe.

Dans le même temps, on s'affairait au Louvre pour accueillir le guerrier avec le plus grand soin. Une équipe autrichienne supervisait la préparation.

Le Guerrier de Hallstatt serait installé au centre d'une grande salle, dans un cube de verre hermétique de huit mètres carrés et de deux mètres cinquante de hauteur, à l'intérieur duquel le sol serait recouvert du même sable que celui répandu dans la cavité où on l'avait trouvé. Il serait allongé sur le même lit d'herbes qui lui servait de couche depuis deux mille sept cents ans, entouré des mêmes objets. On reconstituait sa tombe à l'identique. Rien ne devait être rajouté et rien ne devait manquer, comme si on craignait de rompre un charme et que la moindre erreur ne le désintègre en poussière. La température de cette bulle de verre serait maintenue à 16 degrés. Il n'y aurait aucun éclairage direct. D'ailleurs, les lumières ne fonctionneraient que trois heures par jour, au moment des visites. Très peu de personnes auraient la chance de le voir. Seulement trente, toutes les quinze minutes, seraient admises à pénétrer dans la salle, soit trois cent soixante par jour, ce qui était extrêmement peu quand on imagine le nombre de touristes qu'attire ce musée, et le retentissement médiatique d'un tel événement.

Rencontrer le guerrier ne relevait pas de la chance, mais d'une solide organisation et Maude, en fan avertie, ne s'était pas laissé prendre de court : elle avait réservé le jour et l'heure de sa visite, avant même l'achat de son billet de train.

Le 29 octobre, la cérémonie inaugurale se déroula au mieux, en présence des autorités des deux pays, des ministres de la Culture, ainsi que d'élus qui n'avaient rien de plus important sur leurs agendas, d'archéologues, de scientifiques, et de quelques V.I.P. se servant de leur notoriété comme passe-droit.

8

Octobre 2017

Arrivée le matin même à Paris, Maude flânait dans les rues. Elle essayait de s'intéresser aux monuments et aux boutiques, mais rien ne l'attirait vraiment. Elle vivait dans l'attente impatiente des quinze minutes qui lui seraient accordées en compagnie du Guerrier de Hallstatt, comme une groupie qui va enfin rencontrer la star de ses rêves.

On était le 30 octobre et quelques magasins proposaient des décorations d'Halloween aux inévitables teintes orange et noires. Des citrouilles aux sourires gentiment diaboliques clignotaient dans les vitrines, chapeaux et balais de sorcières côtoyaient les fausses toiles d'araignées, à proximité de haches en plastique aux lames teintées de rouge sang. Les épouvantails rigolards, quant à eux, adoucissaient l'atmosphère, rappelant que cette fête n'était qu'une farce chargée de deux objectifs, en cette saison creuse : amuser la population qui accepterait de se prêter au jeu, et par conséquent, faire marcher le commerce.

Pourtant, et Maude qui s'était documentée le savait bien, Halloween n'avait rien d'une blague. C'était, au temps reculé du monde celte, la fête de Samain.

À cette date on célébrait le début de la saison sombre. Une date magique, période d'ouverture vers le royaume des dieux et des morts. Elle représentait le début d'un intervalle de sept jours, hors du temps, qui commençait trois jours avant le 1er novembre du calendrier chrétien et se terminait trois jours plus tard. Les druides et le roi présidaient la fête. Pour les absents qui n'assistaient pas aux cérémonies, la peine était la mort.

L'exposition se déroulait à merveille, de treize heures à seize heures. Deux gardiens occupaient la salle. Un troisième vérifiait les tickets et laissait entrer les visiteurs par petits groupes. Ils étaient surveillés de près, devaient se déplacer de temps en temps pour que chacun puisse observer le spectacle sous différents angles. Dès qu'ils pénétraient dans la pièce, une voix enregistrée commentait la scène et expliquait les grandes lignes de l'histoire et du mode de vie celte. La plupart semblaient impressionnés à leur arrivée, puis lorsque la voix s'arrêtait, la tension retombait un peu. Ils chuchotaient entre eux. Parfois même, ils étouffaient un petit rire après une remarque jugée comique. À seize heures, les lumières s'éteignaient définitivement jusqu'au lendemain, les portes étaient verrouillées, le système d'alarme enclenché, et le Guerrier de Hallstatt retrouvait l'obscurité.

Nul ne fut témoin de ce qui arriva ce 30 octobre dans la pénombre de la salle au tombeau, et de toute façon, il aurait fallu être très observateur pour le remarquer. Était-ce à cause des radiations subies, pour la bonne cause, par le corps couvert de poussières radioactives ? Était-ce une conjonction d'énergies jouant avec les ondes diverses utilisées par le monde moderne pour communiquer depuis l'espace jusque sur Terre, diffuser des images et des sons, téléphoner, alimenter des alarmes capables de détecter le mouvement ? Était-ce pure magie, associée à un concours de circonstances et de dates, qui activait les paroles incantatoires déversées par le barde et surtout par Vaughn, le druide, le jour des funérailles de Cadwagwn ? Était-ce un phénomène absolument naturel, et relativement courant, de réactivation de l'énergie électrique produite par le cerveau qui subsisterait au-delà de notre passage sur Terre ? Nul n'aurait su le dire. Mais, si quelqu'un avait observé le Guerrier, il aurait vu émaner de lui, dans un tourbillon, trois grains de poussière dorée, voltigeant au-dessus de son corps dans un grand déploiement d'énergie. Ces trois poussières brillantes représentant la conscience de Cadwagwn traversèrent la vitre, et, au moment où elles franchirent l'écran de glace, elles s'imprégnèrent de façon fulgurante de ce que nous pourrions nommer « l'air du temps », c'est-à-dire que cet esprit reçut, dans un flash, l'histoire et la connaissance du monde.

Les particules, plus brillantes que jamais, repartirent danser au-dessus du corps du guerrier, qui venait d'acquérir, en une fraction de seconde, à peu près le même savoir que n'importe quel citoyen moyen du XXIe siècle.

La colère qui habitait Cadwagwn à l'instant de sa mort était toujours là. Cependant de nouvelles émotions s'emparaient de lui. La surprise, tout d'abord, car il découvrait son état ; la consternation, puisqu'il comprenait que plus jamais il ne reverrait les siens ; la stupeur, car, si les choses avaient fonctionné comme l'enseignaient les druides, il aurait dû passer dans l'au-delà, allongé au fond d'une barque, et festoyer avec les gens de son peuple, dans un endroit somptueux, baigné de bien-être divin, avant de revenir sur Terre dans un nouveau corps ; la rage contre les deux archéologues qui l'avaient tiré de son repos éternel, pour l'exposer comme une bête étrange ; l'étonnement, du mépris, et de l'écœurement devant l'évolution du monde ; une peur sauvage, insondable, irrépressible, de l'inconnu.

Le guerrier, forgé pour la bataille pensa en premier lieu à la vengeance contre les chiens qui l'avaient tiré de son tombeau. Son corps, qu'il voyait gisant devant lui ne devait pas être là ! Il allait décapiter Lars Winkler, et clouer sa tête à la porte de cette salle ; violer Léna Gruber, l'humilier, jusqu'à ce qu'elle implore son pardon, et la laisser pour morte dans la fosse qui lui avait servi de tombe pendant des siècles, ou l'abandonner dans une forêt sombre, pour qu'elle soit dévorée par les loups, puisqu'il en restait quelques-uns... Puis il comprit le dérisoire de ses réflexions : même s'il ressentait une fureur indescriptible, son sang ne pulsait pas dans ses veines, son cœur ne battait pas dans sa poitrine. Il était mort. Il ne pouvait plus se faire justice comme un guerrier. Qu'attendait-on de lui ? Quelle était sa place dans ce monde ? Avait-il commis une erreur ? Les dieux voulaient-ils le punir ? Après tout, l'éternité s'étendait devant lui. Il avait le temps, il écouterait, il observerait, il serait rusé, il trouverait une faille pour revenir dans son monde : les trois particules lumineuses se déposèrent lentement entre ses mèches d'or.

9

Le 31 octobre, à quatre heures moins le quart, après avoir bravé le crachin parisien, attendu sagement dans la file d'attente, puis progressé au pas dans les couloirs du musée, Maude pénétra dans la salle du tombeau.

Le Guerrier était là, splendide, allongé sur son char de bronze, entouré du double cercle de cristaux et de pierres gravées, dans toute la somptuosité de ses atours enrichis de bijoux. Elle pensa, sans aucune ironie, à une version masculine de la Belle au bois dormant, ou de Blanche-Neige allongée dans son cercueil de verre.

Magnifique, irréel, il ressemblait à un dieu, par sa stature, sa beauté, ses vêtements et la mise en scène qui l'enveloppait. Elle se figea derrière la glace, murmurant un passage de l'Odyssée appris au collège, et resté gravé dans sa mémoire, tant elle le trouvait beau « Nous atteignîmes l'océan profond ou les Cimmériens ont leur terre... Ce peuple est caché sous les nuages, dans des brumes que les rayons du soleil ne traversent jamais... » Ce texte visait des tribus celtes du Caucase, mais elle imaginait ainsi la région où avaient vécu cet homme et ses semblables.

Pour la douzième fois de la journée, la voix enregistrée déroulait son texte :

— La statuctte posée sur la poitrine du Guerrier est la déesse Épona, qui assume plusieurs fonctions. Déesse de la fertilité, protectrice des chevaux, elle accompagne aussi les âmes dans l'au-delà. Elle apparaît très tôt de l'autre côté du Danube, sous le nom proto celtique de Ekwos. Elle est l'unique divinité celtique, répandue et aimée jusqu'à Rome…

Au moment de son activation, l'esprit de Cadwagwn avait reçu le don de comprendre toutes les langues, il entendait donc en boucle le même commentaire qui débitait les mêmes propos, parfois exacts, parfois ridiculement erronés.

Il détaillait aussi les humains du XXIe siècle, au teint étrange, tous trop gros, trop maigres et surtout, trop flasques. Rares étaient ceux qui auraient pu monter une journée entière les chevaux de sa tribu, ou tenir son rang sur un champ de bataille, et encore moins y accomplir un exploit ! Des vêtements grotesques couvraient leurs corps mous. Leurs coiffures trop courtes et leurs visages glabres leur donnaient l'allure d'oisillons dans le nid. Aucune des femmes qu'il vit ne portait de chevelure tressée. Au mieux, leurs mèches longues pendaient sans grâce, sans vie. Ces humains semblaient ridiculement gauches, vulnérables, et pourtant sans gêne. Ils étaient laids, souvent blafards, parfois un peu jaune, ou carrément noirs. Il arrivait que leur nez supporte un objet étrange, à travers lequel ils scrutaient tout. Ils avaient peu de bijoux, et lorsque par hasard c'était le cas, il en identifiait rarement la matière. Sans doute, ces humains ne savaient-ils plus travailler l'or et l'argent.

Il remarqua la petite femelle chétive, étrangement accoutrée, aux grands yeux fiévreux, qui murmurait des paroles douces, en le fixant intensément. Elle était le premier visiteur à ne pas prononcer une de ces phrases banales ou stupides entendues depuis deux jours. Elle portait une cascade de boucles brunes indisciplinées comme une sauvageonne, et un pantalon de grosse toile bleu. Mais, ce qui l'interpella en premier lieu, c'était son expression indéfinissable. Son regard immense absorbait le guerrier, comme si elle souhaitait entrer dans son monde, le rejoindre au royaume des ombres. Et, surtout, elle dégageait un léger halo lumineux, un rayonnement très faible, comme s'il était immédiatement dissous et absorbé par l'air ambiant. D'instinct, Cadwagwn sut que lui seul voyait ce phénomène. Cette fille l'intriguait. Peut-être était-elle un elfe ou une fée. Il décida de la suivre lorsqu'elle quitta la pièce à reculons.

Le choc fut immense quand il se retrouva dans la rue. Il faillit reculer. Même s'il possédait la connaissance des hommes de ce siècle, les automobiles, les bâtiments, les signalisations lumineuses, le bitume du sol, les odeurs pestilentielles qu'il devinait plus qu'il ne les sentait réellement, étaient la perception d'un monde agressif auquel il n'appartenait pas. Cependant, il ne risquait pas de perdre la petite femelle : vêtue d'une veste matelassée de velours rouge foncé, accompagnée d'un jean râpé et délavé rentré dans des bottines en cuir brodé, le cou enserré d'une écharpe pailletée, la tête coiffée d'un chapeau cloche en feutre noir et vert foncé, elle se démarquait de la grisaille ambiante.

Elle sortit du Louvre, remonta le jardin des Tuileries, flâna jusqu'à la Concorde. Là, elle s'offrit quelque chose de rond, qui ressemblait à de la nourriture, dans laquelle elle mordait en buvant, de temps en temps, au goulot d'une bouteille étiquetée de rouge, un liquide couleur purin. Puis elle remonta les Champs-Élysées, tourna sur la droite au niveau de l'Arc de Triomphe, marcha encore un bon quart d'heure avant de pénétrer dans un hôtel. La nuit tombait, le guerrier comprit qu'elle resterait là au moins jusqu'au lendemain matin. Il décida de repartir vers l'Arc de Triomphe, ce qu'il avait aperçu sous l'arche massive, un peu plus tôt, l'intriguait. Il s'agissait d'un instant solennel où des officiels ravivaient une flamme.

10

À l'instant de sa « résurrection » Cadwagwn avait reçu une sorte de prescience des événements historiques, qui allaient des conquêtes romaines aux croisades, de la découverte de l'Amérique aux guerres mondiales, en passant par Hiroshima. Il n'ignorait rien de la déplorable évolution planétaire, du réchauffement climatique, ni du retour des guerres de religion. Il avait vu les avancées de la médecine, et le développement des technologies comme l'informatique, et les premiers pas sur la Lune. Il connaissait aussi la longue et lente évolution des mœurs. Pourtant, quelques manques, des détails, figuraient à ses connaissances.

Il faisait nuit, il n'y avait plus personne autour de la flamme. Il s'approcha, et remarqua trois particules d'un vert fluorescent un peu éteint, qui voltigeaient sous l'arche. Elles s'approchèrent aussitôt, dans une danse désordonnée. Se pouvait-il qu'il existe d'autres esprits ?

On s'adressa à lui, et il mit un certain temps à réagir, car personne n'émettait de sons. Le phénomène tenait plutôt de la transmission de pensée.

— Je crois que je ne t'ai jamais vu par ici, qui es-tu ?

— Il y en a d'autres ?

— Des fois...

— Et toi, qui es-tu ? Un guerrier de ma tribu venu me servir ?

— Non mon gars, tu te trompes, je ne sers plus personne depuis longtemps. Tu dois être mort depuis peu, et très regretté, ou très honoré par les tiens...

— Pourquoi dis-tu ça ?

— Parce que ton esprit, tout neuf, illumine la nuit. S'il n'y avait pas toutes les lumières de la ville, on ne contemplerait que toi ! Remarque en même temps, on s'en fout, personne n'y comprendrait rien, et puis de nos jours, les gens ne voient pas grand-chose, et nous, ils ne nous voient pas du tout.

— Tu ne m'as pas dit ton nom.

— Paul, Émilien, Pierre, Jean, Albert, Étienne... Peu importe...

— Tu es un grand chef de tribu ?

— Non, je suis forgeron.

— Alors, tu es un homme important. Tu forges des épées, des poignards, les roues des chars, des outils, des ustensiles...

— C'est le charron qui fabriquait les roues des chars, moi, je me contentais de les cercler. Je fabriquais surtout des pièces pour l'industrie.

— Ah... L'industrie... Alors, il n'y a pas longtemps que tu es mort.

— Pas loin d'un siècle.

— On a aussi exhumé ton corps, et on t'a exposé dans une vitrine ?

— Non mon gars, on a exhumé mon corps, et on l'a enterré ici. De toute façon, je n'étais plus très présentable, on ne m'aurait pas exposé dans un musée...

— Je ne comprends pas.

— En 1920, huit cercueils de combattants de la Grande Guerre que l'on n'avait pas pu identifier sont exhumés, et déposés à Verdun. Ils proviennent de huit régions où les batailles ont été les plus meurtrières. Ces cercueils sont soumis au choix d'un camarade du 132e régiment d'infanterie. En additionnant les chiffres de ce numéro il obtient le six, il choisit donc le sixième cercueil, qui est immédiatement transféré, en train, de Verdun à Paris. C'est comme ça que moi, mort sur un champ de bataille, ai été inhumé en grande pompe sous l'Arc de Triomphe, et suis devenu le soldat inconnu, symbole de la souffrance et du sacrifice de tous les soldats morts pour la France...

— C'est respectable ?

— Très honorable, tu veux dire !

— Tu étais donc un grand guerrier.

— Non, je n'étais pas un guerrier, je détestais la guerre. J'étais un jeune forgeron, j'avais une femme, un fils, une maison avec un petit lopin de terre, un beau cheval de trait, Mouchette, une jument splendide, que je louais de temps en temps. Je travaillais dur, nous ne manquions de rien, nous étions heureux !

— Alors tu étais un lâche...

— Non, non ! Mais d'où sors-tu ? Tu ne comprends pas ? Je suis une victime !

— Non, je ne comprends pas. La guerre c'était ma vie, je n'avais peur de rien, je triomphais toujours.

— Je ne sais pas qui tu es, mais tu devais être un fou ! Je suis resté plus de cinq mois terré dans des tranchées gorgées d'eau, sans pouvoir changer mes vêtements, et même, plusieurs semaines sans quitter mes chaussures, les sens aux aguets, le souffle en suspens, sursautant à la moindre déflagration, redoutant les mouvements d'air chargé de fumées toxiques… Je dévorais des rations de nourriture si restreintes qu'elles me portaient à peine au moment de partir à l'assaut et de toute façon, plus d'une fois j'ai vomi de peur en jaillissant de mon trou. Je suis devenu un animal ! Moi qui fuyais les bagarres, j'ai appris à tuer, et j'ai pris plaisir à le faire ! À plusieurs reprises, j'ai embroché des hommes au bout de ma baïonnette, je hurlais d'un plaisir sauvage, souillé par le sang de l'ennemi. Lire l'épouvante sur les visages était une jouissance, une libération, un triomphe sur ma propre mort. Je voulais vivre, c'était le prix à payer ! La violence me libérait de la peur ! J'ai vu des choses que tu ne peux pas imaginer, à moins que tu n'aies vécu cette guerre ! J'ai vu des torpilles éclater dans les tranchées d'en face, et projeter les pieds des ennemis jusque dans nos lignes, j'ai vu des cadavres partout autour de nous, des corps dont nous ne savions que faire, qui gonflaient et pourrissaient sur place. J'ai vu des camarades morts du gaz moutarde, les yeux brûlés, la peau gonflée de cloques atroces. À maintes reprises j'ai senti vibrer les explosions dans tout mon corps. Chaque fois je croyais mes membres arrachés… Non je n'étais pas un lâche, mais je n'étais pas un guerrier non plus ! Je suis mort, le corps criblé d'éclats d'obus, et c'était tant mieux, j'en avais assez ! Même si j'étais encore debout, la guerre m'avait tué. Je n'aurais jamais plus renoué avec celui que j'étais auparavant, je n'aurais jamais retrouvé la paix. Cette guerre avait fait naître un monstre en moi, rempli de terreur et de cruauté. Comment aurais-je pu m'abandonner à la douceur des bras de mon épouse, ou embrasser le front de mon enfant, alors que je ne voyais que du sang et de la chair broyée chaque fois que je fermais les yeux...

— Pardon, tu es un homme estimable... Tu crois que tu voulais mourir, mais j'imagine que d'autres ont vécu, et même, très longtemps après cette guerre...

— C'est vrai, il y en a qui sont devenus fous, et d'autres qui ont surmonté le cauchemar, je ne saurai jamais... Et toi, maintenant, vas-tu me dire qui tu es ? Comment es-tu mort ?

— Je suis Cadwagwn, fils du roi d'une tribu, dans le pays que vous appelez aujourd'hui l'Autriche.

— Je comprends mieux, tu es un barbare, la guerre ne peut pas t'impressionner.

— En quoi suis-je barbare ? Parce que j'aime la guerre, la violence, la force, le courage ? C'est vrai, je suis un barbare ! Mais, jusqu'à présent, les hommes n'ont jamais cessé de l'être. La guerre, c'est toujours des cris, du sang, de l'horreur ; des hommes, des femmes et des enfants qui meurent ! Vous avez d'autres moyens aujourd'hui. Vous prenez un plus grand nombre de vies, plus vite, plus sournoisement, cela fait de vous des gens civilisés, mais vous n'êtes pas moins cruels pour autant… Au fond vous êtes des barbares, mais vous n'en avez pas la noblesse ! J'ai vu votre monde ! Les enfants du XXIe siècle ont le même goût pour la brutalité. Mais lorsque l'un d'entre eux passe à l'acte, fusille les écoliers, met le feu à vos machines roulantes, ou utilise un explosif contre ses frères, vous êtes surpris. Vous vous imaginiez libérés de vos mauvais penchants… Mais pas du tout, nous sommes des prédateurs, nous avons tous besoin d'une proie à traquer…

Pendant quelques instants, les deux esprits cessèrent de communiquer. Chacun perdu dans ses pensées, revisitait les combats les plus terribles de son existence. Chacun tentait d'imaginer le guerrier que l'autre avait été. La ville se calmait, la circulation diminuait, le bruit s'apaisait, la nuit s'enracinait. Les trois particules dorées et les trois particules vertes brillaient au-dessus de la flamme de l'Arc de Triomphe, comme les minuscules étincelles qui s'échappent parfois d'un feu crépitant. Cadwagwn reprit :

— Pourtant, je t'ai entendu, Soldat Sans Nom. La différence entre nous, c'est le choix. On t'a transformé en guerrier, mais tu n'étais qu'un esclave sur un champ de bataille. Moi, j'étais né pour combattre, j'étais un prince de guerre ! Durant mon initiation de guerrier, mes maîtres m'ont enseigné l'amour du combat et le détachement devant la mort. Mourir au combat était l'achèvement le plus honorable pour nous. Nous étions préparés à cet instant et nous ne le redoutions pas. Défendre mon peuple était mon devoir. Ma raison d'être se trouvait dans les attaques et le pillage.

Semer la terreur, s'imposer, pour protéger notre peuple, nos terres et en conquérir d'autres, telle était notre fonction à nous, les guerriers. Nous étions une classe à part, respectée, intrépide, impitoyable. La bravoure était la plus belle de nos qualités. Pour paraître plus effrayants encore, quelques-uns se battaient nus, et d'autres dressaient leurs cheveux en crinière avec de l'argile. Certains soufflaient dans des cornes en marchant au combat, nous tapions nos épées contre nos boucliers longs et lourds, dans un même rythme, et nous poussions des cris effrayants. L'ennemi croyait que la campagne, animée d'une rumeur affolante, se mettait elle-même en marche. J'adorais sentir vibrer en moi cette clameur guerrière. Portés tous ensemble, par le vacarme et la rage, nous nous sentions grandir à chaque pas. Nous étions des géants, lorsque nous arrivions face à l'ennemi. Nous avions des frondes, et des javelots, mais le corps à corps à l'épée était toujours inévitable. Le sang coulait, mais nous ne sentions pas la douleur, et nous exhibions fièrement nos cicatrices après le combat... Nous savions aussi préparer des embuscades. Rusés, silencieux, tapis dans les fourrés, fondus dans l'immobilité végétale, invisibles et patients, nous parvenions à provoquer chez nos victimes une telle surprise, doublée d'une telle terreur, que nous finissions par imaginer que nous étions dotés de pouvoirs surnaturels.

— Après tout, on dirait que dans l'action, il y avait peu de différences entre tes combats et les miens. Mais moi je ne me suis jamais senti porté par la magie. Dans les jours les meilleurs, j'avais de la chance, les autres, j'étais abandonné de Dieu... Pardon, je suis fatigué de parler de ça... Mais que veux-tu, je suis figé pour l'éternité dans le rôle du soldat inconnu, alors que j'étais un artisan, un époux, un père, mais pas un homme sanguinaire et brutal. J'étais baptisé, j'allais à l'église de temps en temps... Et maintenant... c'est l'enfer qui m'attend !...Tu ne m'as pas dit comment tu étais mort...

— J'ai reçu un coup mortel à la tête...

— Au combat ?

— Non, j'aurais tellement aimé ! Mais, non, Yuzkar, mon cheval, était fantastique, c'était de ma faute, j'ai été stupide, je n'ai pas envie de te raconter, pas cette fois... Dis-moi, c'est quoi cet enfer qui t'attend ?

— Je suis chrétien, catholique. Pour nous, l'au-delà se compose de deux parties : le paradis, pour ceux qui se sont montrés humbles, bons, charitables et se sont bien comportés, c'est un lieu agréable, où tout le monde souhaite se rendre, où tu retrouves pour toujours ceux que tu as aimés ; l'enfer pour les autres, un endroit où tu vis les pires tourments pour l'éternité. Après tout, d'une certaine manière, peut-être y suis-je déjà... Ça ne se passe pas de cette manière dans tes croyances ?

— De nombreux dieux veillent sur le peuple celte. Les défunts sont conduits vers l'au-delà, « la terre des jeunes », souvent par une déesse qui prend l'aspect d'un Cygne. L'endroit est merveilleux, nous y festoyons, servis par de belles guerrières. La vieillesse, les infirmités, les maladies disparaissent, nous sommes heureux en cet endroit. Puis nous revenons sur Terre dans un autre corps. L'âme ne meurt jamais, chaque corps, chaque vie, n'est qu'une expérience de plus pour elle. D'ailleurs nous n'avons aucune crainte de mourir, puisque notre identité, notre personnalité se perpétue au fil des réincarnations. Nous n'avons pas d'enfer au sens où tu l'entends dans ta religion.

Ils se turent à nouveau. Le temps passait vite. Pour eux, les esprits, il s'écoulait probablement différemment. Le ciel rosissait, l'activité de la ville reprenait doucement.

— Tout à l'heure, quand je t'ai demandé s'il y avait d'autres esprits, tu m'as répondu « des fois », qu'est-ce que ça veut dire ?

— Ça veut dire que nous ne sommes pas seuls à errer dans ce monde. Tu verras, tu en rencontreras d'autres, tu sauras où les trouver, et quand ils le souhaiteront, ce sont eux qui viendront à ta rencontre. Le temps et les distances ne nous affectent plus.

— D'autres esprits viennent te voir ?

— Oui, bien sûr, certains plus fréquemment que d'autres. Ces dernières années, l'esprit d'une princesse, qui s'est tuée en voiture, dans un tunnel de cette ville, m'a souvent rendu visite. Trois points brillants, d'un bleu saphir splendide, mais qui brillent déjà un peu moins aujourd'hui…

— Pourquoi ? Pourquoi brillent-ils moins maintenant ?

— Peut-être parce qu'on commence à l'oublier, cette princesse…

— Et toi, on t'oublie ?

— La dernière fois où mon esprit a vraiment rayonné, c'était en 1984, quand les chefs d'État français et allemand ont célébré ensemble, main dans la main, la soixante-dixième commémoration de la bataille de Verdun. C'était un instant intense, chargé d'émotions, de respect. Pendant longtemps, à travers moi, on a honoré les combattants de la Grande Guerre, mais je sens que c'est la fin... Le dernier soldat de ce conflit est mort depuis peu. On transforme déjà l'hommage rendu aux poilus en un souvenir plus général. Bientôt on ne se souviendra plus de nous, on n'enseignera plus notre histoire aux jeunes... La page se tourne, nous mourons une deuxième fois.

11

Cadwagwn s'attarda un peu en compagnie du Soldat inconnu. Cette rencontre le rendait songeur. Il n'était pas seul dans cette vie intermédiaire, et ça, même pour un homme valeureux comme lui, c'était un point extrêmement réconfortant. Ensuite, si le Soldat Sans Nom n'était pas un guerrier au sens où l'entendait le Celte, il appréciait tout de même sa conversation. Cet homme et ses semblables inspiraient le respect. L'inconnu de l'Arc de Triomphe avouait ses peurs, et, loin de lui paraître ridicule, il le trouvait au contraire très courageux tant le dieu vénéré par ce chrétien semblait terrifiant. Cadwagwn se demandait si lui-même et les hommes de sa tribu auraient fait preuve de la même bravoure avec des promesses d'un au-delà aussi incertain et donc aussi inquiétant.

Il retourna à l'hôtel pour vérifier si la petite femelle se trouvait toujours ici. Elle continuait à l'intriguer. Il souhaitait en savoir plus sur elle. Il fut immédiatement rassuré : Maude était là, à l'accueil. Affable, elle salua le réceptionniste, lui remit sa clef et le gratifia d'un « À ce soir, bonne journée ». Elle sortit, par l'étrange porte tournante en panneaux de verre, le regard rêveur, des écouteurs dans les oreilles.

Cette femme n'avait pas l'air très en forme. Elle toussait beaucoup et semblait se recroqueviller sur elle-même. Il la suivit dans les couloirs du métro. L'expérience lui parut immonde. Cet univers souterrain, sale, puant, éclairé de lumières blafardes, paraissait hanté par des humains aux visages inexpressifs qui évitaient de croiser leurs regards, comme s'ils étaient fourbes ou redoutaient de déclencher une vague d'hostilités. Après quelques instants, un monstre de ferraille déboula d'un tunnel noir dans un bruit fracassant. Les portes s'ouvrirent, régurgitant une grande quantité de passagers, puis ceux qui attendaient sur le quai prirent place à bord, en toute indifférence, et la machine repartit, vibrante de vitesse.

La fille ressortit à l'air libre, pour pénétrer, après quelques minutes de marche, au musée d'Orsay. Il la suivit un moment, observa certaines statues qui le laissèrent perplexe, ignora les peintures qui ne lui disaient absolument rien, et considéra que la seule chose véritablement intéressante résidait dans ces bancs translucides, mis à la disposition des visiteurs fatigués, qui ressemblaient à des blocs de glace irréguliers. Il finit par abandonner la petite femelle pour voleter librement jusqu'à la salle de réfectoire. L'endroit lui parut, de loin, le plus extraordinaire de ce lieu : une multitude de grosses cloches en verre doré servant à dispenser la lumière descendaient du plafond, et la pièce était percée d'une monumentale horloge à travers laquelle on distinguait, entre les chiffres romains, et les aiguilles gigantesques, la ville s'étirant à l'infini. Rapidement lassé de l'endroit qu'il ne comprenait pas, il décida de se promener ailleurs, puisque la créature avait apparemment prévu de revenir à l'hôtel le soir même.

Le Soldat Sans Nom avait expliqué au guerrier qu'il pouvait se transporter où il le souhaitait, par sa simple volonté. Il suffisait d'être déterminé. La manœuvre était rapide, et le temps nécessaire à un déplacement à peine quantifiable.

Cadwagwn souhaita donc revoir Hallstatt. Il se concentra sur la nécropole qu'il connaissait bien, et plus précisément sur l'endroit où reposait sa fille Hywel, et il plana immédiatement au-dessus du cimetière.

Le choc fut immense ! Horrifié, révolté, il mesura l'étendue de la profanation. S'il avait pu pleurer, pour la première fois de son existence, il aurait versé des larmes de rage et d'impuissance. De quel droit avait-on éventré les tombes, pillé les trésors de ceux qui les occupaient ? Oh, bien sûr, l'endroit était net, le sol couvert d'un velours de gazon irréprochable. Mais le guerrier sentait, savait, que la plupart des tombes étaient vides. D'ailleurs dans un vague remords, par considération pour ces lointains ancêtres, ou plus probablement, par désir de rendre la zone plus spectaculaire, on avait symbolisé la multitude de défunts par autant de spots électriques, dispersés à la surface de la nécropole, dont le flot de lumière s'échappait vers le ciel. Aux yeux de Cadwagwn, on avait privé les défunts de respect, comme une armée vaincue. On avait purement et simplement dispersé les objets qui les accompagnaient pour l'éternité afin de les enfermer dans les réserves des musées, numéroté les ossements ridiculement mis à nu pour les ranger dans des tiroirs poussiéreux, dispersé les cendres pour ne conserver que les urnes de bronze, probablement dans des vitrines éclairées comme de vulgaires ustensiles ménagers dans une boutique ! Encore une fois, il ressentit une violence froide monter en lui, mais elle n'avait rien de comparable à tout ce qu'il avait pu éprouver jusque-là. Il se remémora Aranrhod, le visage fermé sur sa souffrance, lavant son bébé défunt, l'habillant pour l'éternité avec un amour infini. Il se souvint de sa propre tristesse tant pour la mort de cette enfant que pour son impuissance à consoler son épouse. Tout ceci n'était pas ancien pour lui, il s'agissait d'une douleur datant de quelques mois à peine… Encore une fois il se demanda pourquoi les dieux le soumettaient à une telle épreuve. Encore une fois il souhaita la mort des archéologues.

Il était venu à la rencontre des esprits de son peuple, mais il ne ressentait qu'une vague rémanence de leurs âmes. Il restait un lieu, eux n'étaient plus réellement là. Il le savait, à la manière d'un chien qui flaire une piste ancienne, identifiant un indice si ténu qu'il ne sait plus quelle direction choisir. Il survola ses anciennes terres durant quelques instants ; des forêts avaient disparu, d'autres s'étaient étendues ; des voies balafraient la terre ; çà et là, des villages, de gros bourgs, de petites villes prospéraient… Plus de huttes au toit de chaume, plus de palissades pour protéger des assaillants, plus de poules dans les ruelles, de bétail dans les maisons, de guerriers s'entraînant au combat, sous le regard admirateur du reste de la population… Cadwagwn n'avait plus rien à faire ici, il souhaita retrouver le Soldat Sans Nom.

12

— Si je comprends bien, mon gars, tu veux te venger de ces deux archéologues, mais tu sais, ils ne sont pas les seuls responsables. Il y a bientôt deux cents ans que l'on fouille, gratte et exhume par là-bas, et même partout dans le monde. L'homme a besoin de trésors pour rêver, et les civilisations passées offrent souvent de belles découvertes.

— Ne cherche pas à les défendre ! Dis-moi plutôt quels sont nos pouvoirs, est-ce que je peux les tuer ?

— Sans nul doute, tu peux encore agir sur le cours de leur vie.

— Toi, tu l'as déjà fait ?

— Bien sûr, j'ai réglé quelques petits comptes, et tout particulièrement avec quelques hauts gradés de l'armée : ceux qui étaient sans pitié, ceux qui nous envoyaient à la mort sans état d'âme. Des salopards que l'on honore encore aujourd'hui. Bien des rues portent leurs noms… Mais moi, je me suis contenté de leur foutre un peu la trouille. Je les ai perturbés et je me suis drôlement amusé. Les tuer, ou les pousser à le faire, ça ne me disait rien. J'ai rencontré une fois l'esprit d'un roi d'Égypte beaucoup plus ancien que toi, mais extrêmement jeune au moment de sa mort. Il m'a raconté qu'il était, lui aussi, très en colère lorsqu'on a ouvert son tombeau, alors, il s'est vengé…

Le soldat inconnu s'était tu, laissant planer le suspense. Le Celte s'impatienta.

— Alors raconte, qu'a-t-il fait ?

— Lord Carnarvon, qui finançait les recherches, est mort cinq mois après l'ouverture de la tombe d'une infection. Eh bien, à l'instant de sa mort, la ville du Caire s'est retrouvée dans le noir total, à cause d'une panne d'électricité inexpliquée... Nous les esprits, sommes très forts pour perturber l'électricité... Après, l'imagination des journalistes et du public a fait le reste. Le chien de ce Lord est mort, en Angleterre, au même instant, dans un hurlement. On a dit que c'était aussi la malédiction. Plusieurs des personnes qui participaient aux fouilles sont décédées ensuite. Chaque fois on a raconté que c'était à cause de ce roi ! Lui, ça l'a beaucoup diverti, car, à part la panne d'électricité du Caire, il n'était responsable de rien d'autre.

— Merci, Soldat Sans Nom. J'ai besoin de réfléchir...

Cadwagwn retourna au Louvre, dans l'obscurité de sa cage de verre. Les visites n'avaient pas encore repris. Retrouver la proximité de son épée et le décorum de sa tombe le calmait. Son attention fut attirée par un panneau sur lequel figuraient les photos de Lars Winkler et Léna Gruber, tous deux professeurs d'histoire à l'université de Vienne, et « inventeurs de la tombe ». Il savait maintenant où les trouver, il suffisait de se concentrer et... Les trois particules d'or jaillirent dans un amphithéâtre aux boiseries cirées, où des étudiants studieux prenaient des notes en écoutant

Léna Gruber qui s'exprimait derrière un micro. Il n'eut pas à attendre bien longtemps, le cours se terminait. Les élèves se dispersèrent, le professeur rangea ses fiches dans un cartable, et se dirigea vers la sortie. Il suivit la femme qui s'engouffra dans sa voiture garée sur le parking de l'établissement. Elle mit la radio en marche, régla le chauffage, déposa avec soin son manteau de cachemire sur le fauteuil voisin, s'adressa un sourire dans le miroir du rétroviseur, inséra sa clef, démarrant aussitôt un moteur des plus silencieux. Elle conduisit tout en fredonnant jusqu'à un immeuble moderne et froid d'une dizaine d'étages, troué de balcons-terrasses, dans un quartier riche de la ville.

Arrivée devant la porte, Léna composa le code d'entrée, récupéra son courrier dans la boîte à lettres et se dirigea vers l'ascenseur, affichant toujours la même expression détendue et sûre d'elle-même. Elle était ravie. Depuis la découverte de Hallstatt, et le succès retentissant de l'exposition, sa carrière et celle de Lars prenaient un nouveau tournant. L'université leur accordait plus de crédit pour la recherche. Dorénavant, les heures d'enseignement seraient extrêmement réduites, ils auraient tous les deux beaucoup plus de temps à consacrer à ce qui les intéressait vraiment. Léna connaissait la plus belle période de sa vie : elle était au zénith de sa carrière, et vivait le plus grand amour de son existence. D'ailleurs, Lars s'était installé chez elle depuis deux mois. Elle nageait dans le bonheur. L'ascenseur s'ouvrit, elle y pénétra en continuant à trier machinalement son courrier. C'est entre le cinquième et le sixième étage que la panne se produisit : l'ascenseur s'arrêta net, plongeant la cage dans une obscurité totale, laissant sa passagère perplexe. L'installation était neuve, l'appareil allait repartir, ça ne faisait aucun doute. Les secondes commencèrent à s'égrener, mais aucun signe de redémarrage ne se produisit. Agacée, elle soupira, cherchant l'alarme à tâtons, car même la veilleuse du tableau des boutons de commande semblait hors service. Elle explora nerveusement le fond de son coûteux sac à main, à la recherche de son téléphone qui lui donnerait un peu de lumière et lui permettrait d'appeler du secours. Hélas, la batterie du portable chargée le matin même était à plat. Elle avait dû, par mégarde, le laisser ouvert sur une touche fonction, et il s'était vidé dans la journée... Elle se laissa glisser sur le sol de la cabine, essayant de respirer posément, et surtout de ne pas céder à la panique. Bien qu'elle soit tentée de le faire, la jeune femme s'interdit de tambouriner en hurlant contre les portes d'acier. Elle se manifesterait seulement lorsqu'elle entendrait du bruit. Elle devait se contrôler pour ne pas céder à la crise de claustrophobie qui commençait à la gagner.

    Satisfait de lui, l'esprit abandonna Léna à son sort. Il pénétra dans l'appartement des archéologues, où il trouva deux ordinateurs. Il en choisit un, dont il grilla irrémédiablement les circuits et la mémoire. Cet outil des temps modernes leur ferait certainement défaut. Il était tenté de détruire tout ce qu'il rencontrait, mais il se retint, préférant garder d'autres occasions pour se rappeler à eux, jusqu'à ce que les profanateurs établissent un lien entre leurs malheurs et le guerrier celte.

Au moment où Léna luttait dans l'ascenseur, Lars Winkler roulait en direction de Vienne. Il s'était attardé plus que de raison chez un vieil ami domicilié à cent kilomètres environ de la capitale. Ce dernier lui avait confié des documents rares qui l'intéressaient au plus haut point pour ses recherches, et il ne regrettait pas sa visite. Évitant les grands axes, il avait choisi une route plus bucolique et très peu fréquentée, qui longeait la forêt. Un choix peut-être insensé, en cette saison, à la tombée de la nuit, à l'heure où les sapins ne formaient plus qu'une masse compacte, sombre et inquiétante, d'où pouvait surgir à tout instant un cervidé téméraire.

Confortablement installé dans sa voiture, une Saab 9-x prétentieuse dont il était particulièrement fier, Lars roulait assez vite, heureux de sa journée, de sa vie, de sa compagne... Le tableau de bord s'illumina soudain, signalant un manque d'huile, un manque d'eau, un manque d'essence, un frein à main bloqué, une ceinture de sécurité non attachée, trop de pression, ainsi qu'une anomalie avec l'airbag. Le tableau de bord scintillait comme une guirlande de Noël lorsque les lumières s'emballent dans un clignotement effréné. Une légère fumée s'éleva devant le pare-brise. Lars ralentit, puis immobilisa doucement sa voiture sur le bas-côté. Il eut à peine le temps de se détacher et de sortir du véhicule que les premières flammes jaillirent sous le capot. Incrédule, incapable de réagir, il observa le brasier durant deux ou trois secondes. Puis, comme s'il se réveillait, il plongea dans le coffre pour extraire un extincteur ridiculement petit par rapport à la gravité de l'incendie. Il sortit son téléphone portable pour appeler de l'aide, mais la batterie de l'appareil, chargé la veille, s'était incompréhensiblement vidée...

Cadwagwn erra dans la forêt. Sa vengeance ne lui procurait pas la satisfaction qu'il aurait éprouvée dans un bon corps à corps. Il avait observé un certain désarroi sur le visage des deux pilleurs de tombes, peut-être une légère crainte. Bien sûr, il aurait pu les supprimer, mais ça n'aurait pas rétabli l'ordre des choses. Il n'avait pas trouvé le chemin de l'éternité promis par les dieux, il ne possédait pas la réponse aux événements qui avaient déclenché sa colère. La Terre avait continué d'évoluer sans lui, sa mort était dérisoire, son retour insensé. Pourtant, pour la première fois depuis son « arrivée », il ressentait une sorte de paix, tout en se faufilant entre les branches serrées des sous-bois. Cet univers lui semblait familier : le hululement d'une chouette, la danse d'un renard dans un rayon de lune, le souffle d'un chevreuil sur l'oreille de son petit somnolant, à l'abri, dans l'herbe sèche des fourrés... La vie animale demeurait. Instinctivement Cadwagwn se mit aux aguets.

Ses pensées allèrent à Aranrhod et à son fils Hartmod. Son épouse était forte, tous deux s'aimaient. Il était touché qu'elle ait lié son bracelet à son poignet pour l'accompagner dans la mort. Mais son fils, encore si jeune, comment avait-il vécu après sa disparition ? Était-il parvenu à l'âge adulte, et devenu un brave, ou Vaughn avait-il gagné en faisant de lui un druide ? Jamais il ne saurait. En cédant à son impulsivité, il avait tout gâché. Perdu dans ses réflexions, il parcourut la forêt jusqu'au petit matin. Il approcha les animaux de si près, qu'il aperçut ses trois points lumineux se refléter dans le regard vert péridot d'un loup gris, dont le pelage long et cendré brillait de reflets argentés fusant à travers l'obscurité. Les bêtes sentaient sa présence. Peut-être observaient-elles quelque chose de lui, mais elles ne le craignaient plus. La sensation était étrange. Au fil des heures, il n'était plus guerrier en quête de bataille ou chasseur en quête de proie. Il comprenait enfin qu'il était un esprit cherchant les réponses qui pourraient lui apporter la paix.

13

Une brume dense accrochait la cime des arbres. On entendait au loin le trafic routier reprenant de l'intensité. Un énorme camion s'arrêta à l'entrée d'un chemin forestier, des bûcherons en descendirent, et quelques instants plus tard, les tronçonneuses mordaient l'écorce, dans un bruit assourdissant. Cadwagwn devait quitter l'endroit, et retrouver la petite femelle. Peut-être qu'il faisait fausse route, mais il était convaincu qu'elle pouvait l'aider.

Le guerrier pénétra dans l'hôtel à la même heure que la veille, la femme n'était pas là ! Il traversa chaque chambre, chaque salle de bains, chaque cagibi à la vitesse d'une tornade, rien. Pendant qu'il se consacrait à sa vengeance, elle avait disparu ! Il ne savait pas d'où elle venait, il ne pouvait donc pas la retrouver. Une nouvelle fois il se rendit à l'Arc de Triomphe.

Le Soldat se fit un brin moqueur :

— Alors mon gars, on ne s'ennuie pas avec toi… Si j'avais su que mon meilleur pote ici-bas serait un guerrier celte !

— J'ai besoin de ta connaissance de ce monde…

— Qu'est-ce que tu veux savoir ?

— J'ai besoin de retrouver une femme que j'ai repérée au musée, elle n'est plus dans son hôtel, je ne sais pas où la rejoindre… C'est important !

— Eh ben ! T'es pas amoureux quand même ?

— Ne sois pas stupide ! Cette femme est spéciale, elle dégage une aura...

— Oh là ! On dirait qu'il s'agit d'une magie de ton peuple... Enfin, pourquoi pas... Plus rien ne m'étonne... Tu m'expliqueras un jour ?

— Oui, dépêche-toi, si tu as une idée...

— Si cette femme se trouvait dans un hôtel c'était une touriste. Il y a de fortes chances qu'elle soit venue en train ou en avion. Si elle n'est pas encore partie, tu la trouveras donc à la gare ou à l'aéroport... Mais, je dois te prévenir, à ma connaissance aucun d'entre nous n'est parvenu à dialoguer avec un vivant !

Le Soldat avait à peine terminé sa phrase, que Cadwagwn voletait dans la gare de Lyon. Lorsqu'il arriva sous l'horloge, à l'extrémité des quais, il fut assailli par une nuée d'images et d'émotions.

Cet endroit n'était pas une simple zone de transit. C'était un temple du bonheur et de la tristesse, où se déroulaient depuis toujours des instants heureux, des moments tragiques, des déchirements insoutenables, des drames collectifs ou individuels aux dénouements incertains. Il lui semblait percevoir dans un murmure la clameur de toute l'émotion contenue en ce lieu depuis sa création : chagrin, allégresse, déception, crainte, joie, désespoir, douleur, liesse... Il eut la vision de soldats partant pour la guerre, de prisonniers hagards embarqués sous la menace d'une armée d'occupation, de femmes et d'enfants pleurant au bord des quais, de la souffrance d'êtres amaigris au-delà de l'imaginable, de blessés débarqués sur des civières, escortés par des infirmières affairées, de retours triomphaux... Il reçut l'évocation d'amoureux enlacés se retrouvant avec enchantement, et puis d'autres, s'étreignant, soudés les uns aux autres par leurs larmes, sans que personne ne leur accorde le moindre regard. Il vit des touristes radieux, partant à la conquête de la ville, et des travailleurs pressés, aux visages impénétrables. Ce lieu possédait quelque chose de sacré par l'intensité des émotions sans cesse renouvelées qu'il contenait depuis toujours, et malgré tout, il demeurait le temple de l'indifférence.

Il surmonta la sensation qui l'étreignait, repoussa la clameur qui le submergeait pour partir à la recherche de la petite femelle. Il ne voyait que des cohortes d'individus, ridiculement vêtus, traînant nonchalamment de stupides bagages à roulettes. D'autres encore, équipés de sac à dos, montaient dans les trains de banlieue en poussant leur vélo, s'imposant de tout leur volume, et de tout leur sans-gêne aux groupes de voyageurs qui les entouraient dans une résignation totale. Une voix de femme, impersonnelle, annonçait des départs, des arrivées et des retards dans le désintéressement général. L'esprit commençait à craindre de ne jamais retrouver la petite femme, mais il finit par l'apercevoir vers une série de quais neufs, disposés latéralement aux voies centrales, plus anciennes. Elle patientait, distraitement, étourdie par l'agitation. Un contrôleur apparut, et la file avança lentement, pour le contrôle des billets. Puis, Maude grimpa enfin à l'étage du TGV. Elle s'installa à sa place, en sens inverse de la marche, et se pelotonna en frissonnant contre la vitre.

Les particules dorées de l'esprit se déposèrent sur les paillettes de l'écharpe de Maude. Son cou dégageait une chaleur humide qui mouillait son foulard, son corps maigrichon était régulièrement secoué par une toux rauque qui semblait la faire souffrir, des mèches de cheveux collaient à ses joues pâles. Les yeux clos, elle ne dormait pas, mais ses paupières tressaillantes dénonçaient son agitation. Cadwagwn se demandait s'il avait raison de chercher des réponses auprès d'un être aussi chétif. Cependant il se confortait dans son choix en observant l'aura qui continuait à briller faiblement autour d'elle.

Pour l'heure, il n'avait rien d'autre à faire qu'à scruter le paysage, par le hublot du train. Quel monde étrange ! On se déplaçait à l'endroit ou à l'envers, tournant le dos à la route, et on ignorait les gens installés autour de soi. La campagne filait à une vitesse hallucinante.

Il aperçut des champs démesurés, labourés par des monstres d'acier, des forêts au tracé rectiligne et parfois, broutant dans un pré, des chevaux fragiles ou des troupeaux de vaches aux pis difformes. Il observa des ponts monumentaux au-dessus de fleuves boueux, des plantations géométriques d'arbres fruitiers dépouillés de feuilles, et des vignes semblables à du bois mort, toutes ces variétés animales et végétales totalement inconnues de son monde.

Les villages changeaient, les demeures blanches aux toits noirs laissèrent place à des maisons plus rustiques, dont les toitures posées sur des murs de pierres grises, prenaient des teintes d'un brun orangé, comme rouillées. Ensuite, durant un très long moment, il observa des habitations banales et sans grâce, et des fermes crasseuses, paressant hors du temps. Le train traversa une vallée longeant un large cours d'eau. Puis la nature devint plus aride et les constructions se couvrirent de tuiles rose clair. Il s'étonnait de la grande variété des bâtisses : couleurs, formes, hauteurs, il ne voyait pas de véritable homogénéité, d'autant plus que partout, sur ce territoire, poussaient des bâtiments énormes, laids, épousant la forme de boîtes à couvercle plat. Il trouvait l'ensemble de ce qu'il observait excessivement hideux. Çà et là, il apercevait un clocher, et il se remémorait ce que le Soldat Sans Nom lui avait expliqué : de tout temps l'homme avait vénéré des dieux, et durant très longtemps chaque peuple s'était accommodé de ces pratiques, dans une grande tolérance, allant parfois jusqu'à emprunter le dieu ou la déesse d'un peuple voisin. Puis était apparu le dieu unique, drame de la civilisation. On avait commis le meilleur et le pire en son nom, mais la grande absurdité était que, malgré les siècles écoulés, la planète entière se divisait toujours sur la manière de l'honorer ! Les églises de ce pays servaient de lieux de culte. On n'adorait plus le divin dans des clairières ou autour des pierres levées, mais derrière les murs épais de ces constructions dans un grand apparat de chants, de dorures et de sculptures.

L'esprit s'interrogeait. Son peuple s'était-il fourvoyé en adorant les mauvaises divinités ? Avait-il offensé un « vrai » dieu ? Était-ce la raison pour laquelle on traitait avec tant de mépris les morts de l'Antiquité celte, grecque, romaine, égyptienne ? Par leur méconnaissance, ces peuples avaient-ils perdu le droit au respect et au repos éternel ? Les druides si savants s'étaient-ils trompés ?

Toutes ces considérations torturaient Cadwagwn. Jusque-là, il n'avait jamais vacillé. Sa foi inébranlable avait toujours été, pour lui, sa plus grande force. Grâce à elle, il n'avait jamais connu la peur au combat, il avait surmonté son chagrin quand Hywel, sa fillette bien-aimée, était morte des fièvres, tant il était certain qu'elle se trouvait dans un monde merveilleux d'où elle reviendrait plus éclatante encore. Mais à présent, il doutait de tout.

14

Arrivée en gare d'Aix-en-Provence, Maude héla un taxi. Son bagage minuscule semblait peser très lourd, et Cadwagwn, incapable de lui venir en aide, bouillait de rage. Le chauffeur remarqua sa faiblesse :

— Pas l'air en forme, ma p'tite dame...

— Non, je crois que j'ai pris froid.

— Vous arrivez de Paris ?

— Oui, c'est ça. Il ne faisait pas très chaud là-haut.

— Sûr, ça ne vaut pas le midi !

Maude esquissa un sourire poli. Discuter l'épuisait. Elle n'en avait pas envie. Elle s'enfonça dans les coussins moelleux de la banquette, appréciant les rayons de soleil du début d'après-midi qui illuminaient l'intérieur de la voiture.

Lorsqu'elle poussa la porte de l'appartement, Cadwagwn eut une sensation de déjà-vu. Bien qu'il soit plus petit, l'endroit contenait le même genre de matériel que celui rencontré chez les archéologues. L'aménagement était cependant nettement plus chaleureux, plus vivant, moins dépouillé. Chez les savants le décor se résumait à de sobres et pompeuses photos noir et blanc, accrochées aux murs. Alors qu'ici, une tenture chamarrée représentant un arbre de vie habillait une cloison, des minéraux colorés miroitaient sous l'éclairage d'une vitrine, et des coussins bariolés jetés sur un canapé de cuir clair donnaient une sensation de gaieté.

La jeune femme attrapa le chat qui venait à sa rencontre avec des miaulements plaintifs. Elle le câlina.

Salut, petit Tortille... Oui, je sais que je t'ai manqué, mais je sais aussi que Lucas, le prof sympa est venu te voir... Oui, oui, ne me raconte pas d'histoires... Et, mais tu ne ronronnes plus quand je te parle ? Eh ! C'est quoi ces manières ! Qu'est-ce que tu regardes ?

Le chat, l'œil rond et étonné, fixait quelque chose dans les airs que sa maîtresse ne voyait pas. Elle le secoua affectueusement en tirant un peu sa moustache.

C'est ça, Monsieur me snobe, Monsieur veut me faire croire que sa petite Maude n'est plus le centre du monde...

Le chat conservait son air captivé, et il avait légèrement penché la tête de côté, comme pour mieux comprendre ce qu'il voyait. La jeune femme se mit à rire.

— Je vois, tu es un original, un comique. Tu as décidé de me faire marcher... Bon, comme tu voudras. Je n'en peux plus ! Je vais prendre une douche, une aspirine, et me taper une petite sieste. Après j'appellerai Lucas pour le remercier et lui demander ce qu'il t'a raconté pour te rendre fou... Je suis tellement cuite ! Les cours reprennent dans deux jours, je me demande si je serai en état...

Elle changea de position, et le chat se tordit le cou, pour continuer à scruter un point, entre le plancher et le plafond. Maude le caressait.

— Mon pauvre petit Chatounet, il faut que j'explique à Lucas que toi et moi sommes des esprits scientifiques et rationnels, et qu'il ne doit pas nous perturber en distillant des notions de philosophie. Je suis certaine qu'il t'a posé une question qu'il réserve à ses élèves, et dont il raffole, genre « La mort donne-t-elle un sens à la vie ? »

Sa voix s'érailla dans une sorte de trémolo.

— Eh bien nous, on n'a pas assez de recul pour répondre. On a bien une idée sur la question, mais on n'est pas en état pour disserter objectivement, à froid…

Des larmes mouillaient ses yeux. Elle reposa l'animal et se dirigea vers la salle de bains.

S'il en avait douté, l'esprit était maintenant certain que les animaux le voyaient, sans, pour autant, déclencher une quelconque hostilité. Il savait aussi que cette fille se prénommait Maude, et qu'elle était terriblement triste.

Quelques minutes après, changée, la jeune femme ressortit de la salle de bains, vêtue d'un pyjama gris sur lequel elle avait rajouté un cache-cœur en maille polaire rose. Elle se glissa avec délice dans son lit, sous la couette, se replia sur elle-même, et ferma les yeux. À titre exceptionnel, parce qu'elle se sentait très seule, elle ne lutta pas contre Tortille venu se lover contre son ventre. Le chat ronronnait à nouveau.

Pendant ce temps, l'esprit explorait l'appartement : une cuisine, un séjour, une chambre et un bureau. C'est cette dernière pièce qui retint son attention : désordonnée, elle semblait dédiée à une activité particulière. La surface d'une table disparaissait sous une quinzaine de croquis. Plusieurs cartons à dessin, débordant d'aquarelles s'appuyaient contre l'un des murs. Accrochée au plafond, une amusante suspension en bois représentant un oiseau surmonté d'un petit personnage rondouillard battait lentement des ailes au moindre déplacement d'air. Sur le mur, au-dessus du bureau, était fixé un miroir étrange. Le guerrier n'en avait jamais vu de semblable. Il était rond, et semblait réfléchir le reflet capturé à l'infini. Il pensa que l'objet possédait sans doute des propriétés magiques. Il ne sut identifier les figurines grotesques posées sur les différentes étagères. Tintin et Milou, Lara Croft, Corto Maltese, Bécassine, Cubitus, Cixi de Troy, Wallace et Gromit, un chat de Dubout, et bien d'autres, s'intercalaient entre les albums de bandes dessinées... Cadwagwn remarqua un grand cadre recouvert de photos, sur la plupart desquelles la créature posait à côté d'un homme jeune aux traits fins, dissimulé par une barbe sombre. Il détailla le personnage de l'image avec défiance. Sa coiffure s'ébouriffait en mèches brunes, désordonnées. Il était grand et très maigre, mais semblait heureux et bien portant. Son regard vif, noir et perçant fixait le photographe avec une pointe d'amusement. Maude n'avait pas son air triste et maladif. Au contraire, elle rayonnait, comme une fillette espiègle et turbulente. Plus le guerrier scrutait la représentation de cette femme rieuse, plus il était bouleversé. Il chassa les idées qui l'assaillaient, et remarqua qu'il ne ressentait pas la présence de l'homme barbu. Il comprit que là se trouvait probablement le drame de la fille.

Cadwagwn retourna dans la chambre pour veiller la petite créature et réfléchir. Si cette femme dégageait une aura qu'il était capable de voir, c'était un signe. Soit il apprendrait des choses en restant auprès d'elle, soit il existait une infime probabilité qu'il puisse entrer en contact avec elle. Mais comment ? Un esprit pouvait-il communiquer avec un vivant ? Il ignorait la réponse. Il l'observait, un peu lointain, à la manière dont il lui était arrivé de scruter son enfant malade, endormie.

Dans l'appartement silencieux, d'autres images l'assaillirent. Peu à peu le souvenir de son épouse, Aranrhod, s'imposa à lui. C'était une femme splendide, à peine moins grande que lui. Il chérissait tout en elle : d'abord son calme et sa maîtrise d'elle-même en toute situation, alors que lui était impulsif et colérique. Elle savait l'apaiser, silencieuse, d'un simple regard, ou d'une pression légère de ses doigts sur son épaule. Il admirait souvent ses mains, longues, fines et fortes, adroites à mener un cheval, confectionner un repas, coudre un vêtement de peau, cajoler les enfants, panser ses plaies et masser ses muscles endoloris. Il vénérait son visage impassible aux traits réguliers, nez droit, pommettes hautes, lèvres pleines. Une joie animale l'envahissait lorsqu'il la serrait contre lui, sous les fourrures de leur couche, et plus encore, lorsque son ventre et ses seins s'alourdissaient d'une grossesse qui n'altérait en rien son port altier. Il aimait alors la contempler, à la lueur des flammes du feu qui chauffait la hutte, en hiver. Il savait que ce corps, temple de la maternité, reviendrait dans toute sa gloire, svelte et musclé, et qu'il partagerait à nouveau, avec elle, des heures de chevauchées sur les sentiers des montagnes et des vallées. La blonde Aranrhod, aux yeux bleus, aux joues roses, giflées par le grand air, était son alliée la plus sûre. S'était-elle sentie trahie par sa mort ? Il n'aurait jamais de réponse, mais il savait que les femmes celtes étaient préparées à perdre leur époux guerrier de mort violente. Encore une fois la religion permettait finalement d'admettre l'inacceptable.

La soirée débutait à peine, mais la nuit tombait déjà lorsque Maude s'éveilla, en sueur. Elle retira le cache-cœur rose qui lui tenait décidément trop chaud, et entendit le crépitement de la matière synthétique tout en observant une série de petites étincelles, ce qui n'avait rien d'anormal, les mailles du vêtement libéraient l'énergie produite par le frottement du textile : électricité statique, tout simplement ! aurait-elle expliqué en cours. En revanche, il lui sembla voir perdurer le phénomène durant deux ou trois secondes et ceci, elle l'expliquait moins bien. Son esprit cartésien mit cette manifestation sur le compte d'une persistance rétinienne due à la fatigue.

Elle se leva pour boire un verre d'eau. Une douleur insoutenable cisaillait ses côtes, ne l'autorisant à respirer qu'à petites goulées. Elle était vide, attristée, car sa visite au guerrier appartenait déjà au passé. L'excitation retombée, son quotidien était à nouveau sans but. Durant tout le voyage, elle avait réfléchi à un prochain séjour en Autriche. Cela semblait si loin, si compliqué ! Maude s'interdit d'y penser encore. Elle se recoucha et essaya de se concentrer sur quelque chose d'agréable. Comme souvent, sa rêverie l'emmena chez Antoine et Mina. C'était mieux que de souffrir en pensant à Nathan. Elle régressa jusqu'au souvenir des matins de vacances où elle s'éveillait dans sa chambre douillette, prenant lentement conscience de la longue plage de temps libre devant elle, jouissant du choix de possibilité qui s'offrait à elle. Lirait-elle au fond de son lit ? Préférerait-elle une balade à vélo avec les copains du village ? Parfois, les adultes proposaient une activité qui aurait pu passer, de prime abord, pour un travail. Débroussailler le jardin par exemple. Mais avec eux, tout devenait jeu. On l'équipait en riant, petite princesse devenue jardinière. On lui donnait des bottes, lui ajustait des lunettes de protection, des gants épais, et on lui remettait avec de multiples recommandations le grand sécateur orange. Antoine bougonnait et grimaçait pour la faire rire, Mina s'extasiait sur les trésors retrouvés de l'enclos.

— Tu te souviens de ce petit palmier, ma chérie ? Nous l'avons planté il y a deux ans, lorsque tu es arrivée ici. Il n'a pas beaucoup grandi, alors que toi !... Peut-être qu'il a un peu froid dans notre région. Et ce Yucca, quelle saleté ! Attention, il pique ! C'est le voisin qui nous l'a donné, si j'avais su... Et cette euphorbe, regarde ! Elle est devenue géante pour mieux lutter contre l'ombre du romarin.

On soufflait, on transpirait, et surtout on s'amusait en redécouvrant des merveilles botaniques. Mina expliquait, Antoine inventait. La tâche se transformait en un délicieux moment de complicité. Maude y mettait tout son cœur. Victorieuse, glorifiée par les adultes, elle contemplait son œuvre, comme si elle avait conquis, seule, un nouveau territoire...

Le téléphone retentit. La jeune femme abandonna à regret le songe dans lequel elle adorait se réfugier. Elle se leva avec difficulté. La douleur était toujours là. Au bout du fil, Lucas s'inquiétait.

— ... Oui, le Guerrier était sublime, je n'ai pas de mots... Je suis désolée de ne pas avoir appelé plus tôt, mais je ne suis pas trop en forme...

— J'entends ça... Tu te soignes ? Tu respires bizarrement, tu as appelé quelqu'un ?

— Non, ça va aller...

Maude retenait des larmes de douleur et d'épuisement.

— Non, ça n'a pas l'air d'aller du tout, je viens !

— Mais non, ne te dérange pas !

Lucas avait raccroché. Il était vraiment gentil, et elle devait bien reconnaître qu'elle se sentait soulagée de ne pas être tout à fait seule. Depuis la mort de Nathan, elle avait coupé les ponts avec ses anciens amis. Elle croyait se protéger en s'isolant, elle repoussait même sa famille, mais vivre en solitaire n'était pas si facile.

Une demi-heure plus tard, on sonna à la porte. Lucas et sa compagne étaient là.

— Je te présente Nelly. Comme tu le sais, elle est infirmière. Je te confie à ses soins, cinq minutes. Pendant ce temps je te fais chauffer une petite soupe maison.

Il agitait une boîte en plastique, d'un air gourmand.

Nelly, une minuscule blondinette au regard perçant posa une main légère sur l'épaule de Maude.

— C'est par là, ta chambre ?

Les filles poussèrent la porte derrière elles.

— Je suis vraiment désolée que vous... Que tu te sois dérangée à cause de moi. Je suis navrée de faire ta connaissance de cette manière.

— Ne dis pas de bêtises. Dis donc, tu es brûlante. Soulève ton pull.

Nelly avait ouvert une valisette. Elle glissa un thermomètre au creux de l'aisselle de sa patiente. Puis elle releva la manche de l'autre bras et lui prit la tension. Elle pinça la peau de la main maigrelette, récupéra le thermomètre, et annonça d'un air ennuyé :

— Écoute, explique-moi où tu ranges tes petites affaires, parce qu'on va t'emmener aux urgences. Tu ne vas pas fort. Beaucoup trop de fièvre, très petite tension, déshydratation... En plus, tu ne sembles pas super costaud, tu sembles épuisée. Je ne veux pas que tu passes la nuit comme ça.

Maude renonça à protester. Deux heures plus tard, elle était allongée dans un lit d'hôpital, et perfusée : les médecins avaient diagnostiqué une double pneumonie. Lucas et Nelly étaient repartis, promettant de s'occuper de Tortille, autant qu'il le faudrait.

15

À l'hôpital, Cadwagwn ressentit encore une fois un mélange de vibrations contradictoires : peur, espérance, tristesse, joie, souffrance, soulagement… Le lieu ne le mettait pas vraiment à l'aise. Jamais il n'aurait imaginé qu'un seul endroit puisse contenir un aussi grand nombre de malades. Il y avait là plus de monde que d'habitants dans son propre village ! Et c'était donc ainsi que l'on soignait les humains du XXIe siècle ? ! Telle une armée de druides, ceux qui avaient le pouvoir de guérir allaient un peu partout dans le bâtiment, vêtus de tenues de drap blanc, calmes, presque nonchalants, mais dépouillés de l'expression solennelle des druides. D'ailleurs, ici, pas de plantes sacrées, ni d'incantations. À la place, une profusion d'appareils sophistiqués, de masques à oxygène, de perfusions… Tout un attirail étrange et inconnu. Cependant, son instinct lui disait que la science de ces individus en uniformes immaculés sortirait, à coup sûr, Maude de ce mauvais pas.

Un goutte-à-goutte distillait une potion dans sa veine, un tuyau sous son nez lui donnait de l'air. L'un de ses doigts glissé dans une petite pince grise la reliait à un appareil. On avait collé sur sa poitrine des pastilles prolongées de liens allant jusqu'à un écran, qui émettait de petits sons réguliers tout en dessinant des courbes mystérieuses. Elle ne semblait pas souffrir, mais ne dormait pas. Comme son chat, son regard fixe scrutait dans la direction de Cadwagwn. Les particules se déplacèrent, les prunelles suivirent leur course, les données affichées sur les appareils se modifièrent légèrement. L'esprit se déplaça à nouveau, le regard noisette enfiévré suivit le mouvement. Maude suspendit son souffle, les appareils s'affolèrent, provoquant l'arrivée précipitée d'une infirmière à côté du lit.

— Ça ne va pas ? Vous avez mal ?

— Non, non, tout va bien...

— Respirez bien, vous ne devez pas vous agiter.

— Je sais, mais... C'est peut-être à cause de la fièvre... Je vois danser de petites lumières... Vous savez, comme des points d'électricité statique... Ils ont l'air bien réels, vous voyez là... Il y en a trois, ils bougent mais ne disparaissent pas... Qu'est-ce que ça peut bien être ?

L'infirmière jeta un coup d'œil dans la direction indiquée par la patiente puis elle sortit une lampe électrique en forme de stylo du fond de sa poche. Elle vérifia les pupilles de la malade.

— Il faut vous reposer. Vous n'y arrivez pas ?

— Non. J'ai dormi tout l'après-midi. Je me sens fatiguée et énervée.

L'infirmière s'absenta quelques secondes. Les points lumineux étaient toujours là.

— Avalez ça, et maintenant il faut absolument dormir !

Le ton était autoritaire et sans appel. Maude s'exécuta docilement, ferma les paupières, compta jusqu'à cent, puis rouvrit brusquement les yeux, le scintillement avait disparu.

Conscient de perturber inutilement la petite femelle, Cadwagwn préféra quitter l'hôpital. Il était satisfait. Bien sûr, il n'avait pas tenté de communiquer avec elle, et se demandait encore comment il s'y prendrait le moment venu. Mais, comme il l'avait pressenti, elle était la première, et peut-être la seule, à voir ces trois points lumineux.

Il remarqua une chapelle, accolée aux murs de l'hôpital. Il y pénétra. Elle était vide. Le guerrier était déçu. Il aurait bien aimé observer les chrétiens adorant ou implorant leur dieu. Derrière le petit autel de marbre, la statue d'un homme cloué sur une croix dominait la salle. Le Soldat Sans Nom avait un peu expliqué les rites de cette nouvelle religion qui supplantait les anciens cultes depuis environ deux mille ans. Ainsi, les hommes modernes qui considéraient les Celtes comme des barbares violents, sanguinaires et féroces, adoraient un homme méprisé et humilié, dans la représentation la plus atroce qui soit, celle d'un être torturé à mort, abandonné de tous. Il ne comprenait pas comment une telle icône pouvait insuffler le moindre courage à ses adorateurs, comment les hommes civilisés, évolués pouvaient contempler cette représentation sans détourner le regard. Ils avaient probablement perdu le sens des réalités, oublié ce qu'était un corps supplicié, les chairs transpercées, déchirées, la lente agonie d'un homme baignant dans son sang, suffoquant de souffrance. Cette religion parlait d'amour et de pardon, pourtant, lui qui n'était qu'un barbare n'aurait jamais toléré un tel spectacle. Oui il aimait se battre, oui il aimait tuer, oui il connaissait une véritable jouissance dans les combats, les hurlements, les craquements d'os, et l'odeur du sang. Il coupait des têtes, transperçait des corps, tranchait des gorges, tuant de manière précise, sans coups inutiles. Pourtant, que ce soit frères ou ennemis, jamais il ne laissait se prolonger une agonie. Le trépas exigeait aussi une sorte d'égard, même pour le vaincu. Il mettait toujours une forme d'honneur dans la précision et l'efficacité de ses coups. Oui, il acceptait les sacrifices humains lorsque les dieux l'exigeaient. En revanche, la torture le répugnait depuis toujours. La représentation qu'il observait à cet instant lui inspirait de la honte et du dégoût. Indignes ceux qui l'avaient commise, indignes ceux qui l'adoraient !

Une fois de plus la colère l'envahit. Comment ses dieux avaient-ils pu disparaître au profit de ceci. Quelqu'un devait lui expliquer, il savait qui, et où le trouver.

16

Rome. Le Vatican. Saint-Pierre. La crypte aux tombeaux des Papes. Rien. Cadwagwn, un instant décontenancé, interrompit sa progression. Ce qu'il cherchait n'était plus là. On l'avait déplacé. Soudain, il sut. Il repartit dans la basilique et pénétra dans la chapelle Saint-Sébastien. Il vit un sarcophage de marbre blanc, sobre, gravé en lettres d'or d'une inscription : « BEATVS IOANNES PAVLVS PP II », surmonté d'une série de six lourds bougeoirs ; au pied de la tombe, une plante verte, un arum, fleuri d'un calice blanc ; suspendus au-dessus de la pierre, trois particules d'un rouge profond, autrefois étincelantes comme des rubis, mais assez poussiéreuses ce jour-là. Les paillettes dorées s'approchèrent à une allure fulgurante.

— Es-tu le grand prêtre des chrétiens ?

— Oui, si tu veux. Je suis le pape Jean Paul II, naguère chef de l'Église des chrétiens catholiques. Et toi, qui es-tu ?

— Je suis Cadwagwn, un guerrier, mort il y a deux mille sept cents ans.

— J'ai entendu parler de toi. Je suis très heureux de te rencontrer.

— Je suis venu te voir, ô toi, roi des prêtres, pour t'interroger. Sais-tu pourquoi des gens aussi différents que toi et moi sont ici, dans ce monde, à errer, sans parvenir à l'au-delà promis par nos dieux ?

— Je n'ai aucune certitude. Je suppose que nous sommes retenus, ou, dans ton cas, rappelé par la ferveur, la passion, des vivants.

Les trois points dorés tournoyaient sur eux-mêmes, montaient, descendaient, encerclaient de façon désordonnée les paillettes rubis, presque statiques. Le pape ne pouvait faire autrement que remarquer cette agitation.

— Calme-toi, Cadwagwn. Tu es exaspéré. Mais, même si nous ne comprenons pas vraiment ce qui nous arrive, nous devons recevoir cette épreuve comme un grand honneur.

Les points d'or s'immobilisèrent brutalement.

— Explique-moi pourquoi !

— L'homme est égoïste, il a la mémoire courte. Sa nature trouve cependant une excuse : durant sa brève vie, il doit gérer ambitions, bonheurs et souffrances, de très nombreuses souffrances… Et pourtant, je crois que c'est bien la passion et l'intérêt de milliers d'entre eux qui nous retient ou nous fait revenir. Regarde, moi, je ne suis jamais parti ! Les prières, l'amour, de plus de deux milliards de fidèles chrétiens m'ont gardé ici-bas. Il en est de même pour toi : l'intérêt que tu as suscité sur toute la planète t'a ramené dans ce monde. N'est-ce pas extraordinaire ?

— Non, je ne trouve pas. Je suis privé du royaume des morts et donc de réincarnation, je ne sers à rien. Tout ça ne sert à rien ! Les défunts ne servent à rien !

— Détrompe-toi. Les défunts sont notre passé, notre histoire, notre évolution. Un petit nombre d'entre nous reste à tout jamais, ou au moins pour un certain temps, une source de respect, de courage, un exemple à suivre, un souvenir à entretenir pour rendre l'humanité meilleure…

— Ce n'est pas mon cas !

— Toi tu donnes vie au rêve, au mystère. Tu as traversé deux mille sept cents ans, intact, sans pour autant livrer tes secrets ! Les gens sont avides de t'approcher, tu les confrontes à leur propre destinée, à leur fin à venir, au temps passé et à l'immortalité.

— Mais c'est injuste ! Cette ferveur nous prive de l'au-delà auquel nous avions droit ! Quand pourrons-nous enfin repartir en paix, pour l'éternité ?

— Je l'ignore. Je sais que tu as rencontré le Soldat inconnu. Tu l'as vu… Lorsque l'intérêt diminue, que la mémoire de l'humanité passe à autre chose, nous nous éteignons peu à peu. Il en est de même pour moi d'ailleurs, le pape François…

— Et où allons-nous ?

— Je n'ai pas de réponse.

— Tu étais le grand prêtre des chrétiens, et tu ne sais pas ! ?

— Les prêtres, le pape, transmettent depuis des siècles une parole, une pensée à laquelle ils croient, mais nul n'est jamais revenu de l'au-delà. Toi-même, as-tu le moindre souvenir de l'endroit où tu te trouvais durant toutes ces années ?

— Non, je n'ai pas plus de souvenirs que je n'en possède du temps d'avant ma naissance. Tu peux comparer la sensation à celle d'un sommeil sans rêves : le néant.

— Cela ne signifie pas que tu n'avais pas atteint le paradis, mais cela ne veut pas dire non plus que tu y es arrivé…

— Explique-moi les religions d'aujourd'hui.

— Ce serait bien long ! Tu dois surtout savoir que le monde est dominé en grande partie par trois religions monothéistes, c'est-à-dire, que contrairement à toi, nous adorons un seul dieu.

— Laquelle de ces religions est la vraie ?

— Toutes le sont du moment qu'elles rendent les fidèles heureux. Une personne sur trois est chrétienne…

— Comment sais-tu que tu ne t'es pas trompé, puisque toutes les religions ne dictent pas les mêmes préceptes, et toutes ne promettent pas la même immortalité ?

— Je ne possède pas de réponse. Dieu est unique, peu importe la manière dont on le célèbre. J'ai fait un choix. J'aimais ma vie de jeune homme… J'ai renoncé à ça très vite, pour le sacerdoce. Choisir cette voie ne constituait pas un sacrifice. Servir Dieu était une merveilleuse destinée, je ne la regrette pas.

— Je ne comprends pas la représentation abominable de votre dieu.

— Justement, tu as dit le mot : abominable. Nous le représentons ainsi pour nous remémorer nos erreurs, et nous souvenir que nous devons sans cesse tâcher de nous bonifier !

— Oui ? D'après ce que j'en sais, l'humanité n'a pas été particulièrement douce et clémente depuis l'avènement de ta religion !

— Tu es très malin Cadwagwn. Mais, vois-tu, l'homme a besoin de spiritualité pour s'élever au-dessus du règne animal, pour moins souffrir. Nous avons besoin d'espérance, comme nous avons besoin d'art. D'ailleurs, as-tu remarqué comme cet endroit est beau ? As-tu pensé à ceux qui l'ont créé ? À un certain moment, la religion porte, de manière inattendue, vers l'excellence. Regarde les sites de pierres levées de l'époque mégalithique, ne sont-ils pas majestueux ? Le faste des objets qui garnissaient ta tombe, n'a-t-il pas nécessité le concours des meilleurs artisans ? Où allait leur esprit lorsqu'ils conjuguaient leurs efforts et leurs talents pour parvenir à ces réalisations ? Je crois qu'ils étaient en paix, heureux, sûrement enthousiastes, portés par la passion d'une création qu'ils souhaitaient digne de leurs dieux. Les mortels ont continué d'admirer leurs œuvres à travers les siècles, à voir Dieu dans leurs réalisations.

— Toi aussi, tu es très malin, grand prêtre. Tu ne dis pas combien d'hommes asservis sont morts pour bâtir ce palais de Saint-Pierre... Tu as l'art d'éluder mes questions, tu cherches à m'entraîner vers d'autres chemins, mais tu n'y parviendras pas. Nos druides nous enseignaient les dieux et la façon de les honorer. Vos nouvelles religions ont balayé tout ça et vous ont enseigné de nouveaux rites. Si tous sont valables, si tous sont satisfaisants, personne ne peut tenir d'affirmation concernant l'au-delà. Et pourtant, c'est bien vous, les grands prêtres, qui manipulez les habitants de la Terre entière depuis la nuit des temps, en promettant n'importe quoi, puisque vous n'êtes certain de rien !

Les particules rougeoyantes flottaient légèrement ; lorsque Cadwagwn asséna la question suivante, elles se mirent à trembloter très nettement.

— Si c'est l'amour, la passion, la ferveur, l'intérêt qui retient nos esprits prisonniers sur Terre, pourquoi ne pouvons-nous pas rencontrer votre Jésus ? Tu as dit que la Terre portait plus de deux milliards de ses adorateurs ! Son esprit doit bien se trouver quelque part !

— Arrête-toi, guerrier, tu blasphèmes ! Jésus relève de l'ordre divin, il n'obéit pas aux règles des mortels !

— Mes questions t'embarrassent, parce que je flaire la supercherie. Je devrais te pardonner, car je te crois de bonne foi. Mais, je suis mort à cause d'un druide qui avait provoqué ma colère. Il croyait tout savoir, souhaitait m'imposer des choix que je réfutais, abusait de son autorité. Je n'éprouve pas une grande sympathie pour les prêtres… J'ai assez discuté avec toi pour le moment !

Cadwagwn quitta le pape, sans lui accorder le temps d'objecter quoi que ce soit.

17

Le guerrier n'aurait su dire durant combien de temps il parcourut la Terre. Il ne parvenait pas à apaiser sa soif de réponses. Il contempla les pèlerins de La Mecque, groupés en lentes cohortes, défilant pour les sept rondes autour de la Kaaba, un cube de granit noir aux proportions pharaoniques. Ces ombres blanches s'élançaient ensuite vers le mont Arafat afin d'accomplir de nombreux rites aussi précis qu'immuables, avant de dire adieu au lieu sacré, sans oublier de se couper les cheveux en signe de purification.

Il étudia avec attention ceux de Lourdes. Des femmes en uniforme d'infirmière ou de religieuse d'un autre temps, coiffées d'un voile blanc tombant sur les épaules, brancardaient des invalides en espérance de miracles. Ou alors, elles les poussaient dans des chaises roulantes peintes en bleu, rigoureusement identiques, couleur distinctive de l'endroit, à la façon des incontournables taxis jaunes new-yorkais. Là, les affligés se plaçaient sous le regard bienveillant de Marie, mère de Jésus, ou tout du moins celui de sa statue, devant la grotte Massabielle où des apparitions divines s'étaient produites environ cent soixante-dix ans plus tôt. Ils recueillaient l'eau sacrée du lieu, se baignaient dans des piscines aménagées, choisissaient l'une des basiliques pour prier avec ferveur, à moins de préférer l'église moderne, implantée devant la grotte. Ceux-là repartaient en achetant de hideux fétiches en plastique, dans les innombrables boutiques

109

saturant la ville, qui regorgeait de cierges, de chapelets, de médailles et bien d'autres articles édifiants.

Il observa ceux qui se réunissaient devant un mur datant d'Hérode, bâtit sur les ruines du temple de Salomon. Habillés de châles de prière, portant des boîtes contenant les versets de la Torah, les juifs pieux récitaient des prières en balançant leurs corps d'avant en arrière, face à l'édifice, aussi nommé « mur des Lamentations ». Ils abandonnaient leurs vœux sur de petits papiers, glissés dans les interstices des pierres.

Pour la plus grande fête religieuse du monde, celle de Kumbha Mela, il s'intéressa à des millions d'autres croyants, en Inde. Les individus s'immergeaient avec bonheur dans l'eau sale du Gange, devenue, selon la légende, rivière sacrée pour avoir reçu quelques gouttes d'un nectar divin échappé d'une cruche que se disputaient les dieux.

Enfin, il se rendit au Tibet, dans le temple sacré de Samyé, où les pèlerins bouddhistes actionnaient des moulins à prières, cylindres gravés tournant sur un axe. Il suffisait de propulser ces objets alignés en rang serré de la main droite pour que la prière se répande dans les airs.

La dévotion de ces gens lui inspirait respect et tristesse. Le pape avait sûrement raison. Ces multiples religions soulageaient ceux qui y adhéraient. Où se situait la vérité ? Nul ne pouvait répondre, mais chacun se destinait à l'au-delà promis par son culte, et lui aussi devait lutter pour retrouver son chemin.

À la recherche d'un monde qui se serait un peu rapproché du sien, Cadwagwn s'égara dans le

XXIe siècle. Il s'étonna, aux confins du Royaume-Uni, devant des parodies de fêtes celtiques sur fond de jeux et cérémonies druidiques.

Puis, en Australie, il assista, dans un stade, à un concert de hard rock qui ressemblait, par cette fameuse ferveur des spectateurs, à une grande messe délirante. La moitié des auditeurs portaient des cornes en plastique rouge, clignotantes, et tous semblaient hypnotisés par les individus insignifiants qui s'agitaient sur scène en tirant des sons, effroyablement puissants, d'instruments électrifiés. Les spectateurs se trémoussaient et scandaient certains morceaux avec le chanteur, comme « highway to hell » : « l'autoroute de l'enfer », et Cadwagwn se laissait gagner par cette transe collective, même s'il comprenait mal le sens des paroles. Cette musique lui plut. Elle vibrait en lui, comme les clameurs de sa troupe lorsqu'il s'approchait d'un champ de bataille. Les membres du groupe auraient été fort surpris de connaître leur nouveau fan...

Le guerrier apprécia tellement cette représentation qu'il en chercha d'autres, mais il finit très vite par se lasser : souvent les musiciens se donnaient des allures de barbares chevelus, en se maintenant debout à coups de poudres, de pilules et de piqûres. Et lorsque la manifestation se terminait, il ne se passait rien. Les grands prêtres de ces cérémonies musicales partaient rapidement se reposer dans des endroits somptuaires ; quant au public, il se dispersait pacifiquement et chacun rentrait chez lui, sans histoires. Ces grands rituels n'aboutissaient jamais à quoi que ce soit.

Il suivit alors un groupe d'hommes chevauchant des motos, au milieu d'un majestueux désert américain, dans des attitudes d'une horde sauvage. Mais, ces individus, tous incroyablement tatoués, ne savaient pas faire grand-chose de plus qu'éructer en buvant de la bière, choyer leurs engins chromés et dormir, abrutis de fatigue et d'alcool, dans des motels poussiéreux.

Il en profita pour contempler les festivités, nommées Pow Wow, réunissant les membres des peuples amérindiens, accoutrés de tenues emplumées, aux couleurs peu naturelles, pour des concours de danses traditionnelles. Ceux qui célébraient les dieux, ainsi parés, auraient du mal à chasser le bison dans les immenses prairies éternelles : une grande majorité d'entre eux ne savaient probablement plus monter à cheval, ni comment tenir un arc et des flèches.

Il ne voyait que des caricatures, des pastiches, des bouffonneries pathétiques de nombreux peuples perdus, qui s'inventaient une identité ou tentaient d'en retenir les lambeaux qu'ils pouvaient encore sauver.

En Mongolie, et plus encore chez les Nenets de Sibérie qui vivaient dans la neige, au milieu du silence, sans nul autre trésor que des troupeaux de rennes nourris de lichen, il trouva la survivance ténue d'un monde fragile, gardant quelques similitudes avec son univers. L'esprit de clan, la rusticité de l'existence, la fierté des hommes à démontrer leur courage, leur force, leur adresse, lui rappelaient, lointainement, son quotidien. Cependant, il sentait bien que ces peuples vivaient un sursis de courte durée. Des scientifiques et des techniciens étaient ici, à faire des prélèvements. Là, sous le sol gelé, on évaluait des réserves prodigieuses de gaz, de pétrole... Bientôt, l'exploitation de ce trésor les désintégrerait traîtreusement et les engloutirait à tout jamais. De plus, la religion de ces gens n'était pas la sienne. Il comprit combien sa recherche était vaine. La solitude lui pesait. Le guerrier avait oublié son désir de vengeance contre les archéologues. Le Soldat Sans Nom avait raison : cela ne l'aurait mené à rien. Il se souvint alors de ses espoirs fondés sur la frêle petite créature.

18

688 avant J.-C.

Émergeant soudain d'une profonde léthargie, Aranrhod ouvrit les yeux sur les lueurs vacillantes du feu mourant. Dans son sommeil, elle avait versé toutes les larmes contenues au cours de la journée. Ses paupières gonflées et douloureuses embrasaient son visage. Elle se sentait lasse, bouleversée, le corps et l'âme endoloris. Blotti contre elle, Hartmod dormait sous les peaux de bêtes. Elle observa dans la demi-pénombre son visage aux traits purs, et son petit corps abandonné au repos, cherchant Cadwagwn dans l'implantation de la chevelure, la courbure des lèvres, la forme des mains maigres de l'enfant.

Un soupir incontrôlé souleva sa poitrine, son cœur était lourd. Hartmod était tout ce qui restait du guerrier, tout ce qui restait de leur vie commune, tout ce qui restait de leur amour. Où était-il à présent, si les dieux n'avaient pas voulu de lui. Pouvait-il la voir depuis l'au-delà ? Mais après tout, il était mort en guerrier, puisqu'il se préparait à livrer une bataille pour préserver son fils. Il avait peut-être atteint le Sid, car il ne s'était jamais montré lâche au combat. Ou alors tout ceci n'était que légende, et il avait sombré dans le néant. Il n'était plus présent que dans la mémoire de ceux qui l'avaient connu, et dans la chair de son enfant. Au nom de leur passé, pour son époux, pour leur fils, elle devait se montrer forte afin de fléchir la décision des druides. Elle serait combative et rusée pour garder son fils, lui donner un avenir, autre que celui dicté par les prêtres, comme Cadwagwn l'avait souhaité. Elle serait digne de la confiance que le guerrier avait toujours placée en elle.

La jeune veuve se leva doucement, attisa le feu, et déposa dans les braises un récipient de terre contenant un reste de bouillon. Elle plongea un linge dans une jatte remplie d'eau tiède, réchauffée cette nuit au creux de la cendre, en humecta ses yeux brûlants, puis entreprit sa toilette. Elle se coiffa et versa la nourriture dans des bols. D'une caresse sur le visage, elle réveilla son fils, et lui tendit la soupe fumante. Aranrhod n'avait rien à dire. L'aube se levait, l'enfant savait les tâches à accomplir. Il changerait la litière des trois chèvres parquées dans un coin de la pièce. Il leur donnerait leur fourrage, un mélange de foin, d'écorce de bouleau et de feuilles d'orme séchées. Puis il irait relever les pièges disposés la veille dans les taillis, autour du village, avant de retrouver son oncle pour qu'il lui enseigne l'art de monter à cheval comme un guerrier.

Aranrhod avala rapidement sa part de liquide et sortit de la hutte.

Il faisait encore très sombre à cette heure matinale de l'hiver, mais la jeune femme ne souhaitait pas être vue. Elle devait parler à Tadhg sans que personne ne le sache, et avant que son fils ne le cherche pour sa leçon avec l'un des chevaux qu'il lui choisirait. En d'autres temps, si elle n'avait rien eu à cacher, elle se serait rendue librement dans la maison de son beau-frère. Mais la mort de Cadwagwn avait tout changé. Il régnait un climat étrange de suspicion. La fin tragique du guerrier avait divisé le village en trois clans. Ceux qui appréciaient le guerrier, qui respectaient Herbod, son père, et éprouvaient un regret sincère ; ceux qui jalousaient le chef, et auraient aimé que les dieux le punissent plus encore en anéantissant tout à fait sa famille ; enfin, ceux qui aimaient Cadwagwn mais qui réprouvaient sa rébellion face à l'autorité des druides. Ces derniers pensaient que ce drame n'était qu'une conclusion logique, absolument inévitable et sans doute méritée. Elle se demandait parfois à quel camp sa belle-sœur, la très jeune et trop bavarde épouse de Tadhg, pouvait bien appartenir. Aranrhod vivait dans la méfiance depuis la disparition de son époux, et ne pouvait pas chercher protection auprès du puissant et respecté Herbod dont les décisions étaient dictées par des choix politiques et diplomatiques. La révolte de son fils contre les druides le mettait dans une position délicate. Il ne consentirait à rien qui puisse le fragiliser. Et puis, il s'était toujours un peu méfié d'elle, à cause de ses origines sami. De toute façon la jeune femme était secrète et solitaire, peu nombreuses étaient les personnes à bénéficier de sa confiance.

Depuis sa plus tendre enfance, Tadhg aimait à s'occuper des chevaux. Personne dans le village ne les connaissait mieux que lui. Rien dans son quotidien ne passait avant eux. Ils étaient invariablement sa première préoccupation du jour lorsqu'il n'était pas en campagne, et même alors, leur bien-être passait avant celui des hommes, à ses yeux.

Depuis sa cachette derrière l'écurie du village, Aranrhod aperçut bientôt son beau-frère avançant sur le sentier menant au bâtiment, ainsi qu'il en avait l'habitude chaque matin. Elle ressentit un pincement au cœur en observant cet homme, à peine plus grand et plus carré que Cadwagwn, comme si la nature exigeait de prouver qu'il était définitivement l'aîné. Il lui ressemblait malgré tout de façon troublante. Cependant, outre sa taille, il portait un autre signe distinctif : sur sa joue droite, une longue cicatrice blanche traçait une ligne large de sa mâchoire inférieure jusqu'à sa tempe. Loin de l'enlaidir, cette marque signait sa bravoure au combat. Elle imposait le respect aux hommes et charmait les femmes.

Aranrhod lança une petite pierre dans sa direction, pour attirer son attention. Sa réaction fut immédiate, il porta la main au poignard fiché à sa ceinture. La jeune femme se redressa aussitôt pour qu'il puisse la distinguer ; une expression de surprise s'afficha sur le visage du guerrier. Puis ses sourcils se froncèrent, et en quelques enjambées il fut près d'elle. Il repoussa sa belle-sœur dans l'ombre de sa cachette, plus brutalement qu'il ne l'aurait voulu.

— Que fais-tu là ?

— J'ai besoin de ton aide.

— Qu'attends-tu de moi ?

— Tu dois m'aider à fuir.

— Fuir ? Pourquoi fuir, et pour aller où ?

— Je veux que Hartmod échappe à la décision des druides comme le souhaitait Cadwagwn. Je ne veux plus rester dans ce village, j'ai l'impression d'être en danger.

Il y eut un long silence. Apparemment Tadhg débattait avec sa conscience. Aranrhod prit une inspiration, elle insista :

— Tadhg, j'ai peur ! Notre histoire perturbe le village. Je crains que les druides décident de ramener la paix parmi nous en se débarrassant de mon fils et de moi. Ils pourraient peut-être décider de m'offrir aux dieux, en sacrifice, et confier Hartmod à Detlef, ou alors de le sacrifier lui aussi.

L'homme l'observa avec surprise. Il n'avait sans doute pas pensé à cette éventualité. Il réfléchit encore un moment, avant de chuchoter.

— Même si je pouvais t'aider, il faudrait attendre. La saison est trop difficile. Vous risquez de périr ton fils et toi... Vous devez patienter et attendre un meilleur moment. Et puis fuir, pour aller où ?

La blonde Aranrhod se redressa aussi belle qu'une reine, aussi farouche qu'une guerrière, et Tadhg ne pouvait rester insensible à sa beauté et à la force qui se dégageaient d'elle.

— Je ne suis pas faible, et je refuse de me laisser piéger ici. Si tu ne m'aides pas, je me débrouillerai seule, mais je ne me laisserai pas exécuter comme une offrande. Je ne crains pas l'hiver, et je ne peux pas attendre. Nul ne le sait encore, mais je porte un enfant de Cadwagwn. Si je patiente trop longtemps, je ne pourrai plus m'évader !

Tadhg reçut la nouvelle comme un choc de plus. Il la fixa intensément quelques instants, puis hocha la tête.

— Femme, retourne à tes occupations. Tu ne peux pas survivre comme une louve solitaire. Je vais réfléchir. Retrouve-moi ici, au point du jour, dans deux nuits.

Il contourna l'édifice et pénétra dans l'écurie, alors qu'Aranrhod regagnait sa maison sans se retourner.

19

Décembre 2017

Après sa brève hospitalisation, Maude reprit le cours de son existence. Les vacances de fin d'année l'obligeaient à une rupture qu'elle ne souhaitait pas vraiment. Les festivités de Noël se résumèrent à trois jours chez son oncle et sa tante, Antoine et Mina, empressés et compatissants. L'échange skype avec sa mère et son père, le 25 au matin, dura environ trois minutes, suffisamment longues à son goût. À son grand soulagement, tout ceci se situait maintenant derrière elle. Les boutiques continuaient d'arborer des articles hors de prix, rouges et blancs, sérigraphiés de motifs hivernaux, évoquant les charmes de la saison, et bientôt, soldés comme de misérables objets démodés. Elle ne se sentait pas concernée par ces futilités. Il lui restait à affronter le Nouvel An, une épreuve au-dessus de ses forces. La jeune femme déclina donc toutes les invitations, laissant croire qu'elle était retenue ailleurs. Ses deux amis profs, qui n'étaient pas dupes, faisaient les pitres pour la convaincre de se joindre à eux, sans succès. Laurent s'inquiétait pour elle et la couvait comme un père. Il la couvrait chaque jour de menus attentions. Il lui téléphonait, lui proposait des sorties au cinéma, passait la voir avec de menus présents, et se sentait impuissant devant la morosité de la jeune femme. Mais, comment fêter la fin d'une année qui avait connu la mort de Nathan, et accueillir un avenir couleur cendre, dans la liesse et l'insouciance ?

Les fêtes étaient nappées de tristesse. L'absence de Nathan, c'était un caillou gris dans un coin de sa tête, qui descendait souvent dans son cœur et dans son estomac. Sa vie lui paraissait alors définitivement inutile et coupable. Il lui arrivait de penser que si Nathan avait effectué si abruptement, si facilement ce passage vers la mort, il ne lui serait peut-être pas si compliqué d'en faire autant. Le rejoindre mettrait fin à sa souffrance.

Le 31 décembre, Maude se rendit pourtant chez un traiteur afin de s'approvisionner en mets que son compagnon et elle-même appréciaient particulièrement. Elle rangea une bouteille de champagne dans son réfrigérateur et s'offrit le DVD d'une comédie romantique, « Minuit à Paris » de Woody Allen. Elle retrouva un reste d'herbe, dans une petite boîte en fer, et se prépara un joint, qu'elle déposa en bonne place, sur une étagère du bureau. Le soir venu, aux environs de neuf heures, elle prit une longue douche, se parfuma d'une senteur bonbon, enfila un gros pyjama couleur crème, dans lequel elle se sentait bien et qui amusait Nathan parce qu'il trouvait qu'avec ce vêtement elle ressemblait à « une petite oursonne polaire très sexy ». Elle choisit une musique, dressa une table de fête pour deux, sur une belle nappe blanche. Elle disposa les plats et servit le champagne pour deux. Puis elle prit place et leva son verre à l'adresse de son convive imaginaire en inventant une conversation.

— Alors mon Cœur, à quoi veux-tu que nous trinquions ?

— Huuummm !... À toi, à nous, à notre indéfectible amour, à notre incomparable complicité...

Son verre tinta contre l'autre flûte généreusement servie.

— Oui, et aussi aux jaloux qui envient notre couple, à ces pauvres gens qui ne vivront jamais une histoire aussi forte que la nôtre.

— À notre amour !

Maude but d'un trait et se resservit aussitôt.

— Tu as goûté ces amuse-gueule ? Je les ai pris spécialement pour toi, c'est un vrai délice !

— Oui mon cœur, excellents... Alors, nous sommes le 31 décembre, l'heure des bilans, raconte-moi ce que tu retiendras de cette année.

Maude remplit son verre une troisième fois.

— Tu le sais bien, le pire : que tu sois parti comme ça, brusquement !

— Non, je veux que tu me parles du meilleur.

— Le meilleur... Tout d'abord, l'amitié indéfectible de Laurent, et, sans aucun doute, celle de mon nouveau collègue, Lucas. C'est aussi un type bien. Je peux compter sur lui, sur eux. J'ai de la chance...

— Et puis ?

— Et puis, l'autre rencontre de l'année, celle du Guerrier de Hallstatt.

— Est-ce que je dois être jaloux ?

— Tu sais bien que non ! Ce n'est pas purement sa beauté qui le rend fascinant... C'est plutôt...

Je ne sais pas... C'est comme s'il envoyait un message depuis l'au-delà...

— Tu espères quoi de lui ?

— Tu vas me trouver ridicule...

— Allez, ne te fais pas prier !

— Je crois qu'il peut m'aider à... À entrer en contact avec toi. D'ailleurs j'ai le projet de retourner le voir, au printemps, en Autriche.

Elle laissa planer un long silence avant de répondre pour Nathan.

— Navré de te faire de la peine, tout ceci est grotesque ! Tu as fait une bêtise, je suis mort. Rien ne pourra réparer ça, ni enlever ce poids qui t'écrase. Fais-toi soigner, vois un psy, avance, ou renonce et meurs à ton tour...

Ces dernières paroles sonnèrent le glas de la soirée. Le silence de l'appartement déserté résonna douloureusement à ses oreilles. Le CD de musique jazz venait juste de se terminer. Dans les trois autres appartements de l'immeuble les voisins étaient probablement sortis, ou déjà couchés, car aucun son ne brisa la sensation de solitude absolue qui lui serrait le cœur.

Maude, la gorge nouée, effaça ses larmes d'un revers de main, le festin n'irait pas plus loin. Elle débarrassa la table, fit disparaître la moindre trace de sa petite soirée, et s'installa sur le canapé, assise en tailleur, Tortille confortablement calé dans le creux de ses jambes, sa flûte de champagne remplie à ras bord dans une main, la télécommande dans l'autre, elle enclencha le film.

Cette comédie, plutôt faible, et même très décevante, parlait de nostalgie et de voyage dans le temps, un sujet trop douloureux pour elle. Elle abandonna le téléviseur qui persistait à débiter ses images à l'eau de rose, pour s'installer dans le bureau dont elle avait laissé la lumière éteinte. Calée dans le grand fauteuil de cuir, elle coinça son verre de cristal contre sa hanche et sa cigarette derrière son oreille, puis se laissa aller contre l'appuie-tête. Fermant les yeux, elle repartit quelques instants chez Antoine et Mina, un hiver de son enfance. Elle vit un ciel blanc gris, bas, d'une densité inquiétante. Elle observa, derrière ses paupières closes, le village écrasé par ce plafond menaçant, les piétons allongeant le pas, les automobilistes exaspérés, pressés de rentrer, comme si cette voûte pouvait leur tomber sur la tête. Elle retrouva son institutrice résignée devant les enfants surexcités, puis elle admira, se déversant des cieux, le ballot de confettis blancs, aériens, sur les toits, dans les prés, à la surface de la cour de l'école. Elle soupira en se redressant, rouvrit les yeux et murmura : « Un ciel de fête pour ceux qui savent l'accueillir... » Comme tout peut être simple lorsqu'on est enfant !

S'échapper dans les plus doux moments de son enfance était le seul moyen qu'elle avait découvert pour lutter contre les souvenirs de sa vie amoureuse, qui hantaient son esprit et la dévastaient. Parfois elle respirait des odeurs, celles de l'eau de toilette de Nathan, ou de sa lotion pour la barbe, ou alors, elle entendait le son mat du carton à dessin, lorsqu'il le posait sur le plancher de son bureau... Des parfums et des bruits fantômes, qui ravivaient sa souffrance. Il n'était pas rare qu'elle se livre à des simulacres, comme ce repas de réveillon à deux. Il lui était même arrivé d'attendre son compagnon durant de longs instants, devant la brasserie où ils se donnaient rendez-vous lorsqu'ils allaient au cinéma, après le travail, acte dérisoire de déni dont elle avait conscience, sans pouvoir s'en empêcher.

Alors qu'elle balayait la pièce du regard, à la recherche d'un briquet, elle remarqua les trois points lumineux.

Intriguée, elle posa sa flûte par terre, à ses pieds, tout en fixant le scintillement. Elle cherchait une explication rationnelle, mais n'en trouvait pas. Certes, la grande quantité d'alcool absorbée en moins d'une heure, c'est-à-dire la quasi-totalité de la bouteille, pouvait fausser ses perceptions, mais pas au point de provoquer des hallucinations. Elle avait déjà vu ces petites étincelles, ce n'était pas de l'électricité statique. Ce phénomène la suivait, ou provenait de son esprit, puisqu'il s'était aussi manifesté à l'hôpital. En continuant posément son analyse elle pensa que la manifestation, si elle ne venait pas de son imagination, s'adressait à elle seule, car nul autre qu'elle ne la remarquait. Bien sûr, une autre possibilité pointait son nez. Maude Lalubie était folle à lier, complètement cinglée, et avec un nom pareil il ne s'agissait, après tout, que de l'accomplissement d'un oracle. Cette idée n'était pas d'un grand réconfort, et au fond, elle n'y croyait pas véritablement. Oui, le décès de Nathan l'affectait plus que tout. Oui, elle se rongeait de culpabilité. Oui, plus jamais elle ne vivrait en paix si d'une manière ou d'une autre elle ne payait pas sa faute. Elle ne pourrait jamais réparer, mais peut-être pourrait-elle réaliser quelque chose qui la rachèterait un peu à elle-même. Et si ces points lumineux manifestaient la présence de Nathan ? S'il essayait de communiquer ?

Elle eut confirmation de la réalité du phénomène qu'elle observait en regardant Tortille. Le chat scrutait dans la même direction qu'elle. Soudain, il abandonna le confort du fauteuil pour sauter sur la chaise de bureau, juste en face, puis il en escalada le dossier. Posé sur le rebord, dans un équilibre très incertain, il étira son cou, pour suivre de son petit museau rose, les contours des particules brillantes.

Maude totalement fascinée, fixait son chat dont les yeux verts, mi-clos, s'étiraient en fentes, alors que l'extrémité veloutée de sa gueule identifiait chaque poussière dorée. L'examen fut lent et méthodique. Lorsqu'il eut terminé, sans tenter le moindre coup de griffe, il regagna le confort des jambes de sa maîtresse, dans un grand déploiement de ronronnements, et s'attaqua aussitôt au nettoyage complet des coussinets de sa patte avant gauche.

La jeune femme regardait les points par en dessous, comme une fillette qui hésite à demander quelque chose. Elle poussa un long soupir, et s'éclaircit la voix. Après tout, si elle était cinglée, qui le saurait ? Tant qu'elle ne manifestait pas de symptômes à l'extérieur de ce bureau…

— Hum !... C'est toi Nathan ?

Les points restèrent en place. Après quelques secondes, Maude, implorante, reprit :

— Il faut que je sache. Je suis folle ? Je suis bonne pour l'asile ? C'est toi ? C'est toi ?!

Tendue à l'extrême, elle s'emporta :

— Parle !

La surprise fut si grande, qu'elle n'aurait su dire si la voix résonna dans la pièce ou juste dans sa tête. Une voix mâle, parfaitement audible.

— Je ne suis pas Nathan. Mon nom est Cadwagwn.

Maude regarda lentement autour d'elle, puis elle se leva doucement, quitta la pièce à reculons. Le cœur battant, la jeune femme fit le tour de l'appartement pour vérifier qu'elle était bien seule et que la porte d'entrée était fermée à clef. Au passage, elle attrapa la bombe lacrymogène dans le vide-poches de l'entrée, et elle éteignit la télé, puis elle revint craintivement dans le bureau, où les trois points l'attendaient toujours. La voix reprit :

— Tu n'es pas folle, et tu ne dois pas avoir peur. Je ne te veux aucun mal, j'ai besoin de ton aide. Assieds-toi, je t'en prie.

Maude, les yeux écarquillés cherchait du regard où pouvait bien se cacher l'individu qui parlait. Le son semblait venir des paillettes qui dansaient nonchalamment dans l'air. Elle obéit lentement, comme hypnotisée, tout en luttant pour calmer son cœur et refouler les vagues de nausées qui étreignaient sa gorge.

Elle reprit précautionneusement place dans le fauteuil. Mais cette fois, au lieu de se tenir avachie, elle raidit tout son corps. Ses fesses reposaient de quelques centimètres à peine sur le coussin, le corps tétanisé ; ses mains, glacées de peur, tremblaient légèrement. Elle tenait fermement la bombe défensive, prête à bondir et à l'utiliser en cas d'agression. Tortille, lui, était parti se cuire contre un radiateur. Elle murmura :

— Je ne connais pas de Cadwagwn.

— Si, je suis le Guerrier de Hallstatt.

Elle pensa « je suis folle ! »

— Je comprends ta surprise, mais je suis aussi démuni que toi devant ce qui arrive…

— Ça n'a pas de sens ! Ça n'existe pas… Je veux dire… Les fantômes, les esprits, les revenants… Toutes ces conneries, ça n'existe pas !

Elle avait murmuré ces derniers mots, empreints de terreur et de colère mêlées.

— Et alors, pourquoi implores-tu l'esprit de ce Nathan ?

Plusieurs secondes s'écoulèrent avant qu'elle ne réponde d'une voix neutre, à peine audible.

— Parce que je suis désespérément triste, vide, et seule ! Et, ce soir, je m'aperçois à quel point je suis malade ! Je crois voir des paillettes, je crois entendre des voix, je crois parler au Guerrier de Hallstatt ! Je suis bonne à enfermer !

— Alors, pourquoi tout à l'heure, lorsque tu parlais seule, à voix haute, tu disais que tu irais voir le

Guerrier en Autriche, parce qu'il pouvait t'aider à entrer en contact avec Nathan ?

Maude passa la main sur son front, elle pensait : « Je suis saoule, et je soliloque avec un pseudo-esprit. Je dois me ressaisir, ou c'est la camisole de force qui m'attend ! »

Comme s'il avait lu dans son esprit Cadwagwn ajouta :

— Encore une fois, tu n'es pas folle. Les animaux me voient. Tu crois aussi que ton chat est dément ?

La jeune femme resta, un instant, muette devant cet argument. Puis elle se leva résolument en murmurant entre ses dents.

— Ça suffit ! Va au diable ! Disparais !

Elle quitta le bureau qu'elle ferma à clef, et se replia dans les toilettes pour vomir le contenu de son estomac. La conjugaison du choc, de la peur, et de l'alcool donnait un résultat assez violent. La crise calmée, elle se réfugia dans sa chambre dont elle verrouilla soigneusement la porte.

Rien ne perturba la nuit, mais Maude ne parvint pas à fermer l'œil. Son esprit survolté tournait en rond les événements de la soirée. Il n'y avait pas de quoi être fière : elle avait bu comme une pocharde, au point de parler avec les murs dans un bureau vide, et d'imaginer que son chat voyait l'esprit d'un guerrier celte... La preuve concrète que son cerveau était sérieusement dérangé résidait en premier lieu dans cette duperie de réveillon à deux, une cérémonie plutôt morbide, à bien y réfléchir. Non, vraiment, elle craignait ! Nathan n'aurait pas été content d'elle ! Se laisser aller comme ça, au point de sombrer dans la folie... Non vraiment, il fallait arrêter ces conneries ! Elle était en passe de devenir une vraie loque. Elle s'accusait de la mort de son compagnon, buvait sans retenue, ruinait ce qu'il lui restait de vie pour en arriver à quoi ? Et c'était quoi ce nom ? Cadwagwn ? Mais où était-elle allée chercher un truc pareil ? C'était décidé, lundi, elle irait voir un psy pour qu'il l'aide à sortir du gouffre. Il allait de soi qu'elle ne lui parlerait pas de ses hallucinations, sinon elle perdrait toute crédibilité, il contacterait sa famille qui signerait des papiers pour la faire enfermer...

20

Janvier 2018

La journée du 1ᵉʳ janvier menaçait de s'éterniser à n'en plus finir. Après sa nuit blanche, Maude, fermement résolue à reprendre sa vie en main, partit très tôt le matin pour une balade en voiture. Elle ne pouvait pas rester enfermée plus longtemps dans son appartement. Ne répondant à aucun des appels parvenus sur son portable, pas même aux SMS de Laurent et Lucas, sans hésitation, elle choisit la fuite vers l'intérieur des terres. Depuis le drame, elle ne souffrait plus la vue de la mer.

Le village de Roussillon, à la lisière du Lubéron, était un bon choix : même pour le premier jour de l'année, les ruelles sinueuses attiraient les promeneurs, et la balade sur les sentiers orangés du site surnommé « le Colorado Provençal » se révéla apaisante. À son retour, la jeune femme se rendit au centre équestre situé à très peu de distance de son appartement. Son cheval, Uruguay, l'y attendait.

La jeune femme pratiquait assidûment l'équitation depuis de nombreuses années. Cet animal était un luxe offert par ses parents pour son vingtième anniversaire. Il représentait l'élément le plus stable et le plus consolateur de son quotidien. Le double poney au regard de velours, à la fourrure bourrue, nuancée de plaques blanches et brunes, doté d'un calme et d'une obéissance hors normes avait le pouvoir de bercer ses chagrins. Bercer était bien le mot pour définir ce qu'elle ressentait lorsque, confortablement installée sur sa selle, il la guidait, au pas, à travers la forêt.

Le centre était désert, hormis la présence de Renée, la plantureuse responsable du lieu et de Fred, l'homme à tout faire. Un gars assez taciturne. Il échangea malgré tout, de loin, un signe de la main avec Maude, et repartit en poussant une brouette pleine de fumier, alors que Renée se dirigeait vers la jeune femme, la mine réprobatrice. Ses cheveux blonds, coupés au carré, jouaient sur ses joues aussi rouges que des pommes. Son buste, au ventre rond, était engoncé dans une veste matelassée vert foncé et ses robustes jambes, fichées dans de grosses bottes en caoutchouc, semblaient lui donner une stabilité à toute épreuve, tel un vrai cheval de labour…

— Salut ma belle. Qu'est-ce que tu fais là ? On s'est bien occupé de ton petit gâté va ! Il ne fallait pas t'inquiéter pour lui. Tu pouvais te reposer toute la journée… Elles s'embrassèrent affectueusement.

— Salut Renée. Je n'étais pas inquiète… Je souhaitais juste lui faire un câlin.

— Tu fais comme tu as envie. Mais la nuit va bientôt tomber. Je ne veux pas que tu sortes de la carrière. Au-delà, ça serait dangereux, et s'il y a un problème, on ne saura pas où te repêcher.

Maude lui adressa un pâle sourire.

— Tu es une vraie petite mère pour moi. Je vais me contenter de l'étriller et le sortir de son box pour qu'il galope librement dans la carrière, juste un petit moment. Il n'y a personne aujourd'hui.

Renée haussa les épaules.

— Ok, fais-toi plaisir.

La patronne, comme tout le monde l'appelait ici, avait déjà tourné les talons quand Maude chuchota « Merci ». Elle se retourna d'un air interrogateur.

— Merci de quoi ?

— De ne pas m'avoir souhaité une bonne année. Je sais, c'est stupide, mais c'est un truc que je ne peux plus entendre, ni prononcer... « Bonne année » « Bonne santé » c'est comme si deux diablotins grimaçants et débiles sortaient de leurs boîtes chaque 1er janvier. Ils sont censés tout effacer, et te préserver des mauvais coups, mais on sait tous qu'ils ne servent à rien, ils ne protègent de rien !

— Je le sais bien, ma belle, je le sais bien...

Elle se racla la gorge.

— Puisque tu es là, profite d'Uruguay, donnez-vous du bon temps tous les deux, il n'y a que ça d'important pour le moment.

Et Renée s'éloigna en hochant la tête.

Maude étrilla son cheval avec soin, et le laissa galoper librement pendant qu'elle entretenait son harnachement, dont une splendide selle mexicaine au cuir fauve, travaillé en arabesque, offerte par Nathan au Noël précédent. Le froid convenait particulièrement bien à Uruguay. Il faisait le fou, la tête relevée, les oreilles droites, le panache dressé. Il courait dans le parc, entrecoupant ses trajectoires de petits sauts, galopant, avant de repartir dans de larges embardées, soulevant la poussière autour de lui, lâchant des hennissements de plaisir comme s'il était resté enfermé trop longtemps. En d'autres temps ce spectacle aurait réjoui la jeune femme. Mais depuis son abri, un chiffon à la main, elle l'observait sans le voir. Trop de réflexions parasitaient son esprit. Elle pensait notamment à ce qu'elle appelait « l'onde de choc » du décès de Nathan. Elle imaginait sa famille, ses amis, ses collègues, qui avaient parlé de la tragédie de son couple. Ces gens qui avaient raconté son histoire à d'autres personnes qui lui étaient totalement inconnues, ceux-là l'avaient répercutée à d'autres encore, et encore et encore, de loin en loin. Son drame n'était devenu qu'un banal fait divers, entendu, déformé, et déjà oublié par cent ou deux cents anonymes. D'ailleurs à leurs yeux, était-il seulement vrai ? Mais elle, qui baignait nuit et jour dans le chagrin, le cœur serré chaque seconde, au point d'étouffer, elle, la gentille petite Maude, qui avait définitivement perdu l'envie de sourire à la vie, devait avancer en portant tout le poids de sa solitude et de son chagrin, au point peut-être de devenir folle. Car, plus elle y réfléchissait et plus elle se disait que la scène vécue le soir du réveillon ne pouvait pas être autre chose qu'un délire d'ivrogne.

À la nuit tombée, Maude se retrouva dans ses murs, mal à l'aise. Comment avait-elle pu imaginer qu'un bol d'air dissiperait la scène de la veille ? Préparée pour l'affrontement, elle respira à fond et pénétra dans le bureau. Les paillettes étaient là.

Debout, les bras croisés sur la poitrine, une expression farouche sur le visage, elle lança :

— Je sais qu'il n'y a rien dans cette pièce ! Je sais que j'ai sans doute un problème mental, je sais que j'ai imaginé la soirée d'hier, je sais que ces trois paillettes ne sont rien ! Je ne remettrai plus les pieds dans cette pièce tant que je ne serai pas guérie !

Elle tourna les talons, mais aussitôt elle entendit la voix.

— Je suis heureux de ton retour.

Ces paroles la stoppèrent net dans son élan. Elle se retourna brutalement, effrayée et hypnotisée à la fois. Elle chuchota :

— Pourquoi ? Pourquoi moi ?

— Tu es venue me voir dans le musée où l'on m'a exhibé…

— Il y avait des centaines de curieux.

— Tu es différente.

Maude reprit un ton un peu hésitant mais presque normal :

— Sûr… J'ai eu de gros ennuis. Mais je suppose que parmi vos admirateurs, tous n'avaient pas une vie bien lisse.

— Probablement. Pourtant, la seule personne touchante, la seule qui attirait l'attention, c'était toi, et pas seulement par ta tristesse… Tu possèdes une aura…

Le caractère impulsif de Maude se manifesta spontanément dans sa réponse :

— Qu'est-ce que c'est cette idiotie ? !

— Une aura est un halo de lumière…

— Je sais ce qu'est une aura !

La voix de Maude était coupante. Elle commençait à oublier sa peur.

— Ton aura dessine plusieurs cercles autour de toi. Il y a du gris qui trahit ta tristesse, du rose tirant sur le bleu qui indique ta nature douce, et enfin du violet signe de ton intelligence. Ogme, notre dieu de la magie est entouré d'une aura. Son rôle est de diriger les héros et les guerriers, il est aussi le dieu du savoir.

— Je suppose que je devrais éclater de rire. Vous m'avez bien regardée ? Vous trouvez que je ressemble à une déesse ? À une magicienne ? À un chef de guerre ?

— Je suis aussi désemparée que toi. Ogme est grand et fort, il est armé d'un arc et d'une massue, et dispose du pouvoir de paralyser ses ennemis. Toi tu ressembles plutôt à un elfe, tu es frêle et chétive, tu n'impressionnes personne, tu pleures beaucoup… Tu sembles perdue. Si j'avais eu le choix, j'aurais préféré entrer en contact avec une créature moins insignifiante que toi ! Hélas, depuis mon retour dans ce monde, tu es la seule capable de me voir et de m'entendre. Je suppose que si nos chemins se sont croisés, c'est que les dieux l'ont souhaité…

Abasourdie plus que vexée, Maude se retira dans sa chambre. Cette conversation n'avait pas eu lieu ! Son cas relevait de la psychiatrie ! Elle éprouvait de la honte, de la crainte. Elle ne put pourtant s'empêcher de faire quelques recherches, sur Google, à propos de « l'aura », qui la laissèrent perplexe. Un Russe du nom de Kirlian avait inventé en 1939 un appareil photographique qui prétendait rendre visible le phénomène de l'aura. D'autres scientifiques parlaient de synesthésie. Dans cette hypothèse les couleurs émanaient de l'imagination des gens qui observaient, et non de ceux qui étaient observés. On parlait aussi de fatigue de la rétine ou d'illusion d'optique. Sans être niées, ces manifestations n'étaient pas vraiment accréditées. Et puis, de toute façon, Maude devait cesser de déraper ! Elle referma son ordinateur, déterminée à tourner la page.

Durant les jours qui suivirent la jeune femme travailla d'arrache-pied à la préparation de ses cours. Elle affronta aussi ses premières séances chez un psychologue. Au cinquième rendez-vous avec le thérapeute elle se dit que l'aide espérée ne viendrait pas de cette personne. Chaque mercredi à midi pile, ils s'asseyaient chacun de part et d'autre d'un grand bureau de verre fumé et enchaînaient alors le même rituel. Le psychologue, un stylo à la main, ouvrait le dossier de Maude, sollicitait son autorisation pour allumer une cigarette, et lui demandait comment elle se sentait. Les propos de Maude finissaient toujours par la conduire dans les mêmes impasses, et quand elle s'impatientait et disait avec lassitude « Mais je vous ai déjà raconté ça » le thérapeute, patiemment, lui répondait d'un ton encourageant « Ça ne fait rien, recommencez ». Tant et si bien qu'elle finit par avoir l'impression de se trouver dans un bureau de police à subir interminablement le même interrogatoire. Et, à bien y réfléchir, Maude s'avoua que c'était un peu ça. Elle refusait de parler de ce qui la dérangeait vraiment. Ces rendez-vous ne servaient à rien, même pas à lui donner bonne conscience puisqu'elle savait qu'elle trichait. Elle envisagea donc d'abandonner ces entretiens du mercredi. Elle les remplaça par des visites chez une sophrologue. Au cours des séances de relaxation, la même évocation s'imposait à elle, invariablement : une bande d'herbe très verte, un ciel résolument bleu dans lequel flottaient, à même altitude, un cerf-volant jaune et un ballon rouge. Cette vision qui ressemblait à une pochette de disque des seventies, l'apaisait un moment, mais elle ne rimait à rien, n'effaçait pas sa douleur, ne résolvait pas ses soucis, là encore, elle renonça très vite.

Elle accepta tout de même de se rendre à l'incontournable cérémonie des vœux, au lycée, à l'occasion de la célébration de la non moins inévitable galette des rois, et aussi, maigre progrès, à une soirée chez Laurent, car Nelly et Lucas figuraient au nombre des convives. Puis, un samedi soir, lorsqu'elle eut la sensation d'être à nouveau suffisamment solide, à moins qu'elle fût simplement en manque de sensations fortes, elle décida de pousser la porte du bureau, verrouillée à double tour depuis le 1er janvier. Maude ne savait pas très bien quoi souhaiter, mais au premier coup d'œil, elle constata que les paillettes étaient là, et n'en fut pas vraiment déçue.

— Tu pensais que j'aurais disparu, mais j'ai l'éternité devant moi. Et puis, tu sais, je suis un esprit, tes portes, tes clefs, tes verrous ne peuvent m'empêcher d'aller où je désire.

— Oui, je m'en doutais. Mais, si vous espérez mon aide un jour, si vous ne voulez pas rompre irrémédiablement notre contact, je vous conseille de ne jamais, jamais, vous manifester ailleurs que dans cette pièce.

— C'est entendu.

— Non, il faut le promettre.

— Je le promets sur mon honneur de guerrier.

— Ok.

Elle se pencha pour attraper l'interrupteur d'une lampe sur pied. Nathan appréciait les gadgets, et elle aimait bien les faire fonctionner de temps en temps. Cette lampe était à lumière noire, du type de celles utilisées dans les boîtes de nuit, qui font jaillir les teintes claires en taches blanc bleuté surnaturelles. Lorsqu'elle se redressa elle vit Cadwagwn aussi nettement que les personnages holographes, admirés deux ans plus tôt, valsant dans la maison hantée du parc Disney ; c'est-à-dire à la fois tangible et irréel. Elle poussa un cri, se redressa d'un bond comme si son fauteuil l'avait éjectée, et sortit du bureau en donnant un rapide tour de clef. Elle attendit derrière la porte en tremblant comme une petite centenaire jusqu'à ce que s'élève la voix :

— Tu devrais revenir, sinon, je trahis mon serment et franchis ce mur !

— Non ! Je vous en prie ! Je… Je viens !

Flageolante, elle ouvrit doucement le bureau. Cadwagwn était là, debout, immense, impérial, magnifique et effrayant.

— Peux-tu me dire ce qu'il se passe ?

Sans une parole, Maude décrocha le petit miroir cerclé de cuivre, plaqué au mur derrière elle, et, tout en demeurant la plus éloignée possible, le tendit face au guerrier, afin qu'il constate lui-même. Lorsqu'il distingua son reflet, le Celte partit d'un grand rire d'ogre. C'était comme s'il progressait un peu plus dans le monde des vivants. Se discerner, quasiment incarné, lui rendait de son assurance, de sa puissance. Maude vibrait de terreur.

— Pardon si je t'effraye, femme. Tu dis que tu n'es pas magicienne ? Regarde ce que tu viens de faire !

— Ce n'est pas de la magie…

— Qu'est-ce que c'est alors ?

Maude gardait les yeux à demi clos. Elle rassembla ses souvenirs à propos de définitions, telles qu'elle les avait lues lorsqu'elle suivait des cours de physique, en option, à l'université. Tout en accrochant son esprit au rationnel de ses paroles, afin de ne pas détaler une nouvelle fois, elle expliqua :

— J'ai mis en marche une lumière qui s'appelle lumière de Wood. Elle est composée de sortes de violets et ultraviolets. Cette lumière est absorbée et réémise sous forme de lumière visible par les substances fluorescentes, qu'elles soient artificielles ou naturelles. Je crois que votre image est une holographie, c'est-à-dire qu'elle est reproduite sans la présence de la matière originelle... Je ne comprends pas comment cela est possible avec cette simple lumière noire !

— Tu ne comprends pas ? Moi, je n'entends rien à tes explications. Mais toi au contraire, tu sembles très savante. Tu m'as rendu visible... Au moins dans cette pièce, et je t'en remercie. Maintenant, tu vas t'asseoir à cet endroit, et je vais m'installer là, en face de toi. Je ne m'approcherai pas, je t'en fais la promesse, mais je vais te raconter qui je suis. Acceptes-tu ?

Maude acquiesça de la pointe du menton.

21

Cadwagwn s'était figé face à Maude. Son récit les entraîna au Danemark, dans le Jutland en 710 avant J.-C. Le guerrier était doué pour la narration, ou alors la jeune femme prête pour l'évasion. Était-elle une auditrice facile à charmer ?... Ce qui est certain, c'est que dès que le revenant commença son récit, ils remontèrent le temps et se trouvèrent immergés au cœur de l'enfance du guerrier. Les images auxquelles il donnait vie défilaient dans l'esprit de Maude qui oublia, pour un moment, jusqu'à la pièce où elle se trouvait.

Jutland 710 avant J.-C.

Un air doux balayait la prairie, portant dans son souffle les parfums iodés venus de la mer du Nord, mêlés à l'odeur sucrée des graminées qui habillaient le sol de taches vertes, parsemées de points fleuris. Plus loin, la lande s'arrêtait à la lisière d'une forêt de chênes et de hêtres, dont les feuilles, aux nuances tendres, s'agitaient doucement, au gré du vent.

Offrant leurs dos à la chaleur d'un timide soleil printanier, Cadwagwn, âgé de six ans, et son frère Tadhg, de deux ans son aîné, aplatissaient leurs corps dans les herbes courtes. Ils ne prononçaient aucune parole, et pourtant, à cet instant, ils communiquaient à grand renfort de signes, de grimaces, de froncements de sourcils et de roulements d'yeux. Une autre senteur, douceâtre et forte, parvenait à leurs narines, excitant leurs sens aux aguets : celles du monstre parqué à faible distance de l'endroit où ils étaient cachés.

L'animal broutait paisiblement la verdure de son enclos. Les enfants entendaient son souffle ronflant depuis l'endroit où ils étaient tapis, ainsi que le bruit de ses dents écrasant les végétaux dans un mouvement régulier de meules en action. Ulf, un aurochs, d'une taille irréelle, représentait le défi du jour. Sa tête énorme s'ornait de cornes effilées, longues et dressées vers le ciel, qui formaient un berceau au centre duquel les deux garçons auraient aisément pu s'installer. De la bave dégoulinait de sa bouche, son mufle luisant se rehaussait d'un anneau brillant qui permettait, parfois, d'obtenir son obéissance. Son regard noir, ourlé de cils courts, observait tout, sans jamais trahir le moindre sentiment, ses flancs s'écartaient lorsqu'il meuglait, élargissant, plus encore, sa silhouette massive, et ses grondements ressemblaient à un son venu des ténèbres. Au moindre de ses mouvements, ses muscles roulaient en relief, sous sa peau couverte d'un poil ras, déclinant les couleurs orageuses d'un ciel d'hiver. Ses attributs mâles forçaient le regard, comme un ornement incongru.

Ulf ne serait jamais un animal destiné au sacrifice. Il était la fierté du village, sa force, sa vigueur, son agressivité, ses proportions démesurées l'élevaient presque au rang d'emblème, et lui assurait une vie paisible de reproducteur.

Les deux jeunes pousses appartenaient au monde des Cimbres. Un peuple dont les historiens ne sauraient jamais définir s'il était issu des Germains ou des Celtes. Faute de certitudes, les savants concluraient qu'ils descendaient probablement d'un mélange des deux.

Leurs têtes blondes portaient des cheveux dressés en épis sur le sommet de la tête, s'étirant en mèches longues dans le cou. Sous la crasse, leur peau était rose et dorée à la fois. Leurs sourcils, brodés de fils d'or, surplombaient un regard bleu intense, et leur sourire s'étirait sur une dentition aiguë. Ils étaient très maigres, mais leurs corps dotés de la souplesse, de l'agilité et de la vivacité de l'écureuil, leur permettaient de nombreux exploits.

La prouesse du jour consistait à traverser, sans faillir, le périmètre dans lequel l'animal captif tuait le temps en mastiquant du fourrage. Le but du jeu consistait aussi à passer au plus près du monstre, qui, s'il était dans un de ses jours de grande agressivité, ne manquerait pas de charger, tête baissée.

Le dialogue muet entre les deux partenaires avait pour objet de déterminer s'ils s'élançaient l'un après l'autre, ou bien ensemble, et à quel moment.

Après avoir rampé au ras de l'enclos, ils décidèrent de jaillir, main dans la main, pour se ruer d'un seul homme à travers le parc. Un arbre, isolé au milieu de cet espace, et dont Ulf aimait à se servir pour gratter sa carcasse, leur servirait de refuge en cas de difficulté.

Ils perdirent du temps à se faufiler entre les bois de la barrière, éveillant l'intérêt de l'aurochs qui mugit une première fois. L'heure n'était plus aux hésitations. Fixant le point de sortie du champ de bataille, un endroit de la clôture ajouré plus largement, ils s'élancèrent. Ulf, les oreilles en légère tension, esquissa trois pas dans leur direction. Ils dévièrent nettement leur trajectoire, n'osant plus s'approcher autant que prévu de l'animal. Les deux enfants ne s'étaient lancés que sur quelques mètres, lorsque le taureau se mit à gratter le sol de sa patte avant, tout en inclinant son cou, en position d'attaque.

Cherchant le salut dans la vitesse, ils abandonnèrent tout à fait l'idée première de narguer la bête. Tadhg, plus vieux et donc plus rapide que Cadwagwn, menait la course. Il tenait fermement la petite main de son frère, le tirant à sa suite. Lorsqu'ils parvinrent au milieu du parc, le taureau chargea. À présent Tadhg hurlait des encouragements à son cadet, qui serrait les dents de terreur. Ils dépassèrent l'arbre, renonçant à s'y réfugier, le temps manquait pour ça. La distance entre l'animal et les enfants s'amenuisait dangereusement. Ils atteignirent de justesse l'issue repérée un peu plus tôt, et se laissèrent rouler sur le sol, soulagés, riant aux éclats de leur farce.

La bête dépitée fit volte-face, dignement, et repartit dans un trot aérien, compte tenu de son poids. Puis, elle revint brusquement exprimer son courroux contre l'énorme chêne, dont l'écorce portait les traces de ses nombreuses colères.

Les petits, fiers de leur victoire, se calmèrent peu à peu, mais ce fut pour tomber sous le coup d'une autre frayeur : Vaughn, le druide, les observait.

S'interposant entre le soleil et le visage des enfants, le druide resta planté devant eux, un long moment, sans rien dire. Il savourait l'expression inquiète des deux marmots, qui s'étaient assis, muets, serrés l'un contre l'autre, les bras noués autour de leurs jambes. Un minuscule roitelet huppé, posé sur la barrière, perçait le silence de ses cris haut perchés, exposant son dos couleur de mousse séchée, sautillant, ouvrant ses ailes arrondies, barrées de blanc, dressant les plumes jaune orangé de sa crête délimitée d'un trait noir, s'agitant comme pour créer une diversion, que nul ne semblait entendre ni voir.

L'extrémité des longs cheveux châtains de l'adulte balayait, au rythme de brèves rafales de vent, ses épaules couvertes d'une tunique grise. Bien que de taille moyenne, la grande finesse de son corps lui donnait l'allure d'un roseau. Souple et vif, il possédait la faculté de se déplacer aussi silencieusement que s'il ne touchait pas terre. Dans son visage sans âge, sous des sourcils broussailleux, ses yeux verts scrutaient les frères avec ironie. Sa barbe foncée dissimulait un sourire sans aménité, pincé sur sa bouche aux lèvres minces Il soutenait machinalement, de ses mains aux ongles noircis, la bandoulière d'un sac en peau contenant quelques plantes qu'il venait de cueillir dans le bois.

— Herbod, votre père, jugera par lui-même si le jeu de ses fils, aujourd'hui, est sujet de fierté ou d'emportement. Car, n'en doutez pas, je lui relaterai dans les moindres détails l'acte de bravoure auquel je viens d'assister.

Sa voix se fit douce, comme un miel empoisonné :

— N'ayez aucune crainte, je n'influencerai en rien son interprétation, mais le chef du village doit savoir comment sa progéniture occupe son temps...

Il tourna les talons, se dirigeant vers le village sous le regard désespéré des deux garçons.

Vaughn était tout-puissant. Son statut de druide le plaçait au-dessus d'un chef, ou même d'un roi. Il décidait de l'opportunité des guerres, il choisissait les animaux à sacrifier, il désignait les humains qui devaient mourir, et déterminait leur mode d'exécution. Il connaissait les incantations, et pouvait jeter des sorts, fabriquer des potions pour guérir ou pour tuer. Il communiquait avec les dieux, connaissait l'écriture et la réponse aux nombreuses énigmes de l'Univers. Il pouvait même, lors de ses transes, accéder à l'autre monde.

Son autorité s'exerçait ainsi sur plusieurs communautés. Il existait d'autres druides qui dominaient d'autres villages, et parfois, ceux-ci se réunissaient pour des cérémonies mystérieuses. Mais les deux frères considéraient cette caste comme beaucoup trop inquiétante pour chercher à percer ses secrets.

Lorsque Vaughn eut disparu de leur champ de vision, caché par un léger relief du terrain, les enfants se regardèrent, consternés. Leur père n'appréciait pas le druide, pas plus qu'il n'apprécierait que leurs actes lui soient rapportés par ce dernier.

Herbod s'affairait auprès de son cheval lorsqu'il vit surgir ses fils au coin de la hutte. À la dureté de son regard, ceux-ci comprirent que Vaughn avait raconté leur exploit du jour. Ils se présentèrent, tête basse, devant le chef.

— J'ai été informé de votre stupidité, vous êtes indignes de mon sang ! Quel orgueil trouvez-vous à périr, inutilement piétinés ou embrochés par une vache ? Car vous êtes tellement insensés que vous finirez ainsi, bien avant d'avoir atteint l'âge de guerrier !

Les enfants maintenaient leurs mains nouées dans le dos, tout en regardant leurs pieds, insignifiantes créatures devant leur père, un géant dans la force de l'âge. La voix d'Herbod exprimait de la colère, mais aussi de la tristesse, et de la lassitude. Au fond de lui, il avait envie de serrer fort ses fils contre lui, leurs jeux laissaient augurer de leur courage. Cependant, il était de son devoir de les sermonner.

— Les dieux ont repris cinq de mes enfants, vous êtes les deux restants, et sûrement ceux qui méritaient le moins de demeurer en ce monde, puisqu'honorer vos aînés vous importe si peu ! Vous ne vous respectez pas, je ne vous respecterai pas non plus : votre rang vous dispense habituellement de servir aux assemblées, avec la marmaille. Ce soir vous vous joindrez à elle pour accomplir les tâches des domestiques. J'ignore si cette humiliation vous portera à réfléchir, mais elle ne déplaira pas à Vaughn. En vous avilissant, c'est moi qui suis mortifié ! Tadhg, j'aviserai l'oncle auquel je t'ai confié, pour qu'il te trouve plus d'occupations. Quant à toi, Cadwagwn, je me demande qui acceptera de se charger de toi. C'est assez maintenant ! Quittez ma vue !

22

Ce peuple se répartissait en une multitude de villages peu distants les uns des autres. Il arrivait, dans certaines occasions, que leurs chefs se réunissent afin de débattre sur des sujets jugés importants. À l'occasion de ces assemblées, les convives consommaient de la nourriture, essentiellement de la viande, et l'usage voulait que les enfants, garçons et filles, servent le repas. L'humiliation pour Tadhg et Cadwagwn n'était donc pas si grande. En revanche elle dégradait leur père, orgueilleux des privilèges échéant à sa famille grâce à son statut de chef.

La réunion se déroulerait dans la demeure d'Herbod. Elle n'était guère différente des autres habitations du village. Sa structure en bois se couvrait de torchis sur les murs et de paille sur la toiture. Elle était sombre, sans ouverture autre que celles aménagées à chaque extrémité du toit, permettant d'évacuer les fumées émanant du feu qui brûlait à même le sol de la pièce principale. Quelques étagères suspendues aux parois offraient une place aux ustensiles ménagers. Deux coffres accueillaient les vêtements de la famille et parfois, servaient à s'asseoir.

Isolantes autant que de décoratives, quelques peaux de bêtes ornaient les cloisons ainsi que les bois, particulièrement remarquables, d'un cerf tué par le maître des lieux, après plusieurs jours de traque acharnée.

Au-dessus de cet espace s'élevait un plancher sur lequel la famille couchait dans une relative chaleur.

Une seconde pièce, plus petite, jouxtait la première. On pouvait y abriter une ou deux vaches, quelques poules et y retirer un peu de matériel.

La soirée se déploierait donc ici. Déjà, des femmes, dont l'épouse du chef, s'affairaient, dehors, à préparer la viande. Elles coupaient des morceaux, attisaient un feu, pendant que des céréales mijotaient au creux du chaudron. Par-dessus la paille répandue sur le sol de la maison, elles avaient étendu des peaux de loups et de chiens, sur lesquelles les hommes prendraient bientôt place.

À la nuit tombée, suivant le rite, Tadhg, un peu intimidé, apporta aux convives une chope en bois, d'une taille démesurée, incrustée de riches motifs de bronze. Les visages graves des hommes installés sur les fourrures se tournèrent vers lui, lorsqu'il remit l'objet rempli d'hydromel au druide. Vaughn but une première gorgée, puis il tendit le pichet à son voisin de droite, Herbod, qui absorba à son tour une rasade d'alcool, avant de passer le récipient au convive suivant. Chacun buvait une petite quantité, mais, comme tous se servaient lorsque la chope se présentait à eux, l'atmosphère perdit rapidement de sa solennité, les langues se déliaient. Bientôt, le jeune garçon se détendit, plus personne ne lui prêtait attention. Il devait juste veiller à ce que le broc soit toujours plein et surtout rester attentif à ne pas le renverser. Ce soir, les cornes à boire des chefs resteraient pendues à leur ceinture, et Tadhg n'aurait pas de répit.

Cadwagwn, parmi d'autres garçons et fillettes, apportait de la viande et de la bouillie à base de glands, à ces braves qui semblaient impossibles à rassasier. Les hommes réunis, tous chefs, incarnaient la noblesse. En tant que tels, leurs joues étaient rasées, mais leurs moustaches, trop longues, se mêlaient à la nourriture qu'ils engloutissaient, et baignaient dans la boisson dont ils s'abreuvaient. Ils parlaient fort, vantards, volontiers moqueurs, exagérant leurs exploits, minimisant ceux des autres par des sous-entendus.

L'homme, à gauche d'Herbod releva la présence de ses fils :

— Tu comptes renier tes garçons, pour les mettre au service, ce soir ?

— Amuse-toi tant que tu veux, Peadar. Si mes fils sont là ce soir, c'est parce que leurs jeux ont mis leurs vies en danger. Je suis extrêmement fier de leur bravoure. Un jour, ils seront des hommes de grande valeur pour notre clan, mais je dois les protéger d'eux-mêmes en les punissant, afin de leur enseigner qu'ils doivent parvenir à l'âge adulte pour soutenir les leurs, avant de rejoindre le Sid.

Laïsren, un rouquin édenté qui suivait les paroles d'Herbod, intervint :

— D'ailleurs, si nous sommes assemblés aujourd'hui, ce n'est pas pour ripailler, mais bien pour parler de notre avenir.

— Je n'ignore pas le but de cette réunion, mais n'est-ce pas agréable de manger à ta faim ?

— Certes, il semble que la chasse a été fructueuse pour ton village. Ce soir, tu partages généreusement avec nous. Cela ne fait pas de toi un homme bon pour autant. La biche et la laie que les tiens ont eu la chance de tuer avaient certainement des petits qui périront sans profiter à personne, et les chasseurs des autres villages sont revenus bredouilles. Leurs familles, les enfants surtout, continuent à mourir de faim !

— Il n'est pas nécessaire de me rappeler la parabole de la Haute Tradition, Laïsren, je la connais : je ne suis pas un homme bon, car, pour vous être agréable et vous servir à manger, j'ai fait le mal... Cependant, tu as raison sur un point, nous devons cesser de faire semblant et aborder le sujet pour lequel nous sommes tous ici présents. Vois mes enfants, ils ne sont pas mieux lotis que les autres : ils puisent leur vitalité dans leur jeunesse, mais tous sont si maigres, que beaucoup mourront dans les lunes à venir.

Vaughn se pencha vers Laïsren :

— Il ne sert à rien d'adresser des reproches à Herbod. Il n'est pas responsable de la famine, et sa famille est aussi durement éprouvée que la plupart des vôtres. Dois-je te rappeler combien de ses enfants ont rejoint le Sid ?

Herbod lança un regard incrédule au druide. Ce magicien le surprenait toujours. Intransigeant, parfois cruel, il pouvait soudain devenir posé et bienveillant. Il ne le comprendrait jamais.

Vaughn se leva, et lança à la cantonade :

Notre hôte souhaite aborder le sujet qui nous préoccupe. Veuillez vous taire afin que nous puissions l'écouter.

Herbod ajusta sa voix, pour que tous puissent l'entendre :

— Comme vous le savez, notre peuple est en sursis sur ce territoire. Depuis de nombreuses lunes la famine nous affaiblit. Lors de la dernière fête de Samain, nous avons guidé nos troupeaux entre les grands feux en récitant les incantations magiques afin d'écarter les maladies et pourtant, les esprits ne nous ont pas été favorables : notre bétail meurt. Une humeur jaune coule sous les paupières tuméfiées des bêtes amaigries, elles ont le mufle chaud, la bouche pourrie de plaies, un liquide puant se répand de leurs entrailles, souillant leurs pattes et leurs flancs. Notre troupeau est victime de la peste. Les druides affirment que la maladie se cache dans la paille, le foin ou même la terre. C'est pourquoi nous parquons les animaux par petit nombre dans des endroits espacés les uns des autres, éloignés des villages, au risque qu'ils soient attaqués par les loups. Et pourtant, il ne se passe jamais plus de quelques jours avant qu'un nouveau cas n'apparaisse. Les pluies ravagent les récoltes depuis si longtemps, que bientôt nous n'aurons plus de semences. Nous disputons aux bêtes sauvages les glands et les baies. Nous mangeons nos chiens, et après que restera-t-il ? Nous devons envisager de chercher un autre lieu, pour vivre et prospérer. Ceux qui quitteront cet endroit laisseront de la place, et donc plus de chances de survie, à ceux qui choisiront de rester. Quitter notre terre représente aussi un risque. La route est longue, et nous connaissons mal les peuples auxquels nous devrons nous imposer. J'ai envoyé des éclaireurs. Ils sont revenus depuis peu et nous ont rapporté qu'ils ont trouvé une vallée, encaissée dans les montagnes, à proximité de peuples qui semblent vivre en paix.

Herbod se tut pour que les autres chefs puissent prendre la parole. Soren, un individu anguleux qui exhibait sur le muscle sec de son bras gauche un tatouage figurant un animal fantastique à tête de cygne, excessivement cambré, dont la queue se déployait en un large éventail, fit signe qu'il souhaitait intervenir.

— Tu dis que le départ de certains fera de la place aux autres. C'est donc un départ sans retour possible. Qu'adviendra-t-il des villages désertés ?

— Nous ne reviendrons pas. Ceux qui ne voudront pas, ou ne pourront pas suivre trouveront refuge dans d'autres hameaux qui accepteront de les recevoir. En échange, nous offrirons à ceux qui les accueilleront ce que nous ne pouvons pas emporter. Nos habitations, nos terres sont maudites. Je crois qu'il vaudrait mieux tout brûler en partant, pour éviter de porter le mal, là où il ne se trouve pas encore.

Vaughn approuva d'un hochement de tête. Vyon, un homme trapu, avec des bracelets de force à chaque poignet, intervint à son tour.

— Quand comptez-vous partir, comment allez-vous voyager ?

— Nous nous mettrons en route dans quelques nuits, pour parvenir bien avant Samain. Avec les femmes, les enfants, les animaux restants, notre troupe sera vulnérable. C'est pourquoi nous avancerons, de préférence, dans la pénombre, comme les loups. Mais afin de dissiper vos doutes et répondre à vos questions nous allons écouter nos éclaireurs auxquels vous pourrez poser toutes les questions que vous souhaitez. Quatre d'entre eux sont ici présents. Son bras dessina un mouvement en arc de cercle avant de pointer le doigt en direction d'hommes secs et musclés à l'expression féroce. Visiblement, Herbod avait choisi des individus de confiance, résistants et forts pour repérer l'itinéraire de leur salut.

Les questions fusèrent. Les interrogations portaient sur l'itinéraire et ses difficultés, et bien entendu sur l'emplacement final. Un problème se profilait malgré tout : l'endroit choisi n'était pas très éloigné d'un peuple de mineurs qui extrayait du sel de la montagne. Ils défendraient probablement leurs richesses, d'une manière des plus farouches.

La soirée abordait enfin les vrais sujets. Chacun s'animait. On se demandait si le rapport des éclaireurs était digne de confiance. On doutait d'une installation absolument pacifique. On s'interrogeait sur le nombre de candidats à l'exil et sur la résistance physique des migrants. Et puis, qu'en pensaient les dieux ? Ce départ allait-il affaiblir le peuple cimbre ? S'apparentait-il à une démission, une fuite de lâche ? Que disaient les druides ? S'étaient-ils concertés ? Avaient-ils consulté les augures ?

Il n'y avait plus de nourriture à distribuer. Les enfants serviteurs s'étaient retirés. Seuls Tadhg et Cadwagwn, réfugiés sur le plancher surplombant la salle, suivaient le débat, rêvant à l'aventure qui les attendait.

Le guerrier, perdu dans ses souvenirs s'interrompit quelques instants. Maude en profita pour se lever et prendre une cigarette. Elle se rassit bien vite, impatiente de s'immerger à nouveau dans l'histoire du guerrier qui reprit son récit.

23

Jutland 710 avant J.-C.

Lorsque Cadwagwn se retourna une dernière fois, avant de pénétrer dans la forêt, une pâle lueur jaune rosé éclairait la nappe obscure de la nuit. Le brasier qui dévorait son village depuis le crépuscule s'était transformé, de loin en loin, en lueur délavée, comme une aurore terne de matin triste.

Bien que cette première marche soit harassante, l'enfant ne ressentait aucune nostalgie. Au contraire, un bonheur sans faille l'animait. Il voyait, à travers sa fierté naïve, l'occasion de révéler à tous sa valeur et son courage.

Pourtant, n'importe quel observateur aurait ressenti de la crainte et de la compassion, pour cette vague humaine qui avançait lentement dans les ténèbres. La cohorte migrait pour un ailleurs incertain, les guerriers, plus ou moins aguerris, encadraient la troupe. Le reste des hommes s'occupait du bétail survivant. Les chevaux portaient les plus faibles, ou tiraient des chars contenant le matériel. Herbod et Peadar, son second, dirigeaient la marche, Vaughn allait en silence. Un tiers de cette cohorte venait d'autres villages, dont les chefs avaient refusé l'exil.

Après plusieurs nuits, lorsque les premières vraies difficultés surgirent et que les chefs considérèrent que les zones traversées étaient inhabitées, on progressa de jour. Il y eut des fleuves terribles à remonter jusqu'à découvrir des passages moins périlleux, des rivières à franchir, des cols à gravir.

Durant ce périple, quatre enfants naquirent, deux fois plus moururent. Des femmes et des hommes perdirent la vie, d'épuisement, de froid, d'accidents ou de maladies.

Cadwagwn, qui avançait vigoureusement avec d'autres garnements dans les premiers temps, se rangea de plus en plus souvent derrière sa mère. Il ressemblait à un poussin cherchant protection sous l'aile maternelle. Il ne se plaignait pas, elle ne lui parlait pas, mais le caressait de temps à autre d'un regard sec et grave. Exsangue, les yeux rivés sur ses deux tresses claires, il la suivait de façon aussi instinctive que n'importe quel petit d'animaux. Tadhg, quant à lui, voyageait avec la famille de l'oncle auquel on l'avait confié, conformément à la tradition, aidant les plus jeunes que lui dans la mesure de ses modestes forces.

Pour encourager la troupe, le prêtre rendait grâce chaque jour à la bienveillance des dieux : le bétail ne mourait plus, le temps devenait relativement favorable. Au début de l'été, pour l'inévitable fête de Beltaine, on s'accorda même un répit de quelques jours. Parfois les guetteurs d'autres peuples les repéraient. Les palabres pouvaient se révéler assez tendus, mais, dans ce voyage, les Cimbres parvinrent presque toujours à monnayer leur laissez-passer sans combattre. Lorsque la fatigue était trop grande, les chefs décidaient d'une nuit ou deux de repos.

Grâce à cette progression qui ne laissait place à aucune faiblesse, ils atteignirent l'endroit convoité au milieu de l'été. La vallée s'offrait à eux, telle que les éclaireurs l'avaient décrite : verdoyante, ensoleillée, entourée de forêts, arrosée de torrents.

Les Cimbres se mirent immédiatement au travail pour reconstituer leurs villages, mais quelques jours après leur arrivée, ils reçurent la visite d'une délégation inquiétante de guerriers ambisontes, le peuple voisin, installé non loin de la vallée choisie par Herbod et Peadar, qui n'entendait pas supporter les nouveaux venus à proximité de leurs terres. Niall, leur chef, lança un ultimatum aux envahisseurs : soit ils quittaient les lieux avant l'hiver, soit ils seraient exterminés jusqu'au dernier.

Puisque Niall acceptait un délai, on pouvait supposer qu'il souhaitait malgré tout éviter l'affrontement. Sa tribu appartenait au monde des mineurs de sel. Ceux qui n'arrachaient pas la précieuse denrée aux flancs de la montagne étaient éleveurs. Souvent les familles combinaient les deux activités. Évidemment, on comptait des guerriers parmi eux, mais moins aguerris que les nouveaux venus. Les Cimbres mirent cependant en place un dispositif de surveillance. Des guetteurs se disposèrent jusqu'à des postes très éloignés de la vallée, et des espions partirent évaluer la dangerosité de l'ennemi. Rapidement, les guerriers cimbres furent capables d'identifier leurs voisins, qui vivaient à peu de distance de là. Cette vigilance leur offrit une opportunité que la sagesse de leur chef ne manqua pas d'exploiter.

Une nuit, les guetteurs cimbres observèrent une troupe relativement importante, des Scordisques d'après leur allure, qui approchait dans la plus grande discrétion de la zone habitée par les Ambisontes. Ces derniers, moins expérimentés dans le domaine de la guerre que les nouveaux venus, ou alors trop sûrs de leur force et de leur nombre, avaient posté leurs observatoires dans un rayon trop restreint, sur les buttes à proximité directe des villages. Ils ne savaient rien du danger qui approchait.

Herbod, Peadar, ainsi que le druide furent immédiatement avertis de la menace qui se préparait. En moins d'une heure, une petite troupe était réunie. Des combattants resteraient sur place, pour la protection des villageois cimbres, le reste se rassemblerait derrière une colline d'où l'on pouvait observer les Ambisontes.

Herbod, Peadar, le prêtre et deux guerriers se rendirent chez les Ambisontes.

Truffes au vent, oreilles dressées, les trois gigantesques chiens gris qui montaient la garde derrière les palissades du village donnèrent l'alerte. Sans un mot, une douzaine de guerriers encerclèrent la délégation cimbre, conduite par Herbod, afin de l'escorter jusqu'à la porte de Niall, leur chef.

Les gardes ambisontes qui entouraient la petite troupe n'étaient pas très rassurants, le nombre leur donnait l'avantage. Dans ce face-à-face, les hommes jouaient à l'intimidation : regard farouche, maintien altier, dureté de la voix, détermination des gestes, complexité des accoutrements, richesse des armes, reflet des lames, lourdeur des boucliers. Même les chevaux semblaient nerveux et agressifs, ils renâclaient, secouaient leur crinière, piétinaient rageusement. Niall sortit de sa maison, une expression dédaigneuse sur le visage. Il s'adressa à Herbod :

— J'espère que tu as bien mesuré le risque que tu cours à venir ainsi me déranger. Je me suis montré clair et d'une grande clémence jusqu'à ce jour. Pourtant, mes espions m'ont rapporté que les tiens usent leurs forces à construire ce que nous détruirons bientôt... Qu'es-tu venu mendier, chef cimbre ? Tu t'obstines, et conduis ton peuple à sa perte ! D'ailleurs, ta monture risque de repartir tout à l'heure avec ta tête accrochée à son encolure en guise de parure.

Niall s'était tourné vers ses guerriers, un sourire narquois sur le visage. Une vague de rires gras s'éleva parmi ses hommes en signe d'approbation.

La communication était difficile. Vaughn servait d'interprète, avec plus ou moins de réussite, car il connaissait un peu la langue parlée dans cet endroit du monde. Un savoir qu'il détenait probablement de l'un de ses confrères, mais nul ne le savait vraiment, il se plaisait à entretenir le mystère.

— Je ne suis pas venu mendier, Niall ! Je suis là pour t'informer du fléau qui va s'abattre sur ton village, et dont tes espions, il me semble, sont fort peu renseignés.

— Me menaces-tu ?

— Pas le moins du monde ! Au contraire, je suis venu te proposer d'unir nos forces.

— Tu abuses de ma patience ! En quoi aurions-nous besoin de vous ?

Herbod choisit calmement ses mots. Il mourait d'envie d'humilier Niall. Mais, si ce dernier perdait la face devant ses guerriers, toute alliance deviendrait impossible et l'installation des Cimbres dans la vallée serait définitivement compromise.

— Figure-toi que, connaissant ta férocité, j'ai moi aussi placé des espions, et ceci, probablement beaucoup plus loin que toi, puisque j'avais fort à craindre de ton peuple. Ils m'ont rapporté qu'une horde de Scordisques est en marche vers ta vallée.

— Tu en es sûr ?

— Certain, sinon, je n'aurais pas pris le risque de t'offenser par ma présence.

Pendant quelques instants, Niall ne dit plus rien. Les Scordisques bénéficiaient d'une réputation effrayante, même dans l'esprit des combattants les plus braves. On les disait extrêmement violents, cruels, anthropophages. Le chef ne triomphait plus. Il invita Herbod à entrer dans sa maison.

Les hommes s'entendirent sur la stratégie à mener. Herbod proposait le concours de ses hommes pour repousser l'attaque. Niall ne pouvait se permettre de refuser un tel renfort. Les femmes et les enfants seraient dissimulés dans la montagne, dans les galeries de sel, sous la protection de combattants cimbres et ambisontes. Pour prouver qu'il ne s'agissait pas d'un piège, Herbod souligna que se joindraient, tels des otages, sa femme et sa propre progéniture. Niall se sentait rasséréné. Herbod lui offrait un renfort certain avec, de surcroît, une science du combat que les siens ne possédaient pas. Il restait à peine le temps nécessaire pour se préparer à l'affrontement.

Une première nuit s'écoula, puis une seconde. Un silence de mort planait sur la vallée, à peine troublé par le chant d'oiseaux nocturnes ou le craquement de branchages. Lorsque les Scordisques surgirent aux abords de la cité, dans une clameur effrayante, gesticulant, tapant sur les boucliers, enflammant le chaume, aucun cri d'alarme, aucun hurlement de femme, aucun pleur d'enfant ne s'éleva.

Incrédules, les attaquants pénétraient dans le village, sautaient de leurs chevaux, défonçaient les portes, tenant à deux mains leurs lourdes épées, prêts à commencer le carnage, sans pourtant trouver la moindre proie à massacrer. Leur chef, un homme à la chevelure rousse flamboyante, doté d'une voix de stentor, criait des ordres à tout va. Son lourd torque d'or brillait à la lueur des flammes qui embrasaient les toits, son manteau jeté sur une tunique multicolore volait autour de lui. Tout dans son allure rappelait un démon venu du fond des temps. La simple vision de cet homme aurait terrifié n'importe qui. La rage le dévorait car il avait rapidement compris le subterfuge, et pressenti le piège. Trop tard !

Ambisontes et Cimbres surgirent de nulle part.

Dans une première vague, les cavaliers donnèrent l'assaut, frappant de leurs lourdes armes les Scordisques descendus de leurs montures. La lutte fut terrible, la hauteur donnait l'avantage. Les épées s'abattaient fendant les crânes, entamant les nuques jusqu'à la gorge, tranchant des mains, incisant des bras et des épaules, ébréchant des os, brisant des côtes, coupant des jarrets. Une deuxième vague, équipée de javelots et de poignards, finissait le travail. On égorgeait, on éventrait, on transperçait, dans une odeur de sang et de feu. Toute la scène prenait des teintes aux nuances rouges, irréelles. Hurlements de haine, cris de douleur, appels de détresse, hennissements déments, les sons s'élevant de la vallée transpiraient la sauvagerie, la fièvre et la folie.

Au loin, cachés dans une grotte féerique où les cristaux blancs luisaient à la lumière d'un feu de bois, assis parmi les femmes et les enfants, les fils d'Herbod idéalisaient la bataille, fulminant contre leur trop grande jeunesse qui les empêchait de prendre part à ce moment de gloire.

Aucun des assaillants ne survécut. Ceux qui s'échappèrent eurent la mauvaise idée de se replier dans la montagne, précisément en direction de la cachette ambisonte. Les guerriers présents se firent une joie de les traquer et de les achever jusqu'au dernier.

Dans les rangs des vainqueurs on comptait bien sûr des morts et des blessés. Cependant, leur nombre s'avérait relativement peu élevé. Grâce à la stratégie d'Herbod, les Cimbres gagnèrent leurs droits sur cette nouvelle terre.

24

Février 2018

Cadwagwn se tut. Depuis son enfance, Il avait entendu cette épopée rapportée par les bardes, au cours de dizaines de soirées interminables, au point de ne plus y prêter attention. Il l'avait narrée à son propre fils, comme un conte fantastique un peu usé. C'était la première fois qu'il y repensait sans la travestir, qu'il la relatait de manière aussi détaillée et exacte, qu'il la revivait véritablement.

Maude demeurait incrédule, sidérée, étourdie. Ce qu'elle venait d'entendre n'était qu'un microscopique fragment de l'Histoire, et pourtant, nulle personne au monde ne pouvait se prévaloir de le connaître.

Il existait des écrits grecs, et romains, comme ceux d'Hérodote, Polybe, Strabon, Tacite, et aussi le récit de la Guerre des Gaules par Jules César, et bien d'autres témoignages encore sur le sujet celte à diverses époques, mais pour la première fois, l'un de ces barbares relatait lui-même son existence.

Devant l'invraisemblance de la situation, elle continuait à douter de sa raison. Depuis plus d'une heure, prostrée dans un fauteuil coquille de cuir blanc, du plus pur design 70's, elle écoutait, à la lueur d'une lumière noire, un revenant incarné par l'intermédiaire d'une image holographique, lui relater le cours d'une vie écoulée deux mille sept cents ans plus tôt ! Pourtant, elle ne voyait pas non plus comment son esprit, même malade, pouvait forger une aventure pareille en employant des noms de tribus qu'elle n'avait seulement jamais entendus… D'ailleurs, il faudrait vérifier…

— Je crois que tu en as assez appris sur moi pour ce soir. Tu sembles épuisée. Va te reposer.

— Vous serez là demain ?

— Oui. Je serai là. Mais, si je te raconte tout ça, c'est que j'ai besoin de ton aide. Tu me diras aussi ton histoire. Nous devons nous connaître pour essayer de comprendre quel dessein poursuivent les dieux qui nous ont réunis.

— Alors, vous croyez réellement qu'un être divin a souhaité nous associer ?

Cadwagwn, le regard vague, demeura silencieux.

— Pouvez-vous entrer en contact avec les morts ?

Le guerrier restait muet, Maude insista.

— Pouvez-vous parler à Nathan ?

— Non, je ne crois pas. Oui, je suis entré en contact avec certains esprits, mais ils étaient des « élus » en quelque sorte, des gens d'une importance planétaire…

Maude hocha la tête avec résignation et, sans chercher à comprendre plus les dernières paroles du guerrier, sortit du bureau, le visage triste, sans se préoccuper de la lumière de Wood restée allumée, ni de la porte grande ouverte.

Le lendemain soir, fidèles au rendez-vous, les deux êtres se retrouvèrent dans le bureau de Nathan. Maude fortement perturbée marchait dans la pièce, deux pas dans un sens, deux pas dans l'autre. Elle se tenait malgré tout à distance respectable du guerrier. Les cheveux en bataille, le visage blême, les traits tirés elle accusait la fatigue.

— J'ai été incapable de travailler correctement aujourd'hui. Toute la journée, je me suis interrogée sur ma santé mentale. J'ignore si vous existez vraiment, ou si mon esprit me joue des tours. Je ne sais pas si j'ai raison d'entrer dans ce jeu, ou si je finis de fragiliser le peu de discernement qu'il me reste. Je ne vois pas où cette aventure nous mène. Nous n'avons rien en commun, tout ceci est absurde !

Maude s'interrompit un instant, comme pour reconsidérer une nouvelle fois les arguments qu'elle venait d'énumérer. Cadwagwn, debout face à elle, l'observait débattre avec sa conscience. Elle finit par s'asseoir dans son fauteuil blanc, silencieuse durant quelques secondes, puis elle sembla enfin céder avec résignation.

— Après tout, peu importe ! Je vais vous raconter ce que nul ne sait. Ce que je n'ai dit à personne, pas même à mon psy ! Ce qui me tue à petit feu depuis près d'un an et que je ne surmonterai jamais ! Comme vous, je vais commencer mon histoire du début, pour que vous compreniez bien à quel point nous sommes dissemblables. Pour le côté mystérieux de ma naissance, je suis née par hasard à Lourdes, grand lieu de pèlerinage chrétien, un 8 août 1988, une date intéressante, pour vous, Celte, amateur de magie, car elle répète 4 fois le symbole debout de l'infini…

Mon père et ma mère sont informaticiens. Je n'ai ni frère ni sœur, mes parents préféraient prendre une année sabbatique de temps en temps pour courir le monde, plutôt que de faire des enfants. Ce mode de vie m'a valu, entre autres, une année entière sur un voilier. Les semaines interminables de huis clos, au cœur d'une coquille de noix posée sur l'eau, au milieu de nulle part, ne m'enchantaient guère, même si je n'étais pas âgée de plus de 8 ans. L'océan, la mer, me terrorisent. L'eau n'est pas mon élément. Je redoute les secrets qu'elle dissimule. J'aime seulement l'admirer depuis la plage. Les escales dans tous les lieux enchanteurs représentaient une maigre consolation face à la terreur qui m'habitait lorsque nous devions remonter à bord, et faire face aux éléments, parfois déchaînés. Je restais prostrée dans l'habitacle, rongée par la peur et le mal de mer.

Avant cela, nous avions passé trois mois à parcourir l'Amérique latine. Je n'en garde presque aucun souvenir, si ce n'est celui du regard doux, et pourtant indifférent des vigognes, et un autre encore, celui des femmes à la peau brune, la tête couverte de grands chapeaux, le corps caché sous de multiples jupes colorées. Au fond, ces images, tellement cliché, ne sont peut-être même pas des souvenirs personnels, mais ce que je revois lorsque je repense aux albums photos de mes parents… Je ne sais plus vraiment…

Bref, après ma mauvaise expérience maritime, mes parents renoncèrent à me trimballer dans leurs aventures. Ils avaient échoué avec moi. Je les surprenais, et je décevais leur rêve. Ils conclurent probablement que nous n'étions pas destinés à la cohabitation, et me confièrent à Mina et Antoine, ma tante et mon oncle, installés à la campagne, dans le centre de la France. Le temps passé dans leur foyer fut très heureux. Ils étaient adorables. Mon oncle, Antoine, me construisait des cabanes, m'apprenait à distinguer les champignons. Il me choisissait souvent de très beaux livres, m'apprenait à faire des herbiers et aimait me faire rire. Quant à ma tante, elle m'autorisait à élever des têtards dans une bassine, au jardin, pour surveiller leur métamorphose ; me laissait collectionner toutes les pierres qui me plaisaient et que j'entassais sur les étagères de ma chambre, m'emmenait parfois acheter des poissons rouges qui ne vivaient, hélas, jamais très longtemps. Ils me firent cadeau de deux poussins pour mon premier anniversaire passé chez eux, ainsi que d'un appareil photo avec lequel Mina me conseilla de réaliser une série de clichés des plus belles toiles d'araignées. Vous n'imaginez pas la somptuosité des réalisations de ces insectes. J'ai gagné un concours de photographie grâce à mes images dont l'une représentait une toile couverte de perles de rosée et l'autre une toile délicatement poudrée de pollen. Mina et Antoine ont ouvert ma curiosité et donné le goût de l'observation.

Mon oncle et ma tante sont des personnes excentriques, chaleureuses, bienveillantes, attentives. Je crois que ce sont eux qui ont révélé mon intérêt pour les sciences naturelles. Cette situation étrange a inversé mes repères familiaux. Mon oncle et ma tante sont devenus mes parents, alors que ma mère et mon père se sont trouvés relégués au rang d'étrangers familiers. Pour mes 20 ans, probablement pour se racheter, ils m'ont offert un cheval. C'est un présent qui ferait rêver la plupart des jeunes filles amoureuses d'équitation, et je l'ai accepté avec bonheur. Mais ceci n'effacera jamais la rupture entre nous.

Par choix personnel, probablement pour me prouver que j'étais capable de voler seule, je vécus ma dernière année de lycée en pension. Plutôt bonne élève, j'obtins mes examens avec un an d'avance. Je me consacrais alors à l'étude de la biologie et de la géologie, car je développais une vraie passion pour ces domaines. Je suis d'ailleurs devenue enseignante en science et vie de la Terre. Parallèlement à mes études, comme tous les jeunes de ma génération, j'adorais faire la fête. Je sortais, participais aux fêtes étudiantes, fumais parfois un petit joint, et buvais de temps en temps un verre de trop. J'étais sûrement trop romantique, trop tendre. À deux ou trois reprises, des garçons mirent mon cœur à mal. Je décidai de ne plus trop m'intéresser à eux, afin d'éviter de souffrir. Ma tante aimait à dire que j'étais comme ces organismes marins qui fabriquent de la nacre autour du grain de sable qui les blesse. Ils transforment une chose irritante en un objet sublime. Elle n'avait pas tort. Pour oublier les déconvenues je me recentrais sur de nouveaux défis, et je rebondissais toujours plus brillamment. J'avais décidé de me concentrer sur des études longues et difficiles pour devenir chercheur lorsque Nathan apparut.

Chaque matin, je montais dans le bus qui me conduisait à la fac. Il était là, toujours assis à la même place, absorbé par un livre, parfois une bande dessinée. Je ne connaissais pas sa destination, puisque je descendais avant lui. J'observais ce mystérieux inconnu dont j'ignorais tout. Je ne savais pas d'où il venait, ni où il allait. Il m'intriguait. Chaque matin, j'espérais trouver des indices qui m'en apprendraient plus sur lui. Ma curiosité enflait sans cesse.

Il était très grand, moins que vous, bien sûr, sec, maigre, avec une barbe foncée qui dévorait un visage aux joues creuses, aux pommettes saillantes, mais qui ne parvenait pas à dissimuler le contour de ses lèvres. Ses cheveux un peu longs ne semblaient jamais coiffés. Son regard, que je croisais parfois, lorsqu'il détachait les yeux de sa lecture, était sombre, brillant, perçant, un rien ironique. Son nez légèrement busqué donnait noblesse et finesse à son visage. Je m'étonnais qu'il lise aussi vite, car ses longues mains tenaient presque chaque jour un ouvrage différent.

Son accoutrement aussi, me laissait perplexe : il semblait souvent vêtu et chaussé pour une journée de plein air. J'évaluais son âge, je suis très forte à ce jeu-là : cinq ans de plus que moi, au maximum. J'essayais aussi d'imaginer ce que pouvait bien être sa vie professionnelle.

Je vous l'ai déjà dit, parfois, nos regards se croisaient, et dans ces moments-là, je me sentais provocatrice de l'avoir scruté avec autant d'insistance. Je détournais le regard, à la fois légèrement étonnée et réjouie par mon audace, alors que lui, comme pour se venger, persistait à m'observer durant de longues secondes. Au bout de quelque temps, le jeu s'installa entre nous. Je pris de l'assurance et je m'amusais à soutenir son regard de façon insolente.

Et puis, un jour, il y eut une grève des bus, qui mit fin à ce divertissement. Je me retrouvais contrainte d'aller à pied. Le temps n'était pas très agréable, je marchais vite, sans rien voir, lorsque soudain, je ressentis une présence à mes côtés. Il m'avait rejointe et m'aborda, l'air malicieux. « Vous aussi, vous faites de la marche forcée aujourd'hui. Voilà l'occasion de parler un peu, plutôt que de nous amuser à nous fusiller du regard, si cela ne vous importune pas bien sûr. »

J'ouvrais et fermais la bouche, incapable de dire quoi que ce soit. Il reprit « Vous voyez, j'ai eu raison de me jeter à l'eau, parce que, malgré votre curiosité, vous n'étiez pas près de le faire ! » Il était moqueur et si naturel que je n'ai pas caché ma jubilation. J'ai baissé ma garde, éclaté de rire, heureuse de ce revirement de situation.

Cette grève qui dura une huitaine de jours fut un excellent prétexte pour nous découvrir. J'eus presque des regrets lorsqu'elle cessa. Mais, quand les conducteurs reprirent leur travail nous n'étions plus des étrangers. Nous nous tutoyions, avions déjà dîné ensemble dans un petit restaurant grec qu'il appréciait particulièrement et connaissions les grandes lignes de la vie de l'un et de l'autre. L'énigme résolue, restait à découvrir tous les charmes du personnage.

Talentueux dessinateur, il travaillait pour un cabinet qui lui demandait des illustrations pour livres destinés aux enfants, ou parfois des affiches. Il collaborait aussi à un film d'animation, et cette nouvelle activité évoluait en véritable passion. En plus de cela, il élaborait dans le plus grand secret une bande dessinée, sans textes, d'une richesse incroyable. Chacune de ses planches était un chef-d'œuvre d'harmonie de finesse et de poésie. Nathan était un travailleur infatigable. Il possédait un œil aiguisé, une main sûre, un génie incontestable. Se sachant d'un tempérament dissipé, il s'astreignait à des horaires de bureau, au moins le matin. Ensuite, il partait chercher l'inspiration en observant la nature, ou alors, rentrait chez lui, pour travailler dans le calme de sa pièce de travail.

Deux ans après notre rencontre, nous nous sommes installés ici. C'était au cours de ma première année d'enseignement. Nous vivions une histoire merveilleuse, comme tous les amoureux, je suppose. Il était tendre, attentionné, drôle, nous nous entendions sur tout, ou presque. J'étais totalement envoûtée. Ma tante un peu déçue que j'abandonne mes études disait que je n'étais plus un animal marin mais un papillon qui après avoir tissé son cocon douillet, volette dans une insouciance bien méritée. C'était exact. J'étais vraiment heureuse !

Cependant, sous la tranquillité apparente de Nathan, se cachait un immense besoin de défoulement. Le cyclisme était sa meilleure échappatoire, un sport qu'il plaçait au-dessus de tout, et la seule chose dont j'eus à souffrir dans notre vie commune. Que je sois malade et sollicite sa compagnie, que nous soyons invités chez des amis, ayons prévu depuis des mois de nous rendre à un concert, que je souhaite plus que tout qu'il m'accompagne à une fête familiale, s'il prévoyait soudain une sortie à vélo, rien ne le retenait.

Il était si inflexible sur le sujet, que je renonçai rapidement à le supplier. C'était comme une superstition, comme s'il s'agissait d'une question de vie ou de mort, et que si son intention ne se réalisait pas obligatoirement, un drame arriverait. Il ne s'intéressait pas aux sportifs de cette discipline, mais seulement à l'exploit que, lui, réaliserait ce jour-là. Cette attitude me contrarierait énormément.

J'admis pourtant rapidement qu'il était inutile de s'interposer, ou même de tenter de le suivre. Je n'y serais de toute façon pas parvenue. Cela n'avait rien à voir avec un simple passe-temps, il investissait bien autre chose qu'un simple défi sportif dans cette activité.

Le jour où j'ai vraiment compris la raison profonde de son comportement, mon respect pour lui a encore décuplé. Nathan souffrait d'asthme chronique et surtout d'asthme allergique. Cette maladie se manifeste par crise, réduisant le diamètre des bronches, augmentant la production de mucus, rendant l'inspiration et l'expiration difficiles. Par chance, l'effort ne réveillait pas les symptômes, ce qui n'est pas le cas de tous les malades. J'étais au courant de son problème, mais il n'en parlait pas et lorsqu'il entrevoyait le début d'une crise il prenait les remèdes nécessaires. Bien entendu, nous n'aurions jamais d'animaux à la maison, puisqu'ils sont un facteur allergène. J'y renonçai sans problème, malgré mon adoration pour les chiens et les chats, et je prêtais une attention extrême à tout ce qui entrait chez nous et aurait pu le fragiliser. Je veillais même à changer de vêtements avant de rentrer de mes séances d'équitation, afin de ne pas introduire dans notre maison des éléments potentiellement dangereux. Nous avions simplement des loisirs différents, lui son vélo et moi mon brave Uruguay.

Il gérait très bien sa maladie, et répugnait à en parler, si bien que même si je me montrais attentive à ce que rien ne perturbe sa santé, je finissais par croire le problème bénin. Et puis il y eut ce jour où il rentra vers 11 heures du matin, j'étais à la maison car je n'avais pas cours. Il respirait mal, je pouvais entendre siffler l'air cherchant une issue dans ses voies respiratoires. Son visage livide creusé par la souffrance m'effraya. Ses yeux trahissaient l'inquiétude et le désarroi. Il s'adossa aux coussins du canapé, aspira des bouffées de l'aérosol qui, habituellement, le soulageait rapidement, mais cette fois, la crise semblait plus difficile à repousser. À cause de ses protestations, je renonçai à appeler les secours, et une fois encore, il réussit à surmonter la crise. Lorsqu'il se calma, il m'expliqua ce que je commençais à entrevoir :

Son asthme le terrorisait, et l'humiliait à la fois. Le cyclisme lui permettait de le défier. Pousser son organisme à son extrême limite lui permettait de braver sa peur, de l'exorciser, de triompher de son mal, et surtout de se prouver qu'il était vivant et bien portant.

Cette journée marqua le début d'une nouvelle ère pour notre couple, celle d'une complicité décuplée. Je connaissais à présent l'ampleur de son affliction et l'impact de celle-ci sur son comportement. Nous n'en parlions pas, mais il savait qu'il pouvait compter sur ma discrétion, que je serais toujours là pour lui prêter une oreille attentive s'il ressentait le besoin d'exprimer ses craintes.

À ses yeux, sa maladie était une faiblesse qu'il ne se pardonnait pas. Je crois que je sus me comporter comme il le souhaitait : attentive, mais discrète, j'étais son alliée devant l'ennemi à combattre, il avait confiance en moi.

Maude répéta une fois encore « il avait confiance en moi... ». Son regard passait à côté de Cadwagwn. Ses yeux brillaient intensément, une larme perla sur les cils de sa paupière inférieure, puis s'écrasa brutalement, comme une grosse goutte de pluie, sur sa main qui reposait au centre de sa cuisse. Elle inspira dans une sorte de hoquet, et fixa son attention sur le guerrier.

— Vous allez découvrir à quel point je suis inutile et dangereuse :

C'était au mois d'avril de l'année dernière. Nathan m'avait demandé de lui prendre un aérosol à la pharmacie et de le ranger dans la boîte à gants de notre voiture. Je me rappelle très bien m'être rendue à l'officine. Je me souviens même avoir laissé échapper le paquet sur le carrelage de la cuisine, en rentrant à la maison, et d'avoir râlé parce que le flacon métallique avait une petite bosse après cet accident. Cela me déplaisait, je voulais que tout ce qui le concernait soit parfait.

Huit jours plus tard, nos amis nous ont proposé un pique-nique improvisé, en fin de journée, au bord de la mer, sur la plage, pour fêter la promotion de l'un d'entre eux. Le temps était splendide, exceptionnellement doux pour la saison. C'était un de ces instants de convivialité extraordinaire, un moment béni que l'on voudrait retenir à tout jamais, où la vie paraît résolument optimiste. Nous avions tous un peu trop bu, la nuit tombait, quelqu'un avait une guitare, nous chantions, assis en rond dans le sable. Nous avions le sentiment de renouer avec une adolescence, après tout, encore très proche. Nous avions allumé un feu de camp. Je regardais les flammes courtes courant sur le bois sec et s'élevant à la verticale, vivantes, mouvantes, joyeuses, comme les bras levés d'une foule en délire, ondulant au son d'une musique exaltante. Je me sentais délicieusement bien, comblée.

À un moment, me tirant de ma rêverie, Nathan m'a chuchoté à l'oreille qu'il ne se sentait pas très bien, et qu'il allait prendre ce dont il avait besoin à la voiture. J'avais remarqué son souffle court. Cela n'avait rien d'étonnant, durant cette période de l'année, l'air était saturé de pollen. J'ai juste hoché la tête. Je savais qu'il ne voudrait pas que je le suive. Le 4x4 était garé au parking, à dix minutes à pied de la plage. Il s'est éloigné, m'a adressé un signe auquel j'ai répondu par un sourire et un petit hochement de tête, puis la fête a continué. J'ai dit à nos amis qu'il se sentait enrhumé, et que nous avions ce qu'il fallait dans la voiture.

Il s'était écoulé environ une demi-heure lorsque j'ai entendu la sirène d'un camion de pompiers, en même temps que j'ai vu la lueur bleue du gyrophare. Aussitôt j'ai compris. Je me suis élancée en direction du parking. Ces quelques minutes de course semblaient interminables, je me répétais que Nathan se moquerait de moi, que ce véhicule n'était pas pour lui, mais au fond de moi, j'avais si peur que ma gorge et mon ventre se nouaient un peu plus à chaque foulée.

J'ai d'abord aperçu un petit attroupement près de la voiture. Les pompiers s'affairaient autour d'un corps inerte, j'ai reconnu son sweat-shirt vert amande. On l'installait sur un brancard, et il disparut aussitôt dans le camion demeuré à l'arrêt. Je me suis élancée vers eux en criant son nom. Un sauveteur m'a arrêtée, il m'a prise par les épaules : « Calmez-vous Madame, c'est votre mari ? ». J'ai répondu « C'est mon compagnon, il est asthmatique, ça va aller n'est-ce pas ?! » J'ai précisé le nom des médicaments qu'il prenait, j'ai indiqué qu'il était venu chercher son aérosol un moment plus tôt. L'homme en uniforme m'a dit qu'il n'y avait pas le flacon en question près de Nathan lorsque les passants l'avaient découvert suffoquant à côté de sa voiture et avaient prévenu les secours.

Je ne le croyais pas, c'était impossible ! J'ai fait le tour du 4x4, vérifié la boîte à gants, regardé entre les fauteuils et sur le sol, inspecté sous le châssis. Rien, il n'y était pas ! Cette fouille était dérisoire : j'agissais comme si mettre la main sur ce maudit aérosol pouvait le réanimer. Mes amis qui m'avaient vue partir comme une folle me rejoignirent. Un pompier sortit du camion en secouant la tête en direction de son collègue demeuré auprès de moi. J'étais figée de stupeur, je grelottais, on me fit embarquer dans le camion pour nous emmener à l'hôpital. Lorsque je vis le visage exsangue de mon Amour. Je compris, sans pour autant admettre. J'embrassais sa main encore tiède en me couvrant de reproches : pourquoi ne l'avais-je pas accompagné, pourquoi n'avais-je pas vérifié la durée de son absence, pourquoi l'aérosol n'était-il pas là ? J'étais certaine de l'avoir placé dans la voiture, je me revoyais même en train de le faire, et en même temps je n'étais plus sûre de rien...

Bien souvent nos gestes sont machinaux. Oui, nous sommes certains de tel ou tel acte, puis le doute s'installe : peut-être qu'il s'agissait d'une autre fois, peut-être avons-nous été dérangés, avons-nous différé... Que s'est-il passé, nous n'en avons plus aucune certitude.

Maude s'arrêta, songeuse, avant de reprendre :

— Toutes ses affaires de cyclisme sont là, dans ce placard du bureau. Je ne peux pas m'en débarrasser, c'est encore lui ici. Et je ne peux pas y toucher, ce serait trop douloureux. D'ailleurs je n'ai jamais eu l'occasion d'approcher son matériel, il était très soigneux et s'en occupait lui-même. De toute façon, je suis incapable de me défaire de quoi que ce soit lui ayant appartenu.

Après une brève pause, Maude ajouta :

— Voilà, vous savez tout de moi. Je suis une fille ordinaire, sans aucun pouvoir, tellement incapable de prendre correctement soin de son compagnon, de l'homme de sa vie, qu'elle l'a tué !

— Tu n'en as pas la preuve.

— Je n'ai pas la preuve du contraire.

— Un guerrier ne laisserait pas sa femme s'occuper de ses armes, il n'avait pas à se reposer sur toi pour combattre son mal.

— Ça suffit, je ne veux plus en parler !

Cadwagwn acquiesça d'un léger fléchissement de la nuque, et Maude disparut en direction de sa chambre.

25

La jeune femme ne parvenait pas à dormir. Évoquer l'agonie de Nathan la suppliciait, immanquablement. Elle tournait dans son lit, enfouissant sa tête dans l'oreiller qui épongeait ses larmes, revoyait Nathan, leur rencontre, leur complicité, leurs projets, et sa fin injuste. Elle finit par se calmer, mais demeura incapable de dormir. Elle songea à la réponse de Cadwagwn. Il ne la libérait pas de sa culpabilité, mais il ne l'accablait pas non plus. Maude se sentait si seule et si perdue qu'elle retourna dans le bureau. Il était là, observant les sujets de bandes dessinées en résine, qui le laissaient songeur. Il avait du mal à identifier un chien dans la représentation de Cubitus ou de Gromit. Le côté humoristique de ces personnages lui échappait, mais cette sensation, il l'éprouvait pour à peu près l'intégralité de ce monde. Un univers comparable, à ses yeux, à une farce gigantesque, grotesque et triste. Un non-sens. Maude demanda d'une voix timide :

— Vous ne quittez jamais mon appartement ?

Il leva la tête dans sa direction, sans surprise.

— Oh si ! Mais je m'y trouve surtout lorsque tu y es. J'ignore comment je le sais, je le ressens, c'est tout. Le reste du temps je parcours le monde, en une fraction de seconde. J'observe, j'essaye d'apprendre, de comprendre.

— Et où allez-vous ?

— Je ne sais pas... partout... Au cimetière coloré de Sapanta, en Roumanie ; au cimetière juif désordonné de Prague ou dans celui, tellement pompeux de Recoleta en Argentine ; ou encore au Mexique, dans cet endroit naïf de Xoxocotlan...

— Vous passez votre temps dans les cimetières !

— J'essaye de cerner les rites, les célébrations, les religions, et plus j'insiste et plus mes propres croyances se désintègrent. Comment, pour une même foi, peut-on aborder la mort d'une façon si humble au Mexique et si fastueuse en Argentine ? Si les hommes honorent un dieu unique en fonction de leur culture, où se trouve la vérité ? Mais je ne passe pas mon temps dans ces lieux, je vous observe dans la mort et aussi dans la vie...

— Comment était votre vie ?

— Différente et semblable à la fois. Une vie primaire, sans la profusion de matériels et de gadgets qui vous sont si chers. Mais l'essence en était identique. L'amour brûlant, les naissances célébrées, les morts pleurés, les lois de la tribu, la lutte pour le pouvoir, la possession, la violence, la guerre, la recherche du confort, de la beauté, les fêtes, le jeu, la séduction, la passion...

— Voulez-vous me parler de votre vie ?

Une expression de rage et de tristesse marqua les traits du guerrier.

— Te représentes-tu que cette vie, qui à tes yeux date de deux mille sept cents ans, je l'ai quittée il y a seulement quatre mois, le jour où ma conscience s'est réveillée dans ce maudit musée ! Je ne pleure pas seulement un monde perdu, un passage manqué dans l'au-delà, je pleure les miens ! Qui les a entourés ? Comment ont-ils vécu ? Comment sont-ils morts ? Ma femme et mon fils disparus depuis si longtemps... J'ai failli à mon devoir, je les aimais, je devais les protéger !

Impressionnée par cet accès de désespoir, Maude ne savait plus que dire. Elle était un peu inquiète.

— Pardon, je suis égoïste. Je suis repliée sur mon chagrin, je n'avais pas mesuré le vôtre.

Un long silence suivit, seulement troublé par le ronronnement du réfrigérateur, appuyé contre la cloison de la cuisine et le glouglou des bulles d'air dans le radiateur du bureau. Maude allait se retirer, mais Cadwagwn la retint :

— Non, reste s'il te plaît ! Je vais te parler de ceux que je chérissais, te raconter mon existence. Comme tu le sais, ma tribu s'est installée dans la vallée de Hallstatt. Issu de ce que tu pourrais qualifier « la noblesse » je reçus une éducation de guerrier. À seize ans, je maniais l'épée et la lance, me battais au corps à corps, montais à cheval dans les postures les plus acrobatiques que tu puisses imaginer. J'étais rapide et rusé, rien ne m'impressionnait, on louait déjà mes exploits. Mais, nous ne guerroyions plus beaucoup car nous avions adopté le mode de vie des Ambisontes. Désœuvré, même si je participais aux travaux agricoles, il m'arrivait parfois de traîner près du village de nos alliés.

Les échanges entre ma tribu et la leur progressaient d'année en année. Je ne risquais rien dans les parages de leur territoire. Une chose, ou plutôt une personne m'y attirait, comme un envoûtement : Enora. Elle n'était pas une Ambisonte, mais une prise de guerre, récupérée après une bataille plus au sud, lors d'une campagne d'exploration ayant mal tourné. Il faut savoir que les vainqueurs ramenaient parfois des esclaves, mais pas cette fois. La prise de guerre, ce jour-là, fut une enfant âgée de quatre ans tout au plus. Tel un petit animal attendrissant, elle atteignit leur sensibilité par sa beauté, la drôlerie de ses mimiques, et sa différence, car les grands yeux noirs et la chevelure brune d'Enora les émerveillaient. Ils l'avaient découverte, endormie, à la lisière d'une forêt, probablement cachée par ses parents à l'annonce du combat. Au lieu de hurler de terreur lorsqu'elle ouvrit les yeux et vit les trois géants autour d'elle, elle se pelotonna un peu plus serrée sur elle-même, comme un petit faon. Et elle ne pleura pas, lorsque l'un d'entre eux la jeta sur son épaule pour la ramener au camp. Le soir même elle babillait en grignotant le morceau de viande qu'ils lui avaient donné. Peut-être que les guerriers ambisontes craignaient de provoquer le courroux des dieux en supprimant une fillette qui les intriguait autant qu'elle les séduisait. Detlef, le druide de leur clan fut, lui aussi, touché par ce petit être, et décida de le confier aux bons soins de son épouse qui maternait déjà avec bonheur leurs six enfants.

Devenue jeune fille, Enora ne démentait pas sa différence. Son physique ressemblait beaucoup au tien : petite, svelte, brune. En revanche elle se montrait hardie, vive et rieuse. Lorsqu'elle parlait, son sens de la repartie, un mélange de gravité et d'humour, effrayait les jeunes hommes.

Je l'observais, dissimulé dans les fourrés, lorsqu'elle cherchait du bois ou installait des pièges. Elle m'obsédait. J'admirais ses charmes, son visage aux traits sensuels, ses gestes précis pour manier la serpette, sa façon de lier un fagot et son mouvement d'épaule pour le charger sur son dos, ou sa manière de jeter sa besace remplie d'herbes au creux de sa hanche. Chacun de ses gestes m'émouvait. Un jour, elle me découvrit au fond de ma cachette. J'avais sûrement l'air stupide, moi, le jeune guerrier à l'arrogance de coq. Je ne trouvais pas l'attitude à adopter devant cette femme encore fillette, qui me toisait de ses yeux sombres. Nullement effrayée, elle prit ma main pour m'attirer hors du taillis où je m'étais recroquevillé. Je dépliai ma carcasse, penaud, mais elle ne se moqua pas. Nous restions silencieux, elle avait légèrement basculé la tête en arrière, pour mieux me scruter de son regard aussi malicieux que sauvage. Puis elle dit : « Je sais qui tu es Cadwagwn, car moi aussi je l'observe aux abords de ton village, et je sais chaque fois que tu viens m'épier. Tu devrais apprendre à espionner plus discrètement, car un jour, à la guerre, cela pourrait te coûter la vie. » Elle se hissa sur la pointe des pieds, et déposa un baiser sur ma joue, avant de m'entraîner, un peu plus loin, dans une clairière. Aucune émotion n'avait encore fait battre mon cœur de la sorte.

Cet été-là, nous prîmes l'habitude de nous retrouver au bord d'un torrent, là où les lacets s'élargissaient un peu. À cet endroit le courant diminuait, et la rive offrait une étroite plage de gravillons cachée par le vallonnement du terrain. Nous pouvions nous baigner sans danger dans l'eau glacée qui ne montait guère plus haut que mes genoux. Nous jouions à nous éclabousser, puis nous tombions dans l'herbe proche pour nous sécher aux rayons du soleil tout en écoutant le chant des grillons, le sifflement d'une marmotte, le cri d'un oiseau de proie. Nous observions les sommets si proches, les papillons bleu azur posés sur les fleurs, les sauterelles qui se déployaient dans un éclat rouge, le ciel traversé de légers nuages blancs. Fondus dans la nature nous atteignions l'immortalité. Nos lèvres fusionnaient, nos corps s'unissaient pour l'éternité.

Il n'était plus question que nous nous quittions un jour. Quelques années passèrent, et tout naturellement, nous décidâmes, malgré notre très jeune âge, de nous marier. Nul ne s'y opposa, notre union n'était pas la première entre les deux clans, et le fait qu'Enora ait grandi sous la protection d'un druide lui conférait une particularité qui inspirait le respect. Mon frère Thag m'aida à construire notre hutte sur un petit promontoire, en haut de mon village. Le jour de nos épousailles Enora était enceinte, la vie prenait ses droits. Tout était simple. Jamais je n'avais été aussi heureux.

Le père adoptif de ma femme lui avait enseigné la magie des plantes. Un matin, vers la fin de l'automne, elle souhaita cueillir des herbes qui possédaient je ne sais trop quelles vertus. Je ne l'en dissuadai pas, il était toujours inutile de s'opposer à sa volonté. Aussi légère qu'une plume, malgré son ventre déjà rond, et le lourd manteau qui la dissimulait en partie, elle monta sur son cheval et disparut vers la montagne.

Très longtemps plus tard, alors que le soir tombait, elle fut de retour. Je vis d'un seul regard, son visage livide, ses traits crispés, sa robe souillée de sang. Je la pris dans mes bras et l'allongeai sur notre couche. Dans un murmure elle raconta ce qu'il s'était passé : effrayée par un animal, la jument avait cabré. Enora, moins alerte, était tombée. Elle avait erré longtemps pour retrouver sa monture. Puis elle s'était allongée car les contractions l'empêchaient d'avancer. Un fœtus, plus qu'un enfant, était venu au monde, mort-né. Mon épouse l'avait enseveli sous un petit monticule de pierres afin qu'il ne soit pas dévoré par les bêtes, puis elle avait marché encore et encore avant de retrouver la jument, sans laquelle elle n'aurait eu la force de rentrer.

Je cherchai du secours dans une maison voisine et j'envoyai chercher Detlef, ainsi que Vaughn. Une matrone du village voulut que je sorte de la maison afin de s'occuper d'elle. Je refusai de quitter la pièce où gisait Enora. Je serrais mon épouse, aussi frêle qu'un oiseau, baignant dans son sang au creux de notre litière de paille. Je sus, sans voir son visage, l'instant où la vie la quitta.

Cadwagwn arrêta son récit. Maude le fixait avec intensité, il lui rendit son regard.

— Étais-je le meurtrier d'Enora ?

— Non... Non ! C'était un accident !

— Mais j'aurais dû empêcher mon épouse de partir.

— Vous expliquiez vous-même que rien ne pouvait l'arrêter.

— J'aurais dû aller à sa recherche.

— Cela n'aurait sans doute rien empêché, l'hémorragie...

— Penses-tu que je ne me sois pas interrogé des milliers de fois sur ma responsabilité ? Tu vois, tu n'es pas seule à batailler contre la culpabilité... Une chose est certaine : après le décès d'Enora, le druide Ambisonte conçut une véritable haine pour moi, et le mépris de Vaughn ne cessa de croître.

Maude n'osait plus parler. Elle souhaitait connaître la suite de l'histoire du guerrier. Mais après un long moment de silence, il ajouta doucement :

— Tu vois, petite femelle, si j'avais le pouvoir d'entrer en contact avec ton Nathan, je le ferais, je le guiderais jusqu'à toi. Mais si j'étais capable de cette magie, je commencerais par ceux qui m'étaient chers. Hélas, je n'y parviens pas !

Cadwagwn sortit du rayon de lumière noire, redevint paillettes qui disparurent tout à fait de la vue de Maude restée médusée sur son siège, dans la clarté bleue du bureau.

26

688 avant J.-C.

Tadhg était satisfait. Il avait raisonné son père sans trop de difficultés. Pour le bien de tous, le chef ne devait plus différer l'expédition.

Herbod s'était rendu aux arguments de son fils le poussant à reprendre le projet abandonné depuis la mort de Cadwagwn. Tadhg avait su réveiller son âme conquérante de vieux chef. L'accord entre les deux hommes se présentait ainsi : un groupe de guerriers issus des villages cimbres et ambisontes accompliraient le voyage, comme prévu initialement. Il ne s'agissait pas vraiment d'un raid militaire, mais plutôt d'une exploration en vue de coloniser de nouveaux territoires, d'établir des échanges commerciaux, de découvrir de nouvelles richesses. Aux hommes se joindraient quelques femmes combattantes émérites. Puisque la troupe ne partait pas faire la guerre, il y aurait deux charrettes légères transportant pour une part un peu de ce qui lui était nécessaire, et d'autre part des marchandises à troquer en cours de route. Herbod reprenait la main, et se chargeait de régler les détails avec Niall, heureux de ce revirement. Ce dernier s'était montré très déçu lors de l'abandon du chef cimbre, mais il avait respecté son deuil.

Herbod, surpris dans un premier temps par la volonté farouche de Tadhg à concrétiser au plus vite le départ, s'était, encore une fois, rendu à ses raisons : la mort de Cadwagwn déstabilisait l'unité parmi les membres de leur communauté. Une expédition, c'était un air neuf qui soufflait sur la population. Les guerriers désœuvrés retrouveraient leur raison d'être, ainsi que ceux qui resteraient, car ils reprendraient de leur importance en participant à la protection de la population. Les femmes retrouveraient du respect pour leurs mâles. Les villageois ressentiraient une nouvelle fierté pour leur peuple. L'aventure profiterait à tous. Aussi bien à ceux qui y participaient que ceux qui demeuraient. Pour ne pas s'asphyxier, leur société avait besoin de la nouveauté d'horizons inconnus, et de nouvelles richesses. Au final, les motifs profonds demeuraient les mêmes qu'initialement.

Tadhg insista pour que les préparatifs se fassent dans les meilleurs délais, suggérant que le changement de lune, dans dix nuits, serait un moment propice. Herbod acquiesça. Il omit de parler d'Aranrhod à son père, car il n'était pas certain des intentions du chef à l'égard de sa belle-fille. Il craignait que pour une raison politique ou n'importe quel autre motif, Herbod ordonne qu'elle reste au village avec Hartmod.

Évidemment, les druides seraient informés puisque leur aval était nécessaire. Le départ donnerait lieu à une cérémonie pour que les dieux accompagnent l'entreprise. Herbod avait confiance. Dans sa sagesse le druide ne s'opposerait pas à sa décision. Vaughn aussi devait être conscient du malaise provoqué par le décès absurde d'un des plus grands guerriers du clan. Donner satisfaction à Herbod et aux hommes de la tribu en général, apaiserait les tensions et créerait une diversion.

Pour la seconde fois Aranrhod patientait derrière l'écurie, guettant l'arrivée de Tadhg. Afin de s'occuper l'esprit elle procédait à l'inventaire des quelques biens qu'elle emporterait si elle fuyait dans les jours à venir : un peu de viande séchée, des noisettes cueillies à l'automne, un fromage, du blé cuit, un flacon d'hydromel, deux pierres à feu, une couverture de laine soigneusement roulée et un minuscule métier à tisser, avec trois écheveaux de fil coloré dont elle ne parvenait jamais à se séparer. Les aliments permettraient de tenir les premiers jours. Par la suite, il faudrait piéger de petits animaux. Elle avait prévu pour cela de la cordelette en tendon tressé et un poignard effilé.

Tadhg apparut au loin. Rien dans sa démarche ne laissait deviner qu'il avançait vers un rendez-vous inhabituel.

Lorsqu'il fut devant Aranrhod elle put lire la détermination sur son visage.

— Nous partons dans quelques nuits. Tu le sais déjà, on ne parle que de ça au village. Il y aura une cérémonie. Le druide va sacrifier deux bœufs blancs sous l'arbre au gui. Rassure-toi, il n'est pas question de sacrifice humain pour cette fois. Tu quitteras la vallée avec ton fils, tout de suite après. Vous éviterez de vous faire remarquer par les vigiles postés aux abords du village, et vous marcherez dans les traces existantes en direction du col. Quand vous parviendrez sur un sol vierge, vous effacerez vos traces, et vous prendrez le sous-bois épais, là où la neige s'est moins déposée. Ainsi, rien ne trahira votre passage si Vaughn donnait l'ordre de vous retrouver.

— Mais comment pourrons-nous prendre le sous-bois à cheval ? Yuzkar ne pourra pas se faufiler !

— Vous irez à pied.

— Mais c'est impossible, nous n'avancerons pas ! Et puis, à présent, ce cheval appartient à mon fils !

— Femme ! Obéis ! Ne sois pas entêtée ! Prendre Yuskar signerait la fuite ! La troupe partira au grand jour. Ton absence ne se remarquera pas avant le soir, où même le lendemain. Puisque maintenant que tu n'as plus d'homme, tu as l'habitude de t'absenter des journées entières pour chasser et nul n'y prête attention. En marchant deux jours et deux nuits, tu devrais avoir passé le col et pouvoir nous rejoindre là où le torrent se transforme en cascade.

— Je connais ce lieu. J'y suis allée avec Cadwagwn, c'est très loin !

— C'est pour cette raison que j'espère qu'ils ne te chercheront pas jusque-là. Nous camperons à cet endroit. Si vous tardez, je trouverai un prétexte pour ralentir l'expédition afin de vous attendre. Une fois arrivés, vous vous cacherez sous la bâche du chariot. Il s'écoulera probablement encore une journée avant qu'on ne vous découvre. À ce moment-là, tu devras plaider ta cause auprès de la troupe, car, souviens-toi, je ne t'ai pas aidée, je ne sais rien. Tu t'es débrouillée seule. Ils voudront peut-être vous tuer, vous abandonner, vous vendre comme esclaves, ou vous accepteront parmi eux. Ma voix ne pèsera pas beaucoup plus lourd que la leur dans la décision finale. Tu dois le savoir, je ne mettrais pas en péril toute l'expédition pour vos deux vies. Je crois pourtant que je te donne tes chances… Enfin, toujours plus que si tu partais seule, sans savoir où, avec un enfant sur les talons, et un autre dans ton ventre. Nous emmenons quatre chevaux de plus dont Yuzkar qui se porte à merveille, à présent. Si la troupe accepte de vous garder, ton fils et toi pourrez le monter, c'est moi qui vous l'octroierai car je dirige cette expédition.

Cette fois, Aranrhod mesurait le danger que représentait sa décision de fuir. Peut-être avait-elle tort de prendre un risque pareil, mais elle ne pouvait renoncer. C'était surtout pour Cadwagwn qu'elle agissait. Périr n'était pas si grave, en revanche la mort de son époux n'avait pas de sens si elle ne se battait pas pour Hartmod.

27

Avril 2018

Lucas et Maude avaient choisi un pub surchauffé dans le centre-ville. Attablés devant une bière aux reflets mordorés, ils pouvaient voir, depuis les ouvertures à petits carreaux, le soleil jouant sur les jeunes feuilles des platanes du cours.

Inquiet pour sa collègue et amie, le prof de philo l'avait invitée à prendre un verre. Il souhaitait l'aider à se libérer un peu du poids de son chagrin en la poussant à s'épancher.

Dans un premier temps, Maude s'était contentée de l'écouter tout en observant l'animation de la rue à travers les vitres sales du bar. Mais Lucas s'était montré patient, et compréhensif pour l'apprivoiser. Et même si le regard de Maude demeurait obstinément rivé vers l'extérieur afin de ne pas dévoiler ses yeux bordés de larmes, il était parvenu à dialoguer avec la jeune femme.

— Tu arrives au moment le plus difficile de l'année, celui de la date anniversaire du drame. Il est normal que tu t'interroges autant sur la mort. Mais crois-moi, tu ne trouveras pas dans les bouquins de philosophie une recette miracle pour surmonter ta douleur… Je ne dis pas que la lecture ne puisse pas te soulager. Un auteur comme Sénèque te ferait sûrement du bien. Tu devrais suivre son conseil, d'ailleurs. Il dit « Hâte-toi de bien vivre et songe que chaque jour est à lui seul une vie ». Il n'y a pas que les philosophes. Dans les romans on trouve aussi, parfois, de jolies formules. Si Douglas Kennedy écrit « Le premier anniversaire d'un deuil est terrible… Parce que l'on se rend compte que le temps n'a pas refermé la blessure et qu'il ne la refermera jamais. », en revanche Philippe Claudel affirme quelque chose de moins désespéré et de très beau : « Faire son deuil, c'est lancer une poignée de vie dans les yeux de la mort. On sait qu'elle n'en sera aveuglée qu'un bref instant, mais cela fait du bien. »

Mais, laisse tomber la littérature ! Ce que je voudrais que tu comprennes, c'est que tu dois lutter pour revenir vers la vie, cesser de mobiliser ton énergie à sombrer dans le morbide, et te battre pour atteindre la lumière, vivre le présent. Si tu n'y parviens pas, c'est qu'il y a autre chose qui va avec ce décès et qui t'empêche de faire surface, quelque chose que tu ne me dis pas.

— Tu as raison… tu es si gentil avec moi ! Je vais te confier un secret, mais après je ne veux plus en parler, promets-moi de ne pas me poser de questions.

— Oui, bien sûr !

— Si je vais si mal, si je ne peux pas faire surface, c'est parce que je suis à peu près certaine d'être responsable de la mort de Nathan.

— Mais c'est impossible, tu…

Maude leva la main brusquement pour l'interrompre.

— Tu as promis. On arrête de parler de moi ! Je suis désolée…

Elle enchaîna :

— Crois-tu que la mort était plus facile à accepter autrefois... Ou au moins... Pas si cruelle... ?

— Qu'est-ce que tu imagines ? Oui, les gens mouraient plus prématurément à cause d'un tas de facteurs. Oui, ils se préparaient probablement plus que nous à la perte des êtres chers. Oui, la plupart s'appuyaient sans doute sur la religion d'une manière plus naïve que nous. Non, ils n'avaient pas moins de chagrin ! J'aimerais que tu puisses voir le sarcophage grec exposé dans un musée d'Arles. C'est le cercueil d'une fillette d'environ trois ans, il date du IIIe siècle de notre ère. Ses parents ont gravé leurs regrets dans la pierre, quelques lignes, poignantes, bouleversantes ! Tu pourrais penser que, pourtant, à cette époque-là, les enfants mouraient beaucoup, et les parents étaient endurcis... Eh bien, pas du tout... Pas ceux-là, en tout cas !

— Tu as sans doute raison. Je n'ai jamais aimé les gens qui se bidonnent en relatant une visite dans la salle de torture d'un château, ou une expo du même genre. La souffrance d'un humain, aujourd'hui, est-elle plus terrible ou plus respectable que celle de n'importe qui cinq cents ou mille ans plus tôt ? Non ! C'est le temps, les années qui se superposent comme les couches d'un mille-feuille, l'érosion et la multiplication des événements qui nous éloignent de la réalité, patinent et pétrifient l'histoire, la figent et la dépouillent de sa réalité, de son émotion.

— Eh bien ! Tu as d'excellents sujets de méditation ! Écoute, je serai toujours là si tu as envie de parler, mais promets-moi de faire des projets, de sortir, de voir du monde. Tu dois avancer ! À propos, où en est ton projet de voyage en Autriche ?

— J'ai laissé tomber.

— Ah ? ! Ton guerrier celte ne te branche plus ?

— Oh si ! Mais à quoi bon. Enfermé dans sa cage de verre, je trouve finalement qu'il ressemble à une de ces poupées de collection, glissées dans une boîte translucide, que ma mère me rapportait de ses voyages. Tu sais ces poupées inutiles, avec lesquelles on ne pouvait rien faire. Elles restaient là, exposées dans leur boîte qui se couvrait de poussière... Et puis... Plus rien ! Pourtant, cet homme avait un nom, une vie, des sentiments ! Il me passionne toujours, crois-moi, et j'en sais beaucoup plus sur lui que tous les historiens de la planète !

Lucas regarda son amie en fronçant les sourcils, une moue dubitative au coin des lèvres, dans une expression assez drôle.

— Fais gaffe, Maude Lalubie ! On va te retrouver à la télé dans une émission sur le paranormal, et une fois qu'ils t'auront vue et entendue, tu ne tiendras plus tes couillons d'élèves !

La jeune femme lui adressa un sourire mystérieux, avant de redevenir sérieuse.

— Il m'est d'un grand secours... Tu n'imagines pas à quel point ! Mais, j'en fais le serment, plus jamais je n'en parlerai. Promis.

Elle leva son verre pour trinquer avec Lucas, qui la fixait d'un air un peu perplexe.

28

À son retour, comme tous les soirs depuis deux semaines, Maude pénétra dans le bureau dont elle n'ouvrait plus la fenêtre et dont elle laissait la lumière noire allumée en permanence. Elle priait avec ferveur pour le retour de Cadwagwn, désespérant de le revoir un jour. Son cœur se serra lorsqu'elle aperçut l'immense silhouette absorbée dans la contemplation de la photo sur laquelle elle posait avec Nathan.

— Merci d'être revenu.

Le guerrier lui répondit sans même se retourner :

— Je t'ai promis de te raconter mon histoire.

— Je craignais que vous ne reveniez jamais.

Il se retourna lentement, et la fixa gravement.

— La dernière fois, j'ai exhumé de ma mémoire bien plus de souvenirs que je ne t'en ai racontés. J'avais besoin de solitude. Je suis parvenu au cœur d'une forêt, là où aucun humain n'est jamais allé, espérant, en vain, assoupir et même désagréger ma conscience. Puis, peu à peu, ton image s'est imposée à moi, me tirant de ma tristesse. Oui, femme, tu attises un espoir insensé en moi. Je ne sais quel nom lui donner. Toi si frêle, si petite, si abattue ! Tu es comme la neige sur des ruines, tu recouvres d'un voile ce qui est laid, tu apaises ma fièvre… Et encore tu ne sais pas tout !

— Que devrais-je savoir ?

— Une autre fois, peut-être. Aujourd'hui je vais plutôt te raconter un peu de mon histoire.

La mort d'Enora m'accablait. Évidemment, nos croyances m'accordaient un peu de réconfort : j'imaginais qu'elle reviendrait un jour, ici-bas, pour vivre ce qui lui avait été refusé avec moi. Cependant, la frustration causée par son absence demeurait insupportable. Alors, afin d'oublier ma souffrance, je me portais volontaire pour tous les travaux. Avec la même rage, je chassais, fauchais les épis dans les champs, abattais des arbres pour construire des ponts et étayer les galeries de la mine. D'ailleurs, je menais les chariots à la carrière et il m'arrivait de travailler à extraire des blocs d'alite. Tu n'es pas sans savoir que la richesse de notre montagne se trouve dans les mines de sel. Les hommes, les femmes, les enfants travaillaient durement dans les puits pour extraire cette précieuse denrée. Même si cette besogne les rendait riches, c'était un labeur d'esclave, sûrement indigne d'un guerrier. Mais je n'avais plus de fierté. Il fallait que j'oublie, que je m'abrutisse de fatigue. Mon père trouva mon attitude déshonorante. Il finit par m'interdire de me rendre là-bas et m'obligea à reprendre les combats avec des maîtres aguerris. J'acceptais ou il me bannirait de notre tribu.

Il n'avait pas tort. C'est finalement dans la lutte à l'épée ou au corps à corps que j'exprimais le mieux ma colère.

J'avais un peu mûri lorsque je remarquai l'existence d'Aranrhod. Cette fille appartenait à mon village. Je l'avais toujours connue, et toujours vue sans la voir. Soudain, je découvris qu'elle n'était plus une gamine fluette, au visage fermé, mais une grande jeune femme blonde, souple et musclée, dont le sourire lumineux chassait parfois l'expression grave qui l'habitait lorsqu'elle se croyait seule ou se concentrait sur ses travaux. Aranrhod était née d'une union entre un guerrier de la tribu, et une épouse issue du peuple sami, éleveur de rennes, que ce dernier avait ramenée d'une campagne, dans le nord, lorsque nous vivions encore dans le Jutland. Un peu mystérieuse, sans être tout à fait différente des autres filles du village, elle n'était pas non plus tout à fait comme les autres. Elle avait hérité de la majesté sans pareille de ses parents défunts. Je cherchais sa compagnie, et elle s'accommodait de ma présence bourrue. Son calme, l'intérêt discret qu'elle me porta, me réveilla de ma torpeur. Enora, l'imaginative, était enchantement, pétillement, feu follet bondissant et rieur, belette insaisissable, source d'étonnement perpétuel. Aranrhod, splendeur et force mêlées, incarnait la sensualité, la volupté, le calme, la douceur, et la raison. Le jour où nos corps s'assemblèrent sous la lumière orangée du feu de ma hutte, je revins à la vie dans la chaleur de son ventre. Je respirais profondément, enfin libéré du chagrin qui m'étouffait depuis trop longtemps, et je savais qu'elle serait dorénavant le roc sur lequel je m'appuierais.

Aranrhod fut ma seconde épouse. Le jour où elle m'annonça sa grossesse je ressentis une joie mêlée de peur. J'admirais ce corps arrondi du fruit qu'il abritait, redoutant l'issue de l'aventure et pourtant fier d'être la cause de son état. Je surveillais discrètement ma femme, et si je ne m'opposais pas à ses déplacements à cheval, je l'accompagnais lorsque je le pouvais. J'avais obtenu la promesse qu'elle ne parte jamais seule. Connaissant le sort d'Enora et consciente du danger que représentait son état, elle obéit sans renoncer pour autant à ses mouvements.

Dans la cage vitrée du musée, j'ai entendu les pires stupidités ! De quel droit les historiens peuvent-ils se permettre d'énoncer pareilles bêtises ! Il était dit, entre autres, que les femmes celtes accouchaient au bord des champs, et reprenaient leur travail l'instant d'après... Mais qu'allez-vous imaginer, vous, les êtres du XXIe siècle ? Croyez-vous que nous étions moins humains que vous ? Que nos femmes étaient des bêtes mettant bas dans les champs ? Qu'elles ne souffraient pas ? Vous avez probablement raison, nous étions différents de vous ! Nous étions plus durs, dépourvus de tout ce qui fait votre sécurité, nous ne pouvions compter que sur nous-mêmes, et en cela, nous étions plus nobles que vous, car nous bâtissions des existences pleines, malgré tout !

Après une nuit de souffrances silencieuses, durant laquelle je racontais des légendes fantastiques à l'oreille de ma femme pour tromper sa douleur, elle mit au monde notre fils. Je reçus, au cœur des linges préparés par Aranrhod, l'enfant potelé, mouillé, hurlant et gigotant. Je l'essuyai rapidement et le déposai dans le giron de sa mère. Bien à l'abri dans la chaleur odorante, il trouva son sein. Nous venions de livrer une bataille terrible qui nous laissait tous deux émerveillés. L'enfant arrivé le 21 mars de votre calendrier était né sous le signe du Chêne qui représente la bravoure.

Nous décidâmes donc de le prénommer Hartmod, ce qui signifie courageux, intrépide.

Bien des lunes plus tard, Aranrhod donna naissance à un autre enfant, Hywel, ma fille. Reproduction miniature de sa mère, elle était aussi séduisante et drôle qu'un elfe enjôleur. Hélas, elle mourut, toute petite, d'une fièvre terrible. Sans doute les dieux l'avaient-ils souhaité ainsi, mais son décès engendra en moi une vraie rancune contre Vaughn, le druide, qui n'avait pas su la sauver. Nous savions que d'autres enfants viendraient, et, malgré notre tristesse, nous trouvâmes la force de surmonter notre chagrin.

Nous nous aimions, notre vie était heureuse, mais j'étais un guerrier, la chance pouvait tourner, la mort se présenter à tout moment. Contrairement à votre société nous ne nous projetions pas dans l'avenir lointain. Nous prenions jour après jour ce que l'existence avait à nous donner, sans trop nous poser de questions. Cependant, nous savions bien qu'avec chaque génération, notre monde évoluait lentement.

Nos artisans amélioraient peu à peu leurs techniques. À la faveur de pillages, plus au sud, nous rapportions des objets qui nous ravissaient et nous inspiraient. Lentement, nous établissions un commerce avec d'autres peuples intéressés par le sel que nous récoltions dans nos montagnes. Grâce aux échanges, du vin, de l'huile, des poteries et même de riches tissus brodés, ainsi que des bijoux d'ambre ou d'ivoire arrivaient dans notre village. Les marchands parlaient parfois des contrées d'où venaient les produits qu'ils nous apportaient. Souvent eux-mêmes ne connaissaient pas les pays en question. L'histoire leur avait été transmise par d'autres vendeurs, qui la tenaient d'autres hommes encore.

Les étoffes, surtout, subjuguaient nos épouses. L'étrangeté de ces linges, leur finesse, leur douceur, leur légèreté, leurs reflets et la richesse de leurs nuances les émerveillaient sans fin. Les guerriers, eux aussi séduits par cette matière, s'interrogeaient sur sa provenance. On parlait d'un pays extrêmement lointain, à l'est, appelé Zhongguo, dominé par une même dynastie de rois, depuis des centaines d'années, la dynastie Zhou.

Prononcer ces noms inconnus éveillait notre curiosité, notre goût d'aventure, ou nous invitait tout simplement au rêve. On disait que dans cette région de la terre, les gens avaient la peau mate, blanche tirant sur le jaune, un peu comme de l'ivoire, les cheveux raides et noirs, les yeux sombres, magnifiquement étirés. D'après les marchands, certains hommes valeureux de notre monde étaient partis découvrir Zhongguo, et n'avaient plus souhaité revenir, tant ils aimaient leur existence, là-bas.

Tu l'as compris, petite femelle, ce pays merveilleux est celui que tu connais sous le nom de « Chine ». Je sais que tu vérifieras dans le coffre à savoir que tu appelles « ordinateur » ce que je viens de te dire, parce que tu es née sous le signe du Peuplier, qui est celui de l'incertitude. Tu n'as pas confiance en toi, mais tu vas au bout des choses.

Maude eut un petit rire.

— Comment connaissez-vous mon signe ?

— Tu m'as indiqué toi-même ta date de naissance.

— Quelles sont mes autres qualités ?

— Oh, un druide pourrait t'en indiquer bien plus que moi... Mais, je dirais le courage, la fiabilité, le goût de la vérité, de la justice, la bienveillance...

— Vous êtes dans le vrai : parce que je doute de ma raison et que je vais au fond des choses, je consulterai mon ordinateur ! Mais, je dois reconnaître que tout ce que j'ai pu vérifier jusqu'à présent s'est révélé exact. Je ne suis pourtant pas encore convaincue sur ma santé mentale...

— Alors, d'où aurais-tu tiré tout ce dont je t'ai parlé ?

— Je l'ignore... Peut-être que ce sont des choses que j'ai lues et oubliées depuis longtemps...

— Tu t'es donc passionnée par l'histoire celte ?

— Non, non... Je ne me rappelle pas... Mais, dans notre monde, il existe tellement de sources d'information, les reportages télévisés, les magazines...

— Pense ce que tu veux, petite créature, tu finiras bien par te rendre à l'évidence ! Va dormir à présent. J'ai besoin de retrouver la paix avant de te raconter la suite de mon histoire.

29

Vous aviez raison Zhongguo est bien le nom ancien de la Chine, je ne crois pas l'avoir su un jour.

— Et ton signe ?

Maude baissa les yeux en riant.

— Ça aussi, j'ai vérifié.

— Et… ? Ta conclusion ?

— Eh bien, à moins d'avoir retenu tout ça, mine de rien, dans un coin de mon esprit, et d'être devenue soudain complètement amnésique… Je commence à croire que vous n'êtes pas le fruit d'un délire dans mon esprit déprimé. Vous… Vous êtes réel. Votre histoire me passionne et me bouleverse. J'aimerais que le monde entier connaisse l'homme que vous avez été, mais c'est impossible : on me prendrait pour une folle !

La voix de Maude se fit plus douce, comme si elle confiait un secret.

— Et puis, je crois qu'en même temps, je n'ai pas envie de vous partager avec le reste de la planète. Soir après soir, vous êtes devenu mon ami, mon meilleur confident. Votre présence me réconforte. Vous me permettez d'avancer.

— Je suis flatté et heureux que nous puissions établir ce genre de lien. Je te l'ai dit : je ne crois pas que nous soyons réunis simplement par hasard… Dans tous les cas, petite créature, sache que moi aussi, je t'apprécie énormément.

Un bref silence s'installa entre eux. Maude se sentait confuse. La voix du bon sens continuait méchamment sa ritournelle, dans un coin de son cerveau. Elle lui susurrait : « Attention ! Tu minaudes avec un revenant, comme si c'était ton meilleur pote, pauvre folle ! La pièce est vide, tu parles aux murs ! ». Celle de la fantaisie lui répondait : « Et alors, qu'est-ce que ça peut foutre ! Et puis ça dérange qui ? De toute façon la schizophrénie ne marche pas comme ça ! Que connaissons-nous du paranormal ? Tout ce que ce géant te raconte tient debout, non ? ! »

— Peut-être pouvez-vous me donner certaines réponses aux questions que se posent les archéologues.

— Comme quoi ?

— Eh bien... Pourquoi a-t-on déposé la statue de ce personnage de la mythologie irlandaise à vos pieds. Qui est-il ? Pourquoi est-il là ?

— Les savants ne se sont pas trompés. Il s'agit bien de Bran, un guerrier, un navigateur, un aventurier. Comme je te l'ai dit, Enora avait été découverte au pied d'un arbre. Elle serrait sur son cœur une statuette qu'elle ne lâchait pas, et qui intrigua beaucoup nos guerriers. Lorsqu'elle s'installa avec moi, elle l'apporta dans notre demeure. Elle n'en avait jamais rien dit de particulier durant son enfance, mais cet objet la reliait à ses origines et elle y était très attachée. Peut-être que quelqu'un de son peuple l'avait volée, lors d'un pillage à l'ouest ou alors quelqu'un l'avait troquée. On ne sut jamais. Mais j'appréciais la statuette de ce guerrier, et j'étais heureux qu'elle soit dans notre maison. Tu le sais, nos peuples n'étaient pas toujours en guerre. Nous pratiquions le commerce, et il arrivait parfois jusqu'à nous des individus qui effectuaient de longs périples pour échanger des marchandises. Un jour, se présenta dans notre village un homme qui avait voyagé à l'ouest. Il avait vécu dans une île, bien au-delà de nos montagnes. Cet homme n'avait rien à vendre, et nous aurions pu le décapiter juste pour cette seule raison. Mais les habitants de cette terre inconnue lui avaient enseigné des contes dont il enchanta nos soirées durant près de deux lunes. Un jour il remarqua la figurine de mon épouse. Il reconnut le personnage de Bran dont il nous narra la légende. Cette histoire me toucha plus que les autres. Ce mythe m'obséda à un tel point qu'Enora m'offrit la statuette. C'était un immense gage d'amour de sa part. Je pense que mon épouse, Aranrhod, qui m'aimait et respectait la mémoire d'Enora, aura souhaité que Bran m'accompagne dans la mort.

— Racontez-moi cette légende, je ne la connais pas.

— Bran était un chef. Un jour bercé par une musique magique, il s'endormit profondément, sous un arbre, non loin de son village. À son réveil il découvrit, posé contre lui, une branche d'argent couverte de fleurs blanches. Il saisit le rameau et rentra chez lui, montrant au passage sa trouvaille au peuple qui l'entourait. C'est alors qu'une très belle femme apparut devant lui. Elle chanta une chanson évoquant une île merveilleuse et lointaine. Là-bas, il y avait de douces prairies, des bateaux extraordinaires, des couleurs et des musiques incomparables, des terres riches. La maladie, le chagrin, la mort, n'existaient pas.

Cette femme conseilla à Bran de partir pour « L'île aux Femmes », puis elle disparut subitement en reprenant la branche d'argent dans la main du chef.

Le lendemain, Bran s'embarqua avec ses hommes. Il naviga trois jours et finit par atteindre une île, mais ce n'était pas celle qu'il cherchait, c'était « L'île de la joie ». Les habitants les regardaient en riant et en se moquant de l'équipage. Bran envoya un de ses hommes à terre. Dès qu'il eut rejoint la foule, ce dernier se mit à rire et à se moquer de ses équipiers. Il refusa de revenir parmi eux.

Bran décida de repartir aussitôt, et, avec ses hommes, il atteignit l'île aux Femmes. Ils furent reçus et traités comme des rois, logés dans un palais, abreuvé des meilleurs nectars, nourris des mets les plus fins. On leur proposa les distractions les plus variées et les plus agréables. Ils oublièrent le temps qui passait et leurs familles qui les attendaient. Pourtant, un jour, Nechtan, l'un des hommes d'équipage eut le mal du pays, et réussit à convaincre Bran de rentrer. Au moment du départ, on les prévint qu'ils ne devaient plus débarquer sur le sol d'Irlande.

Lorsqu'ils arrivèrent au port, les gens interpellèrent le bateau, demandant au chef qui il était. Bran cria son nom, et la foule massée le long du quai répondit que le seul Bran dont ils avaient entendu parler était le héros d'une très ancienne histoire, parti à tout jamais pour une île merveilleuse.

Horrifiés, Bran et ses hommes comprirent qu'ils s'étaient absentés durant des siècles. Pourtant Nechtan ne sut résister. Il se jeta à l'eau, mais lorsqu'il mit pied à terre, il se désintégra en poussières.

Bran et ses compagnons comprirent qu'ils étaient condamnés à vivre sur leur navire à tout jamais. Ils racontèrent leurs aventures à la foule médusée, qui les écoutait passionnément. Puis, un jour, ils levèrent l'ancre et plus personne ne les revit.

Cadwagwn se tut quelques instants, puis il ajouta :

— Je ne suis pas conteur. Je t'ai résumé cette aventure très brièvement. En revanche, le voyageur venu de l'ouest savait embellir et renouveler sans cesse la légende de Bran. Sa voix nous emmenait naviguer sur des mers déchaînées, lutter contre les animaux monstrueux surgis du fond des eaux, et même parler avec les dieux. Nous éprouvions le doute, la peur, la faim, la soif de Bran et de son équipage. Puis nous étions secoués de rire quand l'histoire devenait cocasse, avant d'être subjugués par les merveilles que ces aventuriers découvraient. Nous rêvions des trésors, et des bonheurs de l'île enchanteresse. La fin tragique de cette histoire nous fendait l'âme, mais nous l'écoutions encore et encore, toujours avec la même émotion, comme si nous l'entendions pour la première fois.

Cadwagwn hocha la tête.

— Remarques-tu l'ironie de mon destin, petite créature ? Moi, le fervent amateur de la légende de Bran, je traverse un peu la même aventure que mon héros favori. J'ai quitté les miens depuis des siècles, et je ne peux pas revenir parmi eux. Mais moi, j'erre dans un ailleurs inconnu, et on voudrait que mon corps raconte une histoire du passé. Je ne suis pas réduit en cendres, mais c'est exactement pareil. Jusque-là, je croyais que la vie justifiait la mort, que c'était le passage obligé pour atteindre le Sid et ses merveilles, mais maintenant je ne sais plus. Nous naissons, nous engendrons et nous mourons, ni plus ni moins que n'importe quel vivant, animal ou végétal, sans aucune finalité. Nous sommes absurdes.

— Je suis absolument d'accord avec vous. Mais, finalement, je trouve assez rassurant de penser que l'Univers est infini, et que nous, êtres humains, sommes si inutiles. Il me semble que cela allège notre responsabilité vis-à-vis de nous-mêmes, et… De tout le reste.

— Moi, je comprends à présent que cette volonté farouche qui nous anime de livrer toutes les batailles s'offrant à nous, jusqu'à notre dernier souffle, sans jamais nous résigner, ne doit pas être la promesse d'un au-delà merveilleux, mais celle d'une fin certaine.

Maude laissa passer quelques secondes avant de parler, tout en mâchouillant l'extrémité d'un crayon.

— Depuis la nuit des temps, la seule chose qui subsiste c'est l'art, sous toutes ses formes, et c'est ce que l'humanité peut faire de mieux pour marquer son passage. Tout le monde n'est pas artiste, mais les artistes s'expriment au nom de chacun de nous. Ils laissent une trace fabuleuse du passage des humains, depuis toujours, depuis les dessins préhistoriques sur les parois des grottes. Votre statuette de Bran incarne une histoire qui vous a porté aux rêves, vous et bien d'autres hommes. Nous la redécouvrons émerveillés. Elle assure un lien depuis les temps les plus reculés et, tant qu'elle sera préservée, jusqu'au futur le plus éloigné. Elle exprime ce qu'il y a de meilleur dans notre humanité.

Cadwagwn fit une moue légèrement méprisante.

— Je crois que tu t'entendrais bien avec le vieux pape, il m'a déjà dit quelque chose d'approchant sur ce sujet… Oui, je suis d'accord avec toi, sa créativité distingue l'homme, mais finalement, je me demande si elle est si enviable… Les cerfs, les loups, les sangliers et autres ne détruisent rien. Les espèces animales obéissent à leurs propres lois, elles vivent, elles jouent, elles chassent, se reproduisent, et leurs générations se succèdent sans rien altérer à ce monde.

Maude ne porta pas vraiment attention à cette remarque. Elle se représentait les guerriers réunis autour du conteur dans une joie naïve, se délectant à l'écoute de la légende de Bran. Elle les voyait aussi attentifs et fascinés que des enfants, suspendus à ses paroles. Elle imaginait le plaisir de Cadwagwn recevant la statuette des mains de son épouse. Elle comprenait le triste parallèle entre la légende et le sort du guerrier, pour lequel elle ne pouvait rien. Elle choisit donc de l'amener sur un autre sujet.

— J'ai lu des textes à propos de sacrifices humains… Est-ce que c'est vrai ?

— Oui, je sais que vous ne pouvez pas imaginer ça dans votre société, mais c'est vrai. Je ne sais pas ce que tu as lu, et puis les historiens déforment souvent le passé, mais c'est indéniable. C'est une chose qui m'a toujours répugné, mais qui était pourtant parfois nécessaire.

— Nécessaire ? !

— Ne nous juge pas ! Votre société trouve « nécessaire » l'utilisation de bombes qui tuent des milliers de personnes. Nos sacrifices visaient des guerriers couards ou traîtres qui nous affaiblissaient, des femmes dangereuses, et parfois, des jeunes gens, mais il fallait bien gagner la confiance des dieux… J'ai entendu que dans d'autres régions, les proches de certains chefs défunts, ainsi que leurs chevaux, étaient sacrifiés pour les accompagner dans l'au-delà, mais ça, je ne l'ai pas connu.

— Dites-moi : comment les femmes étaient-elles traitées dans votre société ?

— Bien mieux que dans ton pays il n'y a pas si longtemps, ou aujourd'hui, dans certains coins de la planète ! Les tâches domestiques leur revenaient, mais elles choisissaient leur époux, et conservaient leurs biens propres durant le mariage, qui n'était qu'un arrangement temporaire. Elles pouvaient aussi divorcer. Si la cause de la séparation provenait de mauvais traitements, l'homme devait dédommager sa femme. Les maris avaient aussi le droit de choisir une concubine, mais à condition que l'épouse accepte cette dernière.

Maude éclata de rire.

— Je ne peux pas croire une chose pareille ! C'est tellement... moderne...

Cadwagwn s'amusa de sa réaction.

— Oui, tu croyais que nous étions des brutes totalement inorganisées ! Notre société ne méprisait pas les femmes. Elles pouvaient se faire belles, porter des bijoux, arranger leurs cheveux en tresses compliquées... Pourtant, elles savaient aussi brandir une hache contre l'assaillant, se montrer violentes et courageuses au combat, si elles y étaient contraintes.

— Votre épouse, Aranrhod, s'est-elle battue ?

— Par chance, elle n'y a jamais été obligée, du moins, lorsque j'étais là. Je te l'ai dit Aranrhod était grande, splendide, forte, capable d'affronter les chevauchées les plus longues, les travaux les plus durs, de tisser des étoffes aux motifs compliqués, de bercer nos enfants avec une infinie tendresse, de soigner mes plaies sans dégoût, de se donner à moi avec une douceur prodigieuse, mais je crois que si un danger avait menacé l'un d'entre ceux qu'elle chérissait, Aranrhod ne l'aurait pas permis, quitte à y perdre la vie.

Cadwagwn devint pensif. Puis il revint à lui, scruta longuement Maude, avant de reprendre le cours de ses souvenirs.

— J'ai vu mon épouse en colère à cause de la menace qui pesait sur notre fils, Hartmod. Pour la première fois j'ai lu dans son regard la rage contenue dans son cœur. Une colère froide et dévastatrice fermait son visage. Mais Aranrhod était subtile, elle n'agissait pas tête baissée... Je pense qu'elle aura trouvé une solution...

Le guerrier se replongea dans ses pensées. Maude mourait d'envie de connaître la suite, mais elle pressentait que le récit arrivait à son point crucial, et que Cadwagwn souffrait.

Regardant droit devant lui, comme s'il fixait quelque chose au-delà des cloisons, il reprit :

— Sais-tu ce que signifie « fosterage » ?

— Non, j'ignore ce mot. Expliquez-moi.

— L'enfant demeure auprès de sa mère jusqu'à sa septième année. Il est ensuite confié à un oncle maternel afin que ce dernier lui enseigne l'art de la chasse et du combat. C'est une sorte d'adoption temporaire. Le travail du garçon profite à la maison de son oncle, auquel il doit obéissance. À défaut d'oncle maternel, un autre mâle de la famille proche le prendra en charge, ou encore ce pourra être un chef ou un autre personnage important qui remplira la fonction... C'est cela, le fosterage, et d'après ce que j'ai vu de ton pays, c'est un mode de fonctionnement que tu as sans doute du mal à envisager...

— Effectivement, je n'imagine pas les parents d'aujourd'hui si soucieux de leur progéniture, abandonner leurs petits de cette manière. Sauf en ce qui me concerne. Mes parents étaient précurseurs : je m'aperçois qu'ils avaient découvert le fosterage, façon XXe siècle, spécialement destiné à leur fille !

— Ce n'était absolument pas un abandon, mais l'organisation de notre société ! Un mode parfaitement normal, et à mes yeux, très salutaire pour apprendre l'indépendance à nos garçons ! Mais voilà, mon épouse n'avait plus ni père ni frères, ni oncles. Nous souhaitions confier Hartmod à une personne sûre, et rien ne pressait notre choix, l'enfant atteignait six ans à peine. Nous avions le temps.

Vaughn décida pourtant d'intervenir. Il me convoqua dans sa hutte, un matin, pour nous dire que l'heure de quitter Hartmod arriverait bientôt. Soucieux de l'avenir de notre fils, Detlef, le père adoptif d'Enora, nous honorait en proposant d'accueillir notre garçon pour le fosterage. Tu comprends bien qu'il ne s'agissait pas d'une offre mais d'un ordre. Avec son air doucereux, Vaughn venait de m'assommer, et je ne pouvais décliner son idée. Je n'avais aucune confiance en Detlef. Cette décision ressemblait à une conspiration, une vengeance des druides. Le prêtre ambisonte me tenait toujours pour responsable de la mort de sa fille adoptive. Alors il volait mon fils, l'éloignant de sa famille et de sa tribu. Mais comment empêcher cela sans provoquer le courroux des deux hommes si puissants ?

J'étais furieux.

Encore une fois, le fosterage n'était qu'une étape sur le chemin conduisant notre fils à l'âge adulte. Nous l'admettions parfaitement, cela n'avait rien de choquant dans la mesure où nous pouvions continuer à le voir grandir, à veiller sur lui de loin. Mais le couper de sa tribu, le soustraire totalement à notre vue, à notre bienveillance, nous était intolérable. Comment serait-il traité ? Que lui enseignerait-on ? Comment lui parlerait-on des siens ? Veillerait-on à lui faire oublier ses origines ? Lui apprendrait-on à se battre, ou ferait-on de lui un élève de Detlef, destiné à étudier pour les vingt années à venir la magie et les secrets des grands prêtres ?

J'avais croisé mon épouse qui revenait de relever des collets et lui avait rapporté les paroles de Vaughn. Je lisais un véritable désespoir sur son visage. Le sentier nous ramenant à notre hutte cheminait près de la demeure de mon frère. Bien qu'Aranrhod soit effondrée, elle cherchait une solution diplomatique qui pourrait infléchir la décision des druides. Elle me suggéra de m'arrêter pour prendre conseil auprès de Tadhg. Mais j'étais bien trop enragé pour pouvoir parler, trop impulsif, et trop égoïste aussi.

J'allongeai le pas, distançai mon épouse, ignorant ses appels, et me dirigeai poings serrés vers notre demeure.

Toute la journée, comme un poison, la colère se répandit en moi. J'évitais mon épouse, mon frère et mon père. La fureur m'envahissait. Je ne parlais plus à personne. J'étais devenu aussi dangereux qu'un animal malade. Le lendemain, après une nuit sans sommeil, je quittai brutalement les bras d'Aranrhod. Je récupérai hâtivement mon meilleur poignard, que je glissai sous ma ceinture, et décrochai du mur la bride et le mors de mon cheval Yuzkar. Lorsque je déboulai dans le parc où il piétinait la neige, il releva la tête. Son œil vif m'observa d'un air interrogateur. Les chevaux possèdent une grande capacité à lire en nous. Il devint aussitôt nerveux, essayant d'esquiver mes mains qui tentaient de le harnacher. Sa réaction décupla ma démence, et je le frappai d'une grande claque au coin de sa mâchoire. Il se laissa enfin équiper, et je sautai brutalement sur son dos. Au moment où je franchissais la barrière Tadhg arrivait. Il me cria quelque chose, mais je ne le compris pas. Ignorant mon frère, je partis au galop, fermement décidé à m'expliquer une fois pour toutes avec Deltef, régler ce contentieux qui gangrenait ma vie depuis la mort d'Enora, et le forcer à revenir sur sa décision au sujet de mon fils.

J'étouffais de rage, je souhaitais arriver vite. Pour arriver plus rapidement encore, je décidai d'abandonner le sentier menant chez les Ambisontes pour couper directement par le lac gelé. L'air était glacial depuis des semaines, il ne faisait aucun doute que la glace tiendrait. J'étais porté par le sentiment confus que ma furie me rendait invincible.

Une couche de neige couvrait la glace, ce qui évitait à mon cheval de trop glisser. Cependant Yuzkar pressentait le danger et il refusa rapidement d'avancer. Je le frappai encore, et encore. Cherchant à m'échapper, il cabra à deux reprises, hennit bruyamment puis fit volte-face. Je tirai sur son mors, pour lui faire mal et le plier à ma volonté. Yuzkar était un animal d'une grande intelligence, pour lequel j'éprouvais une réelle affection. J'étais aussi surpris que lui par mon attitude, mais il devait obéir ou j'allais devenir fou ! En définitive, ce fut la glace qui se brisa. En un instant nous fûmes tous les deux engloutis. J'aurais pu m'en sortir, mais quelque chose heurta ma tête... Je peux imaginer ce qu'il s'est passé. Mon cheval luttait pour s'échapper. En se débattant il m'a fracassé le crâne. Je pense qu'il a réussi à s'en sortir et peut-être à me tirer hors de l'eau puisqu'au moment où je tentais de nager, je m'étais aperçu que sa bride, entortillée à mon poignet, m'entravait.

Voilà n'est-ce pas étrange de te raconter ma mort ? J'imagine que peu d'individus ont l'occasion de relater leur fin.

Dans tous les cas, ce faisant, je mesure ma cruauté, mais plus encore, je suis anéanti par ma stupidité. J'ai tout perdu, tout gâché !

Maude le regardait incrédule. Dorénavant elle était le seul être vivant au monde à connaître les circonstances de la mort du somptueux Guerrier de Hallstatt. Elle éprouvait un sentiment douloureux pour lui. L'injustice l'avait poussé à commettre une faute irréparable.

Cadwagwn contenait à peine la colère dans sa voix lorsqu'il reprit :

— J'ai tout perdu, et me voilà retenu dans ce monde pour une question de vanité.

— De vanité ? Je ne comprends pas.

— Oui, de vanité ! Chez le roi égyptien on admire le trésor de la chambre funéraire et le mystère de son règne. Chez le soldat inconnu, on rend hommage à l'Histoire, au sacrifice, à la souffrance de toute une génération de jeunes hommes innocents. Chez Nelson Mandela on honore la patience, l'intelligence, la modestie, la force et la sagesse d'un être unique au destin unique. Chez le pape, on vénère un guide spirituel. Pour J.F. Kennedy vous avez pleuré un temps, car il est à présent parti, le chef tout-puissant porteur de rêves et d'espoirs, fauché injustement, sans avoir eu le temps d'accomplir les miracles promis… Mais, en ce qui me concerne, je suis revenu simplement parce que la beauté, l'esthétique de mon cadavre, fascine la planète ! L'un de vos couturiers présente une collection « Barbare » s'inspirant de ma tenue, utilisant des peaux, des fourrures, des tuniques de laine et des bijoux ressemblant au torque que je portais. N'est-ce pas ridicule ? ! Même la princesse anglaise n'est pas tombée aussi bas que moi. Lorsqu'ils pensent à elle, les gens se vautrent dans un mythe, un conte, dans lequel une fée bienfaitrice est victime de sa mauvaise étoile. Mais moi, je suis devenu une source de commerce. Ma dépouille fait peut-être rêver les gens à propos du monde bien réel qui existait avant eux. Elle incarne un ancêtre possible, bien qu'improbable. Mais elle sert aussi la notoriété de scientifiques orgueilleux, elle engraisse les fabricants et les revendeurs de souvenirs, elle enrichit les créateurs… Je ne comprends pas ce manque de respect pour les morts anciens ! Si avec une poignée de mes compagnons guerriers nous pouvions ravager vos cimetières, exposer vos cadavres, vous seriez révoltés. Sous prétexte de recherche historique, nous, nous avons perdu le droit au respect. Nous ne méritons pas plus de considération que celle accordée par vos générations aux pierres, aux plantes ou aux animaux.

Si mon corps s'était décomposé et que l'on n'avait trouvé qu'un squelette aux vêtements putréfiés, la découverte n'aurait pas connu le même retentissement, et je ne serais pas là. Je ne suis plus convaincu que j'aurais atteint le Sid, mais à tout prendre, le néant dans lequel je me trouvais depuis deux mille sept cents ans me convenait parfaitement.

Maude le regardait, incrédule.

— C'est vrai ? Vous avez rencontré ces gens ?

— Je te l'ai dit, il y a une douzaine d'esprits comme moi, de par le monde, retenus par la force spirituelle des peuples. Certains s'éteignent peu à peu. Je suppose qu'ils retournent au néant, à moins qu'ils gagnent enfin l'au-delà. Le vieux pape commence à disparaître parce qu'il fait partie d'une succession de « numéros » et que la gloire du chef catholique actuel est au moins aussi importante que celle qu'il a connue. Ce dernier a l'avantage d'être bien vivant, de prendre des décisions, d'émouvoir les fidèles. Le soldat inconnu n'intéresse plus grand monde, parce que vous affrontez de nouvelles guerres. La princesse aussi s'efface. D'autres femmes lui succèdent, bien dans leur temps. L'ancien mythe s'empoussière, il n'intéresse plus.

— D'accord, ceux-là n'auront été retenus que par effet de mode. Mais les autres que font-ils ? Vous avez vraiment rencontré Mandela ? !

— Oui, je l'ai rencontré. Tu vois petite créature, j'apprécie beaucoup la compagnie simple du Soldat Sans Nom, mais cet homme noir me fascine. Il possède les qualités qui me font défaut. Ce n'est pas un impulsif. Fils de roi, il a su se relever de vingt-sept ans de captivité, d'humiliations, et aller au bout de son idéal. Il a su restaurer la fierté de son peuple, et l'orienter vers le pardon. Je dois reconnaître qu'aucun chef des tribus que j'ai côtoyées n'aurait réagi ainsi.

Nous aurions jugé sa clémence comme un trait de faiblesse. Mais, si j'avais porté une once de la sagesse, de l'intelligence de cet homme, rien ne serait arrivé. J'aurais préservé mon fils et mon épouse.

— La plupart des esprits que j'ai rencontrés ne sont pas partis. Ils sont restés là depuis le jour de leur mort. Ils observent l'évolution du monde avec impuissance mais avec intérêt. Pour moi c'est différent. Il n'y a rien qui puisse me relier à cette réalité. Tu imagines ? Un vide de deux mille sept cents ans !

C'est la même chose pour le pharaon, mais lui, il est malfaisant. Vous lui devez les plus grandes pannes d'électricité de l'histoire. Il est dans une immense colère. Il entend les hypothèses les plus absurdes sur son règne, sur sa mort, et il n'a pas trouvé d'échappatoire pour quitter cet univers.

Ce monde est petit et arrogant. Vous ne possédez jamais assez, vous produisez toujours plus, vous désintégrez la Terre au nom du progrès. Vous avez soumis le vent et le soleil pour fabriquer une énergie toujours insuffisante. Vos remèdes suprêmes sont pourtant grotesques !

Pauvre petite créature, cet univers est dérisoire. J'ai vu des milliers de kilomètres, irrémédiablement perdus. J'ai vu une région jonchée des cadavres d'antilopes, mortes soudainement, au Kazakhstan. Ce genre de nouvelles vous touche, le temps d'un soupir, le temps de digérer l'information aseptisée que vous suivez depuis vos télévisions, puis vous passez à autre chose et allez rôtir comme des carcasses de bœufs sacrifiés par les druides, au soleil de plages lointaines.

Vous avez planté des drapeaux sur les sommets, sur les terres les plus reculées et même sur la lune. Vous avez éradiqué des maladies, fait reculer la mort, et en un même temps, vous l'avez répandue. Vous souillez les fleuves et les sols. Vous n'avez plus rien à conquérir, vous n'avez plus de rêves. Vous oubliez vos origines, vous oubliez d'où vous venez. Vous portez des masques pour respirer dans vos villes sans air, vous salissez tout, et vous cherchez à conquérir d'autres planètes pour assurer votre survie. Pourtant, ailleurs, vous recommencerez. Vous ne tirez aucun enseignement de vos expériences. À quoi bon préserver la vie humaine, puisque les humains n'aspirent qu'à la destruction. L'humanité est allée trop loin. Votre science n'a rien d'enviable, elle est seulement effrayante. Vous mesurez tout, vous quantifiez tout. Vous donnez de l'importance à ce que vous possédez, et posséder est votre raison de vivre. Vous ne m'intéressez pas ! Votre monde pourrissant me répugne !

— Je comprends votre colère, mais votre jugement impitoyable est injuste. Vous découvrez en un instant l'évolution de la race humaine. Je suis d'accord avec vous nous commettons des erreurs depuis trop longtemps, nous ne sommes pas assez réactifs, nous avons du mal à renoncer à notre confort, mais si vous étiez né dans cette époque vous en seriez au même stade que nous !

— Je le sais, et c'est bien pour ça que vous ne m'intéressez pas, je ne suis pas de ce temps-là !

Maude leva les bras, exaspérée, elle reprit avec colère :

— Vous, les Celtes, n'étiez pas des champions de clémence ni d'amour pour votre prochain. Tuer, piller, posséder était aussi votre quotidien. Et si nous parlions des sacrifices humains, des carnages guerriers, de l'ignorance médicale et de vos croyances primaires qui faisaient mourir les enfants et le bétail ! Vous n'étiez ni mieux ni pire ! Notre société n'est pas différente, comme la vôtre, elle se bat avec ce qu'elle a !

— Tu parles d'évolution, ta réponse serait acceptable si tout le monde mangeait à sa faim, si tout le monde avait simplement de l'eau et si vos massacres étaient moins écœurants. Mais le simple bonheur de liberté existe pour une minorité, le reste du monde ne connaît pas ce progrès dont tu parles, et ne le connaîtra jamais, puisque la nature est irrémédiablement perdue.

— Vous tapez du pied comme un enfant capricieux, mais que voulez-vous que je fasse pour vous ! Je suis moins qu'un grain de sable, je ne suis rien ! Je n'ai pas de solution ! Oubliez-moi !

Elle avait crié ces derniers mots, et aussitôt elle les regretta, car Cadwagwn disparut du faisceau lumineux. Elle resta seule dans la pièce.

30

— Salut les Pestes !

Maude adressa un clin d'œil à Bella et Tambour, deux petits poneys Shetlands trop rondouillards parqués à l'entrée du centre équestre, qui avaient pour habitude de mordre, sournoisement, toute personne inconsciemment adossée à leur barrière. Elle franchit d'un pas lourd un raidillon caillouteux, puis une clôture électrifiée, portant vaillamment sur l'épaule la selle et le harnais de son cheval. Uruguay avança nonchalamment à sa rencontre. Souriante, elle posa l'équipement dans l'herbe et entoura ses bras autour de son encolure, ses doigts sous la crinière rabattue pour ressentir la chaleur emprisonnée au cœur du pelage doux. Le front appuyé sur le cou du cheval, elle le câlina ainsi durant plusieurs minutes, s'imprégnant de son odeur animale, puis finit par lui offrir une pomme tirée de la poche de sa veste.

Elle l'étrilla longuement, chassant la poussière de sa croupe et de ses flancs. Glissant sa main avec douceur, tour à tour, le long de chaque patte, elle l'obligea à plier ses articulations, et nettoya avec soin l'intérieur des sabots. Tout en s'activant à cette toilette, elle lui parlait d'un ton cajoleur, et l'animal tournait et dressait ses oreilles, comme s'il lui prêtait la plus grande attention. Une fois harnaché, ils s'échauffèrent un moment sur le manège encore désert à cette heure matinale. Trot assis, trot enlevé, galop, voltes, diagonales, serpentines et demi-voltes renversées les occupèrent durant une bonne heure. Maude encourageait son cheval dans ce travail fastidieux. Elle était aussi concentrée qu'elle le souhaitait, ses pensées canalisées sur la précision de ses gestes, rivées sur les réactions de l'animal, mais aussi sur son maintien de cavalière. Elle finit par ressentir la tension dans les muscles de ses jambes. Transpirante, le souffle court elle annonça :

— Je crois que nous avons assez révisé nos bases pour aujourd'hui. Si nous partions en virée tous les deux, qu'en penses-tu ?

Comme pour lui répondre, Uruguay, détendu, s'ébroua, soufflant bruyamment par les naseaux. Elle le caressa en lui murmurant des bêtises, et l'autorisa à étancher sa soif à l'abreuvoir de pierre placé à la sortie de la carrière. Ensuite ils longèrent lentement un champ en friche, avant d'emprunter un sentier boisé. Avancer au rythme lent de sa monture était la seule chose à laquelle elle aspirait. Mais parvenir à vider ainsi son esprit était un exploit qui ne durait jamais très longtemps. Lorsque Nathan n'habitait pas ses pensées, Cadwagwn prenait le relais. Or, la dispute de la veille la contrariait. Elle éprouvait une sorte de fierté pour avoir trouvé le courage de l'envoyer au diable, mêlée de regrets. Peut-être avait-elle rompu avec un délire schizophrénique, mais peut-être avait-elle perdu un ami réel. Elle poussa un profond soupir. Elle entrevoyait bien une solution qui pourrait éventuellement mettre fin à l'errance du guerrier dans ce monde, mais elle n'osait pas envisager ce qu'elle ressentirait s'il appréciait l'idée et la mettait à exécution.

Un renard surgit des profondeurs d'un bosquet pour gagner le talus, de l'autre côté du sentier. Surpris,

Uruguay s'arrêta net, lâchant un petit hennissement indigné. Maude suivit du regard l'animal fin et vif se faufilant souplement entre les hautes herbes jusqu'à ce qu'elle le perde de vue. Elle tapota affectueusement l'encolure du double poney.

— Tu es vraiment sympa ! Un autre que toi aurait cabré, et comme j'étais ailleurs je me serais retrouvée par terre à compter mes côtes cassées. Reprenons, si tu veux bien. Je te promets, je suis complètement à toi maintenant.

Ils continuèrent leur promenade, mais Maude ne parvenait toujours pas apprécier la balade comme elle aurait dû. Elle se demandait s'il était raisonnable de soumettre le résultat de ses cogitations au guerrier.

Ce soir-là, elle s'approcha de l'encadrement de la pièce noyée de lumière bleue, avec appréhension. Elle craignait d'avoir offensé Cadwagwn, mais, rancunière, ne désirait pas vraiment s'excuser. Elle n'aimait pas, non plus, ce qu'elle voulait lui révéler à propos de son idée hasardeuse destinée à le libérer de ce monde. Pourtant, lorsqu'elle l'aperçut, face à la porte ouverte, son cœur s'accéléra de peur et de bonheur, comme à chaque fois qu'elle le retrouvait.

— Vous n'êtes plus fâché ?

— Une femme ne doit pas s'adresser ainsi à un guerrier.

— C'est donc ça, je vous ai blessé ? Mais vous l'avez cherché...

Le guerrier ignora la réponse de Maude.

— Je t'ai vue sur ton cheval. Tu es une cavalière tout juste acceptable. Tu n'es pas très téméraire, et beaucoup trop distraite…

— Comment ? ! Vous m'avez observée ? !

— Oui. Oh, rassure-toi, habituellement je ne m'intéresse pas à tes occupations !

Maude se sentait troublée. Imaginer qu'il pouvait être là, à l'épier sans qu'elle le soupçonne la mettait infiniment mal à l'aise.

— Vous n'aviez pas le droit !

— Tu m'avais mis en colère.

— Et alors, vous souhaitiez vous venger ?

— Non, je désirais mieux te connaître.

— De cette manière c'est… C'est malhonnête ! Je ne suis pas votre ennemie ! Vous n'avez pas le droit de m'espionner !

— Je sais, mais te souviens-tu du jour où je t'ai dit que tu ne savais pas tout ?

— Oui.

— Eh bien, voici la vérité : tu me rappelles beaucoup quelqu'un, je crois que c'est la raison pour laquelle je t'ai suivie le jour de ta visite au musée ; et, l'autre jour, te voir animée de colère, ainsi, tout à coup, m'a replongé dans mon passé…

— Et ? De qui s'agit-il ?

— Enora. Tu ressembles à Enora, trait pour trait. Jusque-là tu étais éteinte, mais ton physique, ton visage, ton goût pour la nature... Et depuis que tu reprends vie, je la retrouve en toi à chaque instant, dans ton rire, dans tes colères, dans ta façon d'être rêveuse sur ton cheval...

Maude l'observait ébahie, la bouche ouverte, tout en faisant « non » de la tête.

— Tu as le même signe de naissance, tu as très peur de l'eau, comme elle. Tu aimes et tu connais les plantes. Tu es timide, mais je t'ai vue, sur des photos, tu respirais l'espièglerie, avant le drame. Lorsque tu es contrariée tu entortilles sans fin une mèche de tes cheveux entre tes doigts, comme elle le faisait, elle !

— Non ! Je suis Maude Lalubie ! Je suis née au XXe siècle ! J'ai des parents, je sais d'où je viens ! Mon esprit est rationnel, je crois à la science ! Il n'y a pas d'avant !

— Pourquoi non ? Tu es la preuve du fondement d'une croyance répandue dans plusieurs religions ! Tu dis que tu sais d'où tu viens, mais personne ne remonte sa généalogie depuis la nuit des temps, et de toute façon, je n'ai pas dit que tu descendais d'Enora, mais que tu l'incarnes. Cela perturbe ton esprit scientifique, je le conçois... J'ai douté moi-même, parce que la réincarnation ne suppose pas que l'on revienne dans un corps identique. Au contraire, souvent elle permet de se libérer d'une apparence... Mais les faits sont là... Peut-être les dieux l'ont-ils voulu... C'est la croyance des hindouistes, des Grecs anciens, des premiers juifs, des bouddhistes... Pourquoi cela serait-il absurde ? Les scientifiques d'aujourd'hui expliquent les enchaînements physiques, chimiques de la naissance du monde, mais le pourquoi… Ils n'ont pas la réponse !

Maude le fixait, incrédule. Elle cherchait des arguments. Cette histoire dépassait les limites de son entendement. Admettre qu'elle parlait à un revenant frisait déjà la démence, mais ce qu'il lui assénait semblait inacceptable. Elle pensa marquer un point.

— Ça ne tient pas debout ! D'ailleurs comment savez-vous le signe d'Enora, puisque personne ne connaissait sa date de naissance ? !

— C'est le druide Detlef qui le lui avait confié, après l'avoir longuement observée, et je crois qu'en ce domaine, au moins, on pouvait lui faire confiance… Mais un détail de ta naissance l'aurait sûrement intéressé : tu es née dans un endroit mystique, à une date qui répète plusieurs fois le signe de l'infini, d'après ce que tu m'as expliqué. Je suis certain que ce sont là des détails qui confèrent une certaine particularité à ton arrivée en ce monde, et que le druide aurait su lire la magie qui s'y cache.

Maude se sentait furibonde. Le guerrier l'avait apprivoisée, puis sournoisement espionnée, alors qu'elle lui accordait toute sa confiance. Cette trahison la mettait hors d'elle. Sans compter qu'à présent il essayait de l'entraîner dans un nouveau délire, de la lier à lui, telle une complice, en lui soufflant l'idée qu'elle réincarnait Enora.

C'était comme s'il la dépouillait d'elle-même, comme s'il lui ôtait sa vie propre. L'idée était choquante, effrayante, inadmissible !

Elle murmura en reculant lentement :

— Tout ça va trop loin, que vous soyez réel ou non, je ne veux plus vous voir ! Elle éteignit la lumière bleue pour la première fois depuis des semaines, et quitta son appartement.

31

688 av J.-C.

Le sacrifice des deux bœufs blancs se déroula tôt le matin, suivant les rites. Vaughn déchiffra les augures : ils étaient favorables à l'expédition. Puis on mit les bêtes à cuire, au-dessus des braises. Les quartiers de viande piqués sur des broches grésillaient pendant que les guerriers se provoquaient dans des affrontements brutaux et des jeux d'adresse, afin de déterminer à qui reviendrait le privilège de découper le premier morceau, la « part du héros ». Un vent tiède s'était levé, emportant des senteurs de fumées parfumées à l'intérieur des maisons du village. L'air embaumait le feu de bois et la viande. Le festin s'organisait autour de grandes tablées, dressées à l'abri des palissades mais un peu à l'écart des maisons. L'hydromel, boisson des dieux, ainsi qu'une boisson à base de céréales fermentées répandirent rapidement leurs vertus magiques sur les valeureux guerriers. Alors que les femmes s'activaient autour des carcasses rôties, s'affairant à la préparation, Aranrhod s'éclipsa. Toute la population envoûtée par l'ambiance de ripailles et de sorcellerie s'abandonnait aux réjouissances. L'atmosphère adoucie contribuait à la sensation de fête, de fin d'hiver, de renouveau. Aranrhod était certaine que nul ne remarquerait son départ. Elle chercha Hartmod du regard et lui adressa un signe de la tête. Comme convenu, il se dirigea sur le chemin en direction de leur hutte. Lorsqu'il eut disparu de sa vue, elle s'engagea à son tour sur le sentier. Un peu plus loin, elle retrouva son fils à l'endroit prévu, là où, plus tôt, elle avait caché leurs affaires.

Ils quittèrent le village sans difficulté, par une brèche minuscule de la clôture, créée grâce au pourrissement d'un rondin de bois que personne n'avait distingué, mais qui n'avait pas échappé à la jeune femme lorsqu'elle échafaudait son plan avec son beau-frère Tadhg. On avait régalé les guetteurs de viande et de vin. Ils étaient un peu somnolents, il ne fut pas difficile d'échapper à leur vigilance.

Fuir en plein jour leur donnait une sensation de vulnérabilité, mais leur permettait d'avancer aussi vite que possible. La femme et l'enfant avaient pris un peu de nourriture au banquet. Cette nuit, au moins, la faim ne les tourmenterait pas. Le ventre plein et chaud ils allèrent d'un bon pas durant les trois premières heures. Malgré sa grossesse, Aranrhod se sentait agile. Hartmod, quant à lui, bien qu'encore très jeune, affectait une volonté touchante à se montrer digne de la lignée de guerriers dont il était issu. Il avançait sans se plaindre, vif et fluet, la tête et le dos protégés par une capuche de fourrure confectionnée par sa mère. Ses petites mains habillées de moufles fourrées s'appuyaient parfois sur un bâton destiné à l'aider au passage d'endroits trop neigeux.

Ils avancèrent ainsi toute la journée et une partie de la nuit, marquant parfois une pause sous les arbres de la forêt. Hartmod ne disait rien, mais il avait un peu peur de ce qui se cachait dans les bois. Dans l'obscurité, il eut souvent l'impression de distinguer des silhouettes inquiétantes, mais ce n'était qu'un buisson aux formes trapues, ou un tronc d'arbre brisé ressemblant à un animal assis, les oreilles dressées, ou encore une souche couchée qui prenait une allure alarmante. Tous deux frissonnèrent lorsqu'ils entendirent distinctement les hurlements d'un loup. Appelait-il la meute pour une chasse nocturne, et eux, seraient-ils les proies ? Se resserrant instinctivement l'un contre l'autre, ils continuèrent leur progression. Puis le silence revint et ils se détendirent un peu. La nuit avait été longue, bientôt le jour se lèverait. Aranrhod jugea qu'ils pouvaient prendre un peu de repos, la clarté les réveillerait. Ils trouvèrent un abri entre deux gros rochers. La jeune femme coupa quelques menues branches de sapin qui leur permirent de s'isoler du sol. Elle déplia sur eux la petite couverture roulée dans son bagage, et ils se blottirent en observant le ciel.

Hartmod admira les étoiles en repensant à ce que son père se plaisait à lui expliquer : la voûte céleste était le toit du monde, un toit percé d'une multitude de trous par lesquels filtrait une lumière visible seulement la nuit. Les étoiles, ces minuscules ouvertures, permettaient aux dieux et aux défunts se reposant dans le Sid d'observer les vivants. L'enfant espérait de tout son cœur qu'à cet instant, son père le regardait par l'un de ces points lumineux et qu'il était fier de son courage, car il en fallait beaucoup pour avancer dans le noir et le froid, en pensant à tous les dangers qui les guettaient sa mère et lui. Sans aller jusqu'aux êtres maléfiques venus des ténèbres, il en était de très réels comme les loups qu'ils avaient entendus ce soir, ou encore les énormes aurochs avec leurs cornes gigantesques, les lynx capables de tomber d'un arbre lorsque vous ne vous y attendiez pas et de vous déchirer le visage de leurs griffes acérées, les sangliers aux grès aussi effilés que des poignards, habiles à vous charger pour vous éventrer. Il ne se sentait pas du tout en mesure de les affronter.

Aranrhod, de son côté, se voulait insensible. Pourtant, l'absence de son époux créait un vide viscéral, douloureux. Le visage roidi par l'air humide et froid, le corps engourdi de fatigue, l'épuisement gagnait peu à peu son corps et son esprit. Il s'était écoulé presque une lune depuis la mort de Cadwagwn, et chaque jour, elle bataillait pour survivre. Elle subsistait avec son fils en ne comptant que sur elle-même. Ombre blonde, sillonnant le village aussi discrètement que possible, elle souhaitait devenir invisible aux yeux de tous. Surtout ne pas attirer l'attention des mâles concupiscents, des femmes jalouses, du chef imprévisible, du druide maléfique, telle était son obsession. Au moins, elle avait agi ! Penser au danger, à l'avenir ne servait plus à rien. Le sort était jeté. Imaginer ce qu'il se produirait par la suite pouvait ébranler ses convictions. Elle préférait maintenir une détermination sans faille. Elle repoussa toute pensée sentimentale, pour se concentrer uniquement sur les détails d'organisation et d'itinéraire de leur échappée.

La blancheur voilée du petit matin les réveilla. Ils mastiquèrent quelques noisettes, burent chacun une gorgée d'hydromel et reprirent leur chemin après avoir dispersé les branches leur ayant servi de couchage. Du ciel finit par tomber des flocons énormes et légers, comme des plumes au-dessus de leurs têtes. Ces chutes brèves et molles s'arrêtèrent et reprirent plusieurs fois. Toutes dernières manifestations de l'hiver, elles ne les inquiétaient plus, au contraire, le froid devenait nettement moins mordant.

Ils avancèrent encore ainsi durant un jour et une nuit. Leurs forces s'amenuisaient, et c'est complètement exténué qu'Hartmod atteignit avec sa mère le point fixé par Tadhg. Tous deux s'étaient imposé un tel rythme qu'ils parvinrent au point de rencontre presque simultanément à la troupe. La faim ne les tenaillait pas vraiment car ils avaient dévoré leurs rations en route. En revanche, tous deux aspiraient à se glisser sous la bâche de peau recouvrant le chariot afin de pouvoir se reposer et se réchauffer un peu, après cette interminable marche.

Cachés derrière une butte, dont l'herbe rase couverte de givre cristallisé scintillait dans la lumière froide des premiers rayons du soleil, ils observèrent les allées et venues des guerriers, ne sachant pas trop comment atteindre le convoi et se dissimuler sans être remarqués. Les hommes entassaient du bois et se préparaient à allumer un brasier pour faire cuire ce qui ressemblait, depuis leur cachette, à un chevreuil, probablement tué au petit jour.

Aranrhod remarqua Tadhg auprès des chevaux. Ses longs cheveux blonds frôlaient ses épaules, les fourrures qui l'habillaient lui donnaient fière allure. Pourtant son visage fermé et les regards qu'il lançait à la dérobée dénotaient une certaine tension. Sous l'effet du froid, sa cicatrice avait pris une teinte violacée qui accentuait son expression de dureté.

Alors que la jeune femme tâchait de dénombrer les guerriers pour vérifier que tous étaient là, à proximité du campement, et que Hartmod à ses côtés avait sombré dans un profond sommeil, elle entendit un souffle, suivi de légers grognements derrière elle.

32

Juin 2018

« Nous ne savons absolument rien de la nature. Nous l'avons habillée d'une carapace de lois et de contraintes, mais à l'intérieur de ce vêtement de prisonnier, il n'y a rien que nous puissions appréhender, ni avec nos sens, ni avec notre esprit. Elle échappe totalement à l'entendement humain. Elle est hors limites. »

Maude tourna quelques pages et lut cette fois à propos du nom de Dieu :

« Chaque fois que nous le rencontrons, il provoque dans notre esprit un réflexe immédiat d'adoration ou de haine, d'humilité ou de ricanement (...) ce réflexe pour ou contre bloque immédiatement tout le mouvement de la raison. »

Elle parcourait avec passion pour la troisième fois le livre de Barjavel, « La Faim du Tigre » cherchant des raisons de croire aux propos de Cadwagwn. Et il fallait bien reconnaître que cet ouvrage de réflexions métaphysiques la troublait. La suggestion du guerrier cheminait en elle, et ce livre la poussait à admettre que l'idée de réincarnation n'était peut-être pas aussi inacceptable qu'elle l'imaginait quand il la lui avait dévoilée, ou tout du moins, que des hypothèses, des possibilités, pouvaient trouver un certain crédit.

Elle quitta son lit, soulevant Tortille vautré à ses côtés, et se dirigea devant le miroir. Elle s'observa, maigrelette, arborant un caleçon et un tee-shirt de nuit gris, orné, sur le devant, d'une souris grignotant un gâteau rose et blanc, les cheveux bruns tire-bouchonnant en anglaises emmêlées, le visage diaphane, le regard sombre. Alors voici à quoi ressemblait Enora... Elle força un petit rire ironique.

— Enora avait sûrement meilleure mine en vivant au grand air, et puis elle ne se bourrait pas de Lexomil et autres antidépresseurs. Équitation tous les jours, alimentation bio et amour partagé devaient faire la différence.

Maude secoua la tête en soupirant. Non, cette idée demeurait trop dérangeante... Et puis, cela signifiait que dans une autre vie, elle avait été l'amoureuse de Cadwagwn, elle l'avait connu intimement, au point de porter son enfant... Cela demeurait grotesque. Qu'allait-il exiger d'elle à présent ? À cause de ce secret dévoilé, le lien tissé depuis des semaines pourrait se rompre. Elle posa le chat sur le tapis, attrapa un vaste pull de coton et se dirigea vers le bureau, avec appréhension.

— Êtes-vous là ?

— Oui, bien sûr je t'attendais.

Maude alluma la lumière bleue, et le guerrier apparut debout à deux mètres d'elle. Sa gorge se serra. Elle se sentait toute petite devant lui, si impressionnant. Ils avaient pourtant le même âge, mais environ deux mille sept cents ans les séparaient.

— Il faut que nous parlions.

— Je t'écoute.

— Vous avez insinué en moi cette idée terrible de réincarnation… Comment me percevez-vous… Je veux dire… Pour vous, est-ce que je suis Maude ou Enora ?

— Je comprends ce qui te chagrine, et je veux te rassurer, mon esprit ne porte aucune arrière-pensée mais seulement de la bienveillance. Après ta disparition j'ai connu le désespoir, le chagrin et la tristesse. La vie me semblait dénuée d'intérêt. Je n'avais plus de but, plus d'émotions, plus de plaisir. Je connaissais juste le désespoir d'une perte irréparable. Pourtant, sans rien oublier de toi, lorsqu'Aranrhod m'a approché, j'ai retrouvé le scintillement de l'amour et du bonheur partagé. J'ai connu de grandes joies et de nouvelles peines. J'ai vécu puis je suis mort à mon tour. Je sais qu'aujourd'hui tu es Maude, ta vie est dans ce monde. Tu ne gardes aucune souvenance d'Enora, et je ne te parlerai plus jamais d'elle. Je veillerai sur toi autant que tu m'y autoriseras. Cependant, autrefois, nous étions amis et extrêmement complices. Je souhaite ton aide, comme tu le sais. Tu peux me secourir, je le sens. Il y a sûrement un moyen auquel tu n'as pas encore pensé. Tu dois croire en toi, ouvrir ton esprit et me faire part de tout ce qui te vient, même si cela te paraît stupide. J'ai peut-être l'éternité devant moi, pourtant le temps presse, je deviens fou ! Aide-moi je t'en supplie !

Maude restait debout, les manches de son pull-over démesurément étirées couvrant le bout de ses doigts, les bras croisés sur elle-même, comme pour se protéger du froid. Elle inspira profondément.

— J'ai eu une idée qui ne me plaît pas du tout. Vous êtes un impulsif, je ne veux pas que vous la mettiez à exécution sans y avoir réfléchi longtemps et uniquement si nous ne trouvons pas d'autres moyens. Promettez-moi de vous laisser encore deux ans avant de le faire, et que nous en discuterons encore avant d'en arriver là, car je ne suis pas certaine... Cette idée pourrait aussi bien connaître un retentissement inverse...

— Je le promets.

— Lorsque vous expliquiez que vous étiez retenu par la vanité des hommes, j'ai pensé que détruire l'objet de leur phantasme pourrait vous libérer.

— Sois plus précise, je ne comprends pas très bien où tu veux en venir.

— Je pense que si votre momie était détruite, réduite en cendres, peut-être que vous cesseriez d'intéresser la planète. Cela vous serait très facile. Puisque vous avez la possibilité de déclencher des dégâts électriques, vous pourriez provoquer un incendie dans la salle du musée où votre corps est exposé. Vous arriveriez aussi à bloquer les portes télécommandées, à neutraliser les alarmes et les systèmes de protection contre le feu, afin de retarder les secours. On en parlerait dans la presse durant un mois, puis les gens passeraient à autre chose. Il y a tellement de sujets terribles dans l'actualité que, rapidement, cela n'intéresserait plus que quelques chercheurs et archéologues. En revanche, il ne faut pas négliger une autre hypothèse : tout cela pourrait aussi bien avoir un effet contraire. On peut aussi envisager la possibilité que vous deveniez un légendaire trésor irrémédiablement perdu. Il demeurerait de cet épisode du « Guerrier de Hallstatt » un nombre incalculable de photos stimulant l'imaginaire d'un public avide de rêves. On reproduirait votre corps avec un mannequin de cire, on l'habillerait à l'identique et vous seriez définitivement retenu ici-bas.

Cadwagwn la regardait, à la fois amusé, intéressé et ébahi. Il se fit cynique.

— Eh bien, petite femelle, tu as des idées pour le moins radicales ! N'est-ce pas là une méthode un peu « barbare » ? Je te croyais si révérencieuse des institutions… Et tu es prête à mettre le feu au musée d'histoire naturelle de Vienne ! Un magnifique et vénérable bâtiment qui te plairait énormément d'ailleurs. Tu y verrais des minéraux, des fossiles, des coquillages, des pierres précieuses, des herbiers, sans parler d'échantillons de bois. Oui ! Plus de six mille je crois. Et dans d'autres salles encore tu admirerais des poissons, des oiseaux, des œufs, des reptiles, des papillons, des squelettes… Au rayon archéologie tu verrais la Vénus de Willendorf, une statuette de pierre du paléolithique supérieur, très célèbre, bien que très petite, représentant une bonne femme grassouillette. Le clou du spectacle et sans difficulté le moins ennuyeux, est, bien évidemment, « le Guerrier de Hallstatt ». Le conservateur est un homme heureux. Depuis que le Guerrier est installé entre ses murs, ce musée est le plus fréquenté d'Autriche. J'attire toute la planète ! J'ai eu le temps de visiter toutes les salles puisque c'est là, en quelque sorte, ma nouvelle dernière demeure. Je n'avais jamais rien imaginé d'aussi superbement morbide et ennuyeux avant : des insectes épinglés, des pierres sans grâce alignées comme dans un champ de cultures, des os poussiéreux, des tessons de poteries étalés dans des vitrines… J'adore ta suggestion ! Je me vengerais ainsi des deux archéologues qui m'ont ramené en ce monde, de tous ceux qui tirent profit de mon cadavre, ainsi que de tous ces imbéciles qui me retiennent captif ici. Je ferais tout brûler, tout !

— Je fais partie de ces imbéciles !

— Non, pas toi ! Toi c'est différent, ce sont les dieux qui nous ont permis de nous retrouver…

— Je savais que j'aurais dû me taire ! Je ne veux pas que vous détruisiez tout, seulement votre corps… Et même, ce n'est pas ce que je souhaite non plus ! J'ai besoin que vous restiez dans ma vie, j'ai besoin de savoir que vous êtes physiquement là-bas, au musée !

Il y avait de l'émoi dans les dernières paroles de Maude.

— Calme-toi, je ne détruirai pas tout. Et je te l'ai promis, je veillerai sur toi aussi longtemps que je serai là et que tu le souhaiteras. Mais, tu vas pouvoir t'élancer à nouveau dans la vie sans besoin de personne. Tu vas retrouver confiance en toi, parce que j'ai la preuve que tu n'es pas responsable de la mort de Nathan.

— Que voulez-vous dire ?

— Je peux m'infiltrer où bon me semble, tel un grain de poussière. En attendant ton retour, il m'arrive de faire l'inventaire de cette pièce. Je ne te cache pas que j'ai eu souvent envie de mieux connaître l'homme auquel tu avais choisi de remettre ta vie... Lorsque tu m'as raconté ton histoire, tu m'as dit que ses affaires de cyclisme étaient rangées dans ce placard, et que tu n'y avais jamais touché. Je voulais savoir quel genre d'attirail un homme moderne pouvait bien utiliser pour déployer sa force physique. Aujourd'hui j'ai vu un petit sac noir, étroit, allongé, fabriqué dans une matière étrange, muni de sangles et de fermoir. À l'intérieur, il y a un tube métallique, couvert de peinture blanche brillante, un objet comme ceux que vous nommez « bombe ». L'extrémité est d'une forme inexplicable, mais surtout, surtout, il porte une petite bosse sur l'arrondi...

Cadwagwn n'avait pas fini de parler que déjà Maude s'était ruée sur le placard, d'où elle avait sorti un petit sac à dos. Elle s'agenouilla sur le sol, les doigts si fébriles qu'elle ne parvenait plus à saisir ni à faire glisser la fermeture éclair. Le sac s'ouvrit enfin. La jeune femme plongea la main, et ressortit l'inhalateur, celui-là même qui lui avait échappé, et qui portait la marque de sa maladresse. Elle le brandit devant elle.

— Je n'ai jamais ouvert cette besace ! C'est donc Nathan qui a repris l'aérosol pour le ranger dans le sac, lors de sa dernière sortie à vélo, et il a oublié de le remettre dans la voiture !

Elle regardait la bombe au bout de sa main, passait sans cesse son pouce dans le creux de l'empreinte laissée par le choc. Dans son regard se mêlaient horreur, gratitude, soulagement. Elle continuait de fixer le petit objet quand soudain elle éclata en sanglots. Le poids d'une culpabilité trop écrasante venait de s'envoler tout à coup. Non elle n'était pas responsable de la mort de Nathan, elle pouvait se regarder en face, cesser de se torturer, arrêter de se cacher et de refuser de vivre ! Elle pleura très longtemps. À travers ses larmes s'écoulait tout l'effroi des derniers mois. Basculant enfin sur le parquet, comme une marionnette en bois dont on aurait posé les ficelles, épuisée, terrassée de fatigue, elle s'endormit repliée sur elle-même, aussi brutalement que si elle perdait connaissance.

Cadwagwn qui s'était reculé dans un coin, hors d'atteinte de la lumière bleue, s'approcha. Il hésita un instant et s'agenouilla pour déposer un baiser de quelques secondes sur le front livide de la jeune femme. Il éprouva à son contact une sensation vertigineuse, comme s'il s'engouffrait dans un tunnel distordant ses sens et ses perceptions. Le guerrier reçut alors une série de visions concernant la vie de Maude, et d'autres encore, beaucoup plus anciennes. Il ne s'était pas trompé ! Sinon, comment aurait-il pu se voir, lui, en compagnie d'Enora, dans l'esprit de cette créature, le jour de leur premier baiser, dans la montagne. Ils étaient assis, l'un derrière l'autre, sur un grand rocher lisse et plat. Un soleil éclatant illuminait le relief des sommets. Tous deux suivaient des yeux un torrent d'eau écumante qui roulait sur de petits galets arrondis, dans un bruissement continu. Le jeune Cadwagwn détacha son regard du flot bouillonnant pour le poser sur le dos de la jeune fille. Sa tunique avait glissé, dévoilant son épaule brunie, il observa un instant le tatouage, à la naissance du bras, un entrelacs végétal savamment exécuté à l'intérieur d'un cercle. Il pencha lentement son visage vers Enora, et de ses lèvres il effleura délicatement son cou gracile, là où sa tresse laissait échapper de petits cheveux. Dans un même élan, elle se retourna, offrant son visage, douce et impatiente à la fois, comme si elle se donnait tout entière. Pour la première fois leurs bouches se touchèrent, et Cadwagwn ressentit une onde de bonheur et de désir comme il n'en avait jamais éprouvée.

Le guerrier recula brutalement, hébété par le réalisme de la scène. Depuis qu'il était dans ce monde, il avait toujours soigneusement évité de toucher quiconque.

Jamais il n'avait imaginé qu'il pourrait entrer dans la mémoire de quelqu'un.

Il tendit la main au-dessus de la joue pâle de Maude, mais suspendit son geste. Il n'était pas certain de souhaiter se confronter, immédiatement, à une nouvelle vision.

Il voulut alors regagner le rocher de leur premier baiser, et il y fut en un instant.

Tortille s'approcha de sa maîtresse dans un léger ronronnement. Il promena son délicat museau autour des yeux, huma l'odeur des larmes séchées sur ses joues. Puis, d'une timide patte de velours, il effleura son front, là où il avait observé une poussière dorée se poser, tout à l'heure. Aussitôt après, il esquissa un jeu, avec l'extrémité d'une boucle brune de Maude, mais il se ravisa, et se blottit sagement dans le creux de ses jambes repliées.

Maude se réveilla encore abasourdie par sa découverte. Elle chercha Cadwagwn du regard, choquée, elle s'interrogeait : il était parti... ou n'avait jamais existé ? Retrouvant quelques couleurs, elle se redressa et se dirigea en titubant vers la salle de bains. Elle tenta de reprendre ses esprits sous la pluie d'eau chaude de la douche. Elle avait maintes fois envisagé de donner les affaires de Nathan à une œuvre du type Emmaüs, mais elle n'en avait pas eu la force. Passant à l'acte, elle aurait tout mis en vrac dans un carton, sans rien vérifier. Elle aurait chargé dans le coffre de sa voiture le matériel et le vélo, qui attendait toujours au garage, et aurait tout abandonné devant la porte de l'entrepôt.

Jamais elle n'aurait su ce que contenait le petit sac à dos, et elle aurait vécu rongée de culpabilité jusqu'à son dernier souffle. Le guerrier venait de lui sauver l'existence ! Elle se sentait aussi déroutée qu'un détenu injustement condamné à la prison à vie, auquel on annoncerait l'erreur judiciaire reconnue et une libération immédiate et définitive.

Le téléphone sonna. Tirée de ses cogitations, aussi péniblement que si elle remontait des profondeurs d'un rêve, elle se résigna à décrocher.

— Salut, c'est Nelly, je te dérange ?

— Non, pas du tout.

— Bon, demain, tu laisses tomber ta petite salade de célibataire. Je tiens à fêter l'anniversaire de Lucas avec des gens qu'il apprécie. C'est une surprise. Donc à midi, ce sera apéritif dînatoire chez nous. Tu ne peux pas refuser. J'ai tout préparé et Laurent passera te chercher. Il ne sera pas seul ! Nina est de passage, elle se joindra à nous. Nous allons enfin la connaître ! Il y aura aussi deux autres couples d'amis...

— D'accord. Je serais prête.

— Eh ben ! Qu'est-ce qui t'arrive ? Je croyais devoir livrer bataille pour te décider !

— Et alors ? T'es déçue ?

— Non, au contraire, je suis ravie, tu seras parmi nous ! J'en suis très sincèrement heureuse. Je suis fière que tu acceptes de venir, que tu fasses l'effort pour nous. Ça fera tellement plaisir à Lucas et Laurent, ils t'apprécient vraiment et s'inquiètent souvent pour toi...

— J'apporterai du champagne, moi aussi, j'ai un truc à célébrer. Je veux fêter une bonne nouvelle !

— Tu m'intrigues. Qu'est-ce que c'est ?

— Oh, juste un petit objet que j'ai trouvé dans les affaires de Nathan, et dont la découverte me soulage au-delà de ce que l'on peut imaginer. Je n'ai pas envie d'en parler. J'expliquerai à Lucas, il te racontera.

Maude bavarda encore un moment, avec légèreté, puis elles se dirent à demain.

La jeune femme chercha sur son ordinateur le nom de l'arbre correspondant à Lucas dans la culture celte. Elle sourit en lisant que le sorbier représentait la générosité, l'altruisme, l'enthousiasme, la délicatesse, mais aussi qu'il était charmeur, enjoué, talentueux... C'était plutôt ressemblant.

Elle imprima le résultat, roula la feuille à la façon d'un parchemin autour duquel elle noua un morceau de bolduc. Ce clin d'œil n'étonnerait pas le professeur. Depuis six mois elle s'intéressait exclusivement au monde celte et abordait régulièrement le sujet avec ses amis.

Elle éprouvait un réel bonheur et savourait déjà sa sortie, pourtant d'autres interrogations la torturaient. Elle ne savait que faire pour aider Cadwagwn et puis, au fond d'elle-même, elle réfutait cette histoire d'Enora. Tout ça était vraiment dérangeant. Elle entra dans le bureau, toujours personne dans le faisceau de lumière bleue, pas plus que la moindre poussière miroitante dans les recoins de pénombre… Peut-être que le guerrier n'avait jamais existé. Et si l'idée soudaine de vérifier le sac de Nathan était venue seulement d'elle-même ? Si elle s'était ruée dans le placard grâce à une idée qui ne serait venue que de son cerveau fatigué ? Si le chagrin l'avait rendue folle à lier, et qu'en six mois elle ait pu tout inventer ? Mais à cet instant, la seule chose importante et tangible était le petit aérosol cabossé qu'elle tenait dans sa main.

33

Le mois de juin rayonnait, et Maude, libérée des derniers conseils de classe profitait de sa liberté. Elle montait chaque jour Uruguay, lançant des œillades et des sourires complices dans le vide, lorsqu'elle imaginait que, peut-être, le guerrier l'observait. Après de nombreuses heures de recherches, une information avait retenu son attention, et elle désirait en faire part à Cadwagwn. Elle éprouvait une grande impatience. Il ne s'était pas montré depuis plusieurs jours, et elle ne tenait plus en place. Dorénavant, liée au Guerrier de Hallstatt, s'il était bien réel, elle souhaitait montrer sa gratitude et l'aider à son tour.

Il était environ 16 heures lorsqu'elle fonça dans le bureau aux volets tirés. Elle y demeura le reste de l'après-midi à pianoter sur son ordinateur. Déçue, elle allait quitter la pièce lorsqu'il apparut.

— Vous exploriez le monde ? Je ne vous demande pas où vous étiez, ni pourquoi avez-vous disparu si longtemps, mais je suis heureuse de vous revoir !

— Oui, j'ai le temps pour ça ! Et j'ai pensé que tu avais toi aussi besoin de temps pour assimiler les révélations de nos dernières rencontres.

— Vous avez raison. Je vais beaucoup mieux aujourd'hui que la dernière fois où nous nous sommes parlé. J'ai une question à vous poser, êtes-vous allé en Chine ?

— Bien sûr, mais la Chine est un pays immense, je n'ai sûrement pas tout vu.

— Êtes-vous allé au désert du Takla-Makan ?

— Non. Pourquoi ? J'aurais dû ?

— Peut-être. Je ne sais pas. J'ai fait des recherches dans le but de vous aider, et j'ai découvert quelque chose susceptible de vous intéresser. Mais j'ai pensé que vous parcourez le monde en un clin d'œil, et que l'endroit ne vous est probablement pas inconnu...

— Eh bien parle, petite créature.

— Le désert du Takla-Makan se trouve en Chine, et son surnom est « mer de la Mort ». Takla-Makan signifie « on entre pour ne pas ressortir ». La Chine avait l'habitude de procéder à des essais nucléaires dans ce désert, durant ces dernières années. C'est dire à quel point l'endroit est inhospitalier. Il est traversé par deux cours d'eau, dont le fleuve Tarim. Mais, à cause des modifications géologiques, et d'une mauvaise gestion de l'irrigation, leur débit est devenu faible, et l'eau a disparu dans le sable. Il a fallu des millénaires pour en arriver là. Autrefois, des oasis existaient dans cet endroit. Des gens y vivaient jusqu'à ce que la sécheresse les chasse, et que ces zones soient oubliées. C'est dans le bassin du Tarim, que l'on a retrouvé des momies qui datent de deux cents à deux mille ans avant Jésus-Christ. Il s'agit de corps qui n'ont pas été embaumés, mais qui se sont momifiés naturellement. L'endroit est très sec, et le sol très salé. On attribue la conservation exceptionnelle de ces corps à ces deux facteurs naturels...

— Pardonne-moi de t'interrompre, mais je n'éprouve pas un grand intérêt pour les momies, même si je parcours abondamment les cimetières, je ne vois pas où tu veux en venir

— Laissez-moi finir. Vous allez comprendre. Certaines momies retrouvées portaient des vêtements tissés d'une manière qui rappelle les tissus européens. Ces étoffes ressemblent à des tartans. Un des archéologues qui a travaillé sur les fouilles a même lancé l'idée que la provenance du tissage aurait une « origine hallstattienne » !

Cadwagwn fronçait les sourcils en écoutant Maude qui devenait de plus en plus fébrile en déroulant son récit.

— Des textes chinois très anciens décrivent ces populations : ils sont très grands, avec des yeux bleus ou verts, des nez longs, des barbes rousses ou blondes. Des lèvres pleines. L'une de ces momies baptisée « l'Homme de Cherchen » ressemble trait pour trait à cette description ! Des tests génétiques ont été pratiqués à partir de l'ADN prélevé sur cinquante-deux corps. Ils démontrent que ces individus sont originaires de l'Indus, la Mésopotamie mais aussi d'Europe ! Un des scientifiques affirme, je cite, que « les premières des momies du bassin du Tarim sont exclusivement caucasoïdes ou europoïdes » !

Cette population utilisait les chevaux comme vous, ainsi que le bronze, et savait produire les mêmes tissages que vous !

Ces cadavres dérangent le gouvernement chinois. Ils se trouvent dans la région autonome de la République populaire de Chine : celle des Ouïghours du Xinjiang, un peuple turcophone et musulman, passé sous domination chinoise depuis environ trois siècles. Les nationalistes ouïghours se servent de ces momies comme d'une preuve visant à attester qu'historiquement, ils n'appartiennent pas au monde chinois. Les autorités n'apprécient pas du tout ces manœuvres ayant pour but de faire passer les Ouïghours pour les descendants éloignés de Blancs.

C'est la raison pour laquelle, même si ces corps sont connus et exposés, les autorités ont évité jusqu'à présent de leur faire trop de presse. Aujourd'hui de nouvelles observations scientifiques démontrent l'absence de lien génétique entre les habitants du Tarim avant notre ère, et les Ouïghours actuels. La position des autorités à tendance à évoluer.

Malgré tout, et même si elles sont exposées dans des musées, ces momies n'ont pas la même notoriété que vous. Elles sont un peu dérangeantes. Pourtant certaines sont dans un état stupéfiant. C'est le cas de « La beauté de Loulan ». Une femme qui vivait plus de mille cinq cents ans avant notre ère, toujours si belle que les Ouïghours l'utilisent comme symbole pour représenter leur peuple... J'ai pensé qu'il y a peut-être là dans les musées, ou encore enfouis dans le sable, des individus que vous avez connus, ou des gens de votre ethnie avec lesquels vous pourriez entrer en contact. Ils vous permettraient d'accéder à cette porte vers l'évasion à laquelle vous aspirez, ou au moins, d'entrevoir votre monde passé.

— Je savais, je savais que tu m'aiderais !

— Ne vous réjouissez pas trop vite ! Je ne sais pas où cette information peut vous mener, ni même si elle vous conduira quelque part. J'ai pensé que c'était une piste, que vous parviendrez peut-être à identifier l'une de ces momies. Évidemment, les chances sont très minces. J'ignore comment s'y prendre…

Vous savez, une fois de plus j'ai le sentiment d'être complètement folle ! mais puisque vous parvenez à entrer en contact avec certains esprits, j'imagine qu'il y a une petite chance par là-bas. En même temps, cela me chagrine, je ne voudrais pas vous donner de faux espoirs…

— Ne t'inquiète pas petite créature. Je te fais confiance. J'ai confiance dans tes intuitions.

34

688 avant J.-C.

Très fatiguée, Aranrhod n'en relâchait pas pour autant sa vigilance. Ce qui parvenait à ses oreilles n'était pas un grommellement humain. Elle pivota très doucement, roulant sur le dos et découvrit à très faible distance une masse brune, poilue, la tête surmontée de deux oreilles fourrées, courtes et arrondies, des yeux brillants, vifs, scrutateurs, un museau humide et luisant. L'ours campé sur ses pattes énormes, légèrement rentrées vers l'intérieur, gronda un peu plus fort, et la jeune femme remarqua alors, caché par le gigantesque animal, un ourson, aussi brun que sa mère.

Le temps s'était radouci, mettant fin à l'hivernation de cette femelle et de son petit né au printemps précédent. Le danger que représentait la troupe parut soudain bien dérisoire à Aranrhod, tout comme le poignard qu'elle portait à sa ceinture. Mais, elle aussi avait un enfant à défendre. Frissonnant, le grain de sa peau hérissé de peur, elle se dressa très lentement. Évitant de regarder l'animal dans les yeux, elle baissa les paupières. Ce dernier restait immobile, mais il la fixait intensément, émettant une sorte de rugissement sourd, comme s'il contenait une colère grandissante. Les oreilles tirées vers l'arrière, les poils de son cou complètement hérissés, il balança la tête de gauche à droite en claquant des mâchoires. Son museau semblait s'allonger, sa truffe mobile cherchait à identifier l'odeur des humains figés face à lui. Soudain, il changea d'expression, l'extrémité de sa face se modifia, elle prit une forme dure, carrée, la gueule s'entrouvrit, découvrant des crocs jaunis, énormes et aigus, de la bave coulait le long de ses lèvres noires et dans son col. Son regard d'ambre, féroce, transperçait la jeune femme. Au comble de l'exaspération, il donna un coup de patte rageur dans le sol, qui fit voltiger une motte de terre dans l'air froid. Retrouvant ses esprits, à une vitesse folle, une foule de souvenirs remontèrent à la mémoire d'Aranrhod, les histoires des chasseurs, les légendes racontées devant le feu, les croyances enseignées par les druides, mais aussi les enseignements de sa mère, Llona, d'origine samie. Elle respira profondément, et sentit son sang qui avait reflué vers son estomac, se diffuser à nouveau dans tout son corps. Les battements de son cœur s'apaisèrent un peu, la chaleur revint dans ses membres.

À l'instant où elle rouvrit les paupières, l'ours, menaçant, se dressa sur ses pattes postérieures. Aranrhod recula alors tout doucement d'un pas. Son fils qui s'était réveillé restait paralysé derrière elle.

Portée par la violence qui se dégageait de l'animal, par sa propre sauvagerie, et par une volonté farouche, la jeune femme émit un son étrange, un chant de gorge venu du fond des âges, un chant de l'âme, qu'elle modula progressivement en différentes vibrations et vocalises. Le rythme restait le même, mais peu à peu, la jeune femme prenait confiance en elle, ou plus exactement elle sombrait dans une transe où la peur n'avait plus de place. Elle entrait en communion avec l'esprit de la bête.

Aranrhod ne voyait plus la créature. Elle regardait à travers, au-delà, le corps vibrant des ondes qu'elle émettait et que lui renvoyait l'écho de la nature. Elle respirait toujours l'odeur de l'ours qui dégageait un fumet douceâtre de viande séchée, mêlée à un parfum de terre, de foin, de musc et de grand air. Ces effluves n'étaient pas vraiment désagréables, ils signaient juste sa présence, et n'impressionnaient plus la jeune femme.

Tout d'abord, l'animal gronda de plus belle, puis, il sembla gagné, au fils des secondes, par le chant hypnotique. Aranrhod, ivre de sons, tapait en cadence dans ses mains. Au bout d'un temps qui parut durer une éternité, l'ours retomba lourdement sur ses pattes. Il fixait toujours la jeune femme, mais avec moins de dureté. Les poils de son échine retrouvaient un aspect lisse, et son expression se détendait un peu. L'ourson, à l'arrêt, les griffes solidement fichées dans un tronc d'arbre couché, inclinait la tête, interrogatif comme s'il suivait un dialogue.

Llona avait enseigné à sa fille cette façon de chanter, une pratique ludique pour son peuple, magique pour son chamane. Cette femme avait très vite compris qu'elle devait oublier les coutumes de sa tribu pour se fondre dans l'univers de son époux, et éviter ainsi les foudres du chef ou du druide, mais en secret, elle enseignait à Aranrhod ce que le clan de ses ancêtres lui avait appris. Lorsque la fillette se trouvait seule avec sa mère, dans un endroit où nul ne pouvait les entendre, au bord d'un torrent par exemple, elles s'amusaient toutes deux à cet exercice vocal. Un chant épuisant, une épreuve d'endurance, qui exigeait une grande maîtrise du souffle.

La troupe alertée par le bruit observait la scène. Tous avaient reconnu l'épouse de Cadwagwn qui affrontait l'ours. Seule. De là où les guerriers se trouvaient, elle ressemblait à une divinité, grande, solide et fine. Dans son dos la blondeur de sa longue tresse se coulait au cœur des poils argentés de la pelisse en loup qui couvrait ses épaules. Sa robe de toile écrue s'arrêtait au ras de mocassins montants, en peau retournée, sur lesquels elle avait cousu l'un des rubans qu'elle tissait inlassablement. Son profil irréprochable laissait voir la perfection de son visage aux joues rougies autant par le froid que par la peur et l'effort.

Enfin avec quelques grondements presque amicaux, l'ours dandina, d'une manière apaisée, puis il recula jusqu'à sa progéniture, et s'engagea, majestueux, dans la pente, en direction du bois, son épaisse fourrure ondulant sur son dos massif. Il accéléra alors insensiblement sa vitesse, comme si l'inclinaison du terrain l'emportait avec l'ourson dans son sillage, puis tous deux disparurent, engloutis par la forêt sombre.

Alors tout doucement, Aranrhod se retourna et vit les guerriers médusés qui la contemplaient.

Tadhg fut le premier à réagir. Il se précipita vers l'épouse de son frère, qui, complètement épuisée commençait à fléchir. Il la saisit dans ses bras, avant qu'elle ne touche terre, alors qu'un autre guerrier soulevait l'enfant et le fichait sur ses épaules. Dans un silence absolu, la mère et l'enfant furent portés jusqu'au campement. Les hommes qui s'étaient tus respectueusement jusqu'à cet instant, les entourèrent, et, tout à coup, d'une seule voix, ils poussèrent un terrible cri de triomphe et de fierté, célébrant celle qu'ils accueillaient soudain comme une divinité révélée, les honorant de sa présence.

      La femme et l'enfant avaient gagné leur place dans l'expédition.

35

Juin 2018

À bien y réfléchir, les révélations de Maude intriguaient Cadwagwn et le blessaient. Des hommes et même des femmes, issus de son peuple, plus subtils, plus ingénieux, plus aventureux que lui, avaient conquis une liberté inespérée en s'évadant de leurs terres natales pour bâtir des vies inattendues. Ils avaient emporté avec eux leurs coutumes, leurs connaissances, et, sans doute, avaient-ils inventé de nouvelles lois et découvert de nouveaux savoirs. Ils avaient bravé des dangers, surmonté des difficultés, affronté des peurs, rencontré d'autres peuples, tirant des richesses matérielles et spirituelles de ces échanges. Certains étaient morts en route, mais bien d'autres avaient bâti des existences pleines. Lui, l'intrépide guerrier, avait stupidement englouti ses chances dans un accès de rage folle. Humilié, il mesurait ce qui lui avait échappé pour toujours, il entrevoyait ce que son existence aurait été s'il ne s'était pas montré aussi irréfléchi.

Le guerrier n'osait plus paraître dans le bureau de la jeune créature, elle l'aurait pris pour un lâche. Mais il n'avait pas non plus très envie de rendre visite à des momies. Et puis, à quoi cela servait-il de se confronter à de vieux morceaux de viande sèche ? Il ne pouvait pourtant pas fuir toute l'éternité. Même cette réincarnation d'Enora ne serait pas éternelle. À supposer qu'elle revienne un jour, il lui faudrait beaucoup de chance pour la retrouver et il s'écoulerait des siècles avant que cela n'arrive.

Après quelques jours de tergiversations, il décida de voir l'endroit où reposait la « beauté de Loulan ». Il souhaita se rendre au musée d'Urümqi au Xinjiang, et fut en un instant devant une bâtisse de pierre et de verre fumé, surmontée d'une coupole, elle aussi transparente. L'édifice central, légèrement incurvé, était flanqué de deux ailes percées d'ouvertures à la manière des habitats troglodytes. Trois drapeaux plantés devant la façade bougeaient mollement dans le vent. Sur le parking de goudron gris, des cars déversaient leurs lots de voyageurs. Ce musée moderne n'avait rien à envier à la vieille institution autrichienne où séjournait la dépouille du guerrier celte. Ici, une succession de salles traitait, avec fraîcheur et tendresse, les coutumes et le mode de vie de l'humanité de cette région à travers les siècles. Des vêtements, des figurines, des tissus brodés, des livres, des monnaies, des armes, des cuivres étaient exposés, ainsi que de touchantes mises en scène de la vie quotidienne. Il parvint sans difficulté au cœur de la pièce où la momie était exposée, comme lui, dans une cage de verre, mais avec beaucoup moins d'apparats. Bien qu'extraordinairement conservée, elle n'était pas dans un état aussi remarquable que lui. On discernait pourtant, sans difficulté, la femme merveilleusement belle qu'elle avait été. Quelques touristes s'attardaient devant sa vitrine, mais sa notoriété n'égalait pas celle du Guerrier de Hallstatt, car ils étaient beaucoup moins nombreux à lui rendre visite. Le guerrier, hésitant, observait cette femme endormie depuis des millénaires dans de chaudes couvertures, le haut de sa tête entouré d'une élégante toque en laine. Soudain, un courant d'air, ou une vibration, ou peut-être des ondes poussèrent Cadwagwn à travers la paroi de glace et l'une de ses paillettes dorées effleura la main du corps allongé.

Il ressentit le même vertige que lorsqu'il avait touché le front de Maude. Des images très anciennes atteignirent son esprit : une structure fine de bois travaillé et peint sur laquelle reposaient des peaux tendues pour former un abri, des personnes agenouillées autour d'un corps à la respiration sifflante, un vieil homme aux yeux bridés, le visage triste, qui soulevait la tête de la moribonde pour la faire boire. Puis une autre image de la femme, le visage dissimulé par des étoffes, ses grands yeux à demi fermés, luttant pour marcher péniblement dans une tempête de sable. Une nouvelle scène suivit encore : la beauté de Loulan jeune et séduisante, vêtue d'une simple robe longue de tissu fin, flottant délicatement sur son corps gracile, jouait avec des enfants, au bord d'un ruisseau bordé de plantes longues et souples, d'un vert éclatant. Ils étaient heureux et insouciants. Le guerrier entendait leurs voix, sans comprendre leur langage. Il détaillait la femme, admirait ses pommettes marquées, ses cils longs et fournis, son teint doré, sa bouche sensuelle, son sourire éclatant, ses interminables cheveux noirs et lisses. Les enfants et la créature criaient et riaient à la fois, ils s'éclaboussaient les uns les autres, et l'eau projetée en l'air perlait en gouttes irisées de soleil... Cadwagwn s'arracha à ces visions.

Incapable de dialoguer avec cette femme, il pouvait voir sa vie, reconstituer son histoire, à la manière dont les humains d'aujourd'hui regardaient le cinéma. Il devait essayer encore, mais pas avec elle. Cette vie, bien antérieure à la sienne, soit trois mille huit cents ans avant son retour auprès de Maude, ne l'intéressait pas.

Il chercha « l'Homme de Cherchen », celui vêtu d'un tartan et pourvu de moustaches rousses. Il le trouva dans une autre salle. Comme la beauté de Loulan, l'homme de Cherchen connaissait un succès plus modeste que Cadwagwn, et le guerrier pensait que c'était une chance, car, ainsi, ils n'avaient pas à affronter une éternité inutile. Il effleura la main de l'individu et de nouvelles visions l'envahirent. L'homme avançait dans un désert plat de terre poudreuse et cailouteuse, il tirait un chameau, qui allongeait souplement et lentement ses longues pattes. Çà et là, des touffes d'herbes rases, dont les feuilles se terminaient en pointe, jaillissaient du sol, comme des houppes de cheveux drus. Son regard fixait un point, et peu à peu, il distingua nettement un lac derrière lequel des montagnes brunes aux sommets enneigés contrastaient sur un ciel limpide. Cadwagwn ressentit le soulagement de l'homme lorsqu'il vit des yourtes, petits points blancs au bord du rivage. Succéda une autre vision, antérieure à la première. L'homme n'avait pas de poils blancs. Sa chevelure et sa moustache cuivrées flamboyaient devant un feu de camp. Il était en compagnie d'autres individus, tous ivres, qui paraissaient fêter un triomphe. Puis il le vit dans une embarcation, luttant avec des compagnons contre la nature dangereusement déchaînée. Il le reconnut encore dans un pays dont le relief et la végétation lui rappelaient un peu le sien, boitant et ensanglanté, sur un champ de bataille, mais victorieux et heureux.

Cadwagwn se détacha de l'homme. Il avait remarqué les armes de ce guerrier, et il savait qu'il était plus ancien que lui. Cependant, ce voyage dans l'esprit de ces gens lui donnait un espoir. Peut-être parviendrait-il à trouver les restes d'êtres qui lui seraient contemporains. Il aurait alors l'impression de revenir un peu dans son propre passé. Une fois de plus, Maude, à moins que ce ne soit Enora, lui offrait une piste nouvelle, qui allait sûrement au-delà de ce qu'elle imaginait. Dès lors il se mit en quête de l'homme ou de la femme qui évoquerait pour lui un monde connu, renouvelant l'expérience avec toutes les momies présentes dans le musée, il comprit peu à peu le processus de ses intrusions. En les effleurant, le Cimbre pénétrait dans leur mémoire, et accédait aux souvenirs les plus marquants de leur existence. Il commençait par la fin de leur vie, et remontait ainsi d'une scène à l'autre, comme un saumon remonterait une rivière. Des images tragiques, drôles, poignantes, ou terrifiantes surgissaient et le ramenaient ainsi à l'enfance des êtres consultés. Cadwagwn allait rarement aussi loin, car la plupart d'entre eux délivraient des histoires qui ne retenaient pas son attention. Au terme d'une journée, il avait ainsi interrogé chaque momie exposée et aucune ne lui avait révélé quoi que ce soit.

Il se rendit au cimetière qäwrighul, là où les fouilles avaient permis aux archéologues chinois de découvrir un grand nombre de corps. Un endroit étrange, où des mats de bois, flanqués de rames rouges et noires semblaient indiquer une galère perdue, loin, dans les terres hostiles. À la base de ces poteaux étaient disposées des barques retournées, couvertes de peaux d'animaux, et, lovées à l'intérieur, les dépouilles très anciennes d'hommes ou de femmes reposaient pour l'éternité. Mais, comme à Hallstatt, il n'y avait plus de momies ici, les corps arrachés de l'endroit reposaient dans les musées. Une fois de plus, Cadwagwn découvrait de nouvelles croyances, de nouveaux rites, pour lesquels aucune explication n'était certaine. Il comprenait qu'il existait autant de croyances que de peuples et d'époques, et que chacune était le fruit de l'imagination illimitée de l'homme.

L'ami de Maude partit hanter les bordures du bassin du Tarim, au pied des montagnes. Il survola l'endroit durant des jours, mémorisant les reliefs de cette contrée, repérant la végétation, et l'avancée du désert. Il contempla les dunes immenses, les plaines argileuses, les sols de cailloutis. Il observa les prouesses de survie des animaux, et s'attacha parfois à suivre des oiseaux minuscules, vifs et hardis, de couleur blanche et sable, les yeux maquillés d'un trait noir, qui semblaient survivre de rien. À d'autres moments c'étaient les chèvres blanches aux longs poils, aux cornes torsadées, qui suscitaient son admiration, tout comme les chameaux endurants, et soumis, qui passaient parfois en longue caravane. Peu à peu, il comprenait l'endroit, devinait les anciennes zones fertiles, et la logique de ceux qui vivaient dans cette contrée depuis des siècles. Un jour, il identifia les traces d'une ancienne oasis. Ses paillettes se posèrent sur le sol, et furent lentement englouties dans le sable.

La stratégie de Cadwagwn fut vite récompensée. Là, à un mètre ou deux, à peine, sous la surface, des corps reposaient. Encore une fois, comme au musée, il en frôla un premier, puis un second, sa recherche dura des jours. Il désespérait tout à fait, errant parfois à la surface, parfois dans le sol de cette région, lorsqu'un jour il identifia un corps. Dès qu'il le toucha, il pénétra dans sa mémoire, et abasourdi, comprit que sa découverte dépassait ses espérances. Il se nommait Brieg, était un jeune guerrier de sa tribu ! Enfin, il était jeune quand Cadwagwn l'avait connu, car apparemment, à l'heure de sa mort, il avait atteint un âge certain. Pour le moment le Celte voulait juste savoir comment ce guerrier avait quitté leur village. Il remonta très vite les souvenirs se manifestant à lui, comme Maude, lorsqu'elle déroulait à toute vitesse les pages de son ordinateur. Et soudain, elle fut là, elle, Aranrhod, son épouse, affrontant l'ours. Il assista à tout. Par son corps dressé, elle dissimulait leur fils au regard de l'ours. Dans le même temps, elle hypnotisait l'animal avec des sons magiques. Il ressentit la stupéfaction de Brieg qui observait la scène. Puis, avec soulagement, il vit la capitulation de l'ours. Étonné, il découvrit Tadhg qui se précipitait pour soulever son épouse au moment où elle allait perdre connaissance. Brieg les rejoignait pour porter l'enfant sur ses épaules. Rempli de fierté, Cadwagwn perçut le triomphe de sa femme, accueillie sous les ovations, comme une guerrière émérite ou une divinité.

    Le revenant ne souhaitait pas en savoir plus, ses paillettes surgirent hors du sable. Il quitta l'endroit.

36

Juillet 2018

— Tu ne peux pas m'abandonner ainsi. Je devrais être reconnaissant, et je suis furieux contre toi ! Tu as utilisé de la magie pour me faire apparaître à tes yeux, puis tu m'as révélé qui tu es réellement. Ensuite, tu m'as envoyé à la rencontre des anciens, jusqu'à ce que je découvre mon fils et mon épouse dans la mémoire d'un guerrier. Je ne veux pas savoir comment ils sont arrivés là, je ne veux pas savoir ce qu'ils sont devenus, je veux retourner là-bas ! Si tu ne m'aides pas je vais tuer les deux archéologues autrichiens, je tuerai tous les archéologues et tous les gens qui les entourent, je détruirai tout ! J'ai l'éternité pour cela !

Maude, effarée, observait le guerrier, en pleine fureur. Il avait disparu durant des semaines, elle croyait ne plus le revoir, et il réapparaissait soudain, lui expliquant qu'il avait aperçu Aranrhod dans la mémoire d'une momie. Et même si cela n'avait que la valeur d'un rêve, au lieu d'en être heureux, il était déchaîné contre elle, qui, depuis le début, le secourait autant que possible.

— Vous êtes parti durant des jours et vous hurlez après moi, comme si j'étais responsable ! Je ne suis pas Dieu ! Il n'y a pas de dieu ! Vous êtes mort ! Je ne vous ai rien révélé, c'est vous qui imaginez que je suis Enora ! Et je ne vous ai envoyé nulle part, c'est vous qui m'avez suppliée de vous aider ! Où voulez-vous être renvoyé ? ! Peut-être qu'un jour saura-t-on si les fantômes existent. Peut-être saura-t-on entrer en contact avec les esprits, mais dans l'état actuel de nos connaissances, tout ceci n'est qu'un délire, et je suis une folle qui parle aux murs !

Il y eut un long silence, durant lequel Maude, rouge de colère, essayait de s'apaiser. Elle venait de hurler, et la pièce semblait soudain étrangement silencieuse. En même temps que la jeune femme retrouvait son calme, les rouages de son esprit scientifique continuaient à tourner. Elle passa la main dans ses cheveux pour dégager son visage, et poussa un long soupir.

— Ce que j'essaye de vous dire, c'est qu'il existe vraiment des choses que nous ne savons pas expliquer. Par exemple, ces gens qui ont des pouvoirs, à la manière des bouteurs de feux qui enlèvent les brûlures, ou les magnétiseurs qui soignent par l'imposition des mains. On ne peut pas le nier, mais on ne sait pas analyser le fonctionnement de leurs petits miracles. En vérité, rien, jamais, n'est magique. Tout, absolument tout, à une raison scientifique. Nous ne sommes simplement pas assez avancés pour donner un sens à cela. Peut-être avons-nous tous des pouvoirs, mais très peu d'entre nous savent les exprimer. Nous découvrons sans cesse de nouvelles propriétés chimiques, ou physiques. Je pense à cet « effet chorus » que des satellites ont enregistré dernièrement. C'est ce qu'on appelle poétiquement : « le chant de la Terre ». La raison est simple, lorsque certaines particules en provenance du soleil frappent le champ magnétique de notre planète, les ondes produisent des sons. Il y a deux cents ans personne ne se doutait d'une chose pareille, ni même ne l'imaginait... Ou alors parlons d'Uentos, votre dieu du vent, eh bien non, il n'y a rien de divin dans le vent ! Mais simplement une histoire de chaleur solaire, de rotation terrestre, et d'atmosphère, c'est-à-dire de gaz.

Maude se tut un instant. Elle retrouvait son attitude de professeur passionnée. Celle qu'elle était, lorsqu'au cœur de sa classe, elle souhaitait intéresser ses élèves à un sujet qui la captivait. Elle hocha la tête, avant de se lancer dans le développement de son idée.

— Vous me demandez de remonter le temps, et certains génies comme Hawkins ou Einstein ont déjà réfléchi à la question. Le temps n'a pas de début et pas de fin. Il faudrait déformer l'espace-temps pour obtenir une boucle qui permettrait de voyager dans le temps. Mais soyons sérieux, il n'y aurait probablement qu'un glissement temporel entre le voyageur et le point d'où il serait parti. Remonter le temps semble impossible, ou alors, cela suppose que le passé existe toujours. Hawkins pense, je le cite de mémoire : « que si les lois actuelles de la physique ne prouvent pas qu'un voyage dans le passé soit impossible, c'est que l'on n'a pas encore découvert la loi qui l'interdit. »

Des trous de ver, qui sont des raccourcis à travers l'espace-temps, pourraient être utilisés pour un voyage rétrograde, mais il faudrait une telle énergie, pour expédier à la vitesse de la lumière des particules si légères, que dans l'état actuel l'expérience est impossible.

Cadwagwn suivait les explications de Maude avec la plus grande concentration. Comme elle s'était interrompue, perdue dans ses réflexions, il rompit le silence.

— Je ne comprends pas ce que tu m'expliques, mais je sais que j'ai eu raison d'insister. Les savants ont travaillé sur cette question, ils ont découvert des choses qui permettent de remonter le temps, cela veut dire qu'ils ont tenté des expériences... Je veux que tu me dises où les trouver, où travaillent-ils ?

Maude afficha un petit sourire ironique.

— Il faudra remonter le temps pour rencontrer Einstein car il est mort, à moins qu'il fasse partie de vos fréquentations dans le monde de l'élite des fantômes. Hawkins, quant à lui, n'est pas au mieux de sa forme, vous ne le trouverez pas dans un laboratoire...

Le regard assassin de Cadwagwn ramena immédiatement Maude à plus de sérieux.

— Oui, des scientifiques travaillent sur ce type de question, dans un endroit à cheval sur la frontière franco-suisse, en partant de la commune de Meyrin, non loin Genève. Enfin, à cheval, je devrais dire sous la terre. Évidemment, il y a des bâtiments, mais ce qui est vraiment intéressant se passe dans des souterrains, plus exactement dans un souterrain de près de 28 km. C'est là qu'est installée une chaîne d'accélérateurs de particules. Car il faut plusieurs accélérateurs pour extraire l'électron de chaque atome, et éjecter les protons résultants vers la phase suivante, pour atteindre ainsi la vitesse de la lumière.

Le guerrier semblait pantois.

— Je ne comprends pas un traître mot de tes explications. « La vitesse de la lumière » ? Mais de quoi parles-tu, petite créature ?

— Non je ne peux pas vous expliquer ça, ni ce qu'est le boson de Higgs, ce serait trop long et trop compliqué. Ce que vous devez savoir, c'est qu'entre autres expériences, les scientifiques essayent de re-créer le « big bang », c'est-à-dire la création du monde.

Cadwagwn répéta :

— « La création du monde » ! Tu te moques de moi, parce que tu es savante, et que j'ignore tout !

— Mais pas du tout, c'est la vérité ! Nous ne sommes qu'au début des recherches, et il faut un matériel monstrueux pour arriver à propulser de la matière d'une légèreté inouïe.

Ils échangèrent un long regard, puis le guerrier demanda :

— Crois-tu que ma matière est assez légère ?

Maude fronça les sourcils :

— Mais, euh je… Je ne sais pas. Je ne sais pas de quoi vos paillettes sont faites… Et… Et puis… C'est quoi l'idée ? Non… Non… Vous ne voulez tout de même pas… Vous n'allez pas…

— Si petite femelle, tu vas me décrire précisément l'endroit dont tu viens de me parler, je peux m'infiltrer partout. Je vais aller dans ce tunnel, et m'infiltrer dans cette chose, l'accélérateur de particules.

— Mais, vous ne pouvez pas, c'est... C'est...

Cadwagwn se mit à rire.

— C'est dangereux ? Qu'est-ce que cela peut faire ? Je suis déjà mort !

— J'ignore de quoi se composent vos particules, mais vous allez peut-être tout détruire là-bas et je ne veux pas être complice d'un crime pareil !

— C'est la seule chose que tu redoutes ?

— Non, je ne sais pas comment j'avancerais si vous n'êtes plus là !

— Réfléchis un peu ; tu n'as plus besoin de moi. Tu es libérée de ta culpabilité, depuis que tu as la preuve de ne pas avoir tué ton compagnon. Il est temps que tu retournes parmi les tiens. Si tu ne m'aides pas, je ne viendrai, malgré tout, plus te voir. Je ne dois pas t'empêcher d'avancer.

Maude était désorientée, au bord des larmes. Le guerrier la rassura.

— Ne t'inquiète pas petite femelle, je ne vais pas t'ennuyer plus longtemps avec ce sujet. Tu raisonneras, comme tu sais le faire, et nous en rediscuterons une autre fois. Nous avons le temps. Parlons encore un peu tous les deux, comme nous aimons le faire, puis tu iras dormir, et demain, mes intentions ne te sembleront plus aussi tragiques.

37

Maude s'éveilla, et son regard se posa sur l'aérosol cabossé, là sur sa table de chevet. Chaque matin, l'objet offert à sa vue la rassurait. Non, elle n'était pas responsable de la mort de Nathan. Elle avait le droit d'être triste, et d'exiger qu'on respecte son chagrin, mais elle ne se courberait plus jamais sous le poids de la honte en évoquant la fin terrible de son compagnon.

La jeune femme s'étira en repensant à sa soirée avec le guerrier. Ils avaient discuté des croyances depuis la nuit des temps, et des grandes découvertes, qui ne cessaient de surprendre Cadwagwn. Elle avait fumé comme un pompier en se servant de larges rasades de whisky, et, un peu saoule, avait profité du moment où elle répondait à un SMS impératif de Mina pour le prendre sournoisement en photo avec son téléphone portable. Cadwagwn ne s'en souciait pas. Toujours avide de connaissance, il ne tarissait pas de questions.

D'après les calculs de la jeune femme, cela faisait exactement un an qu'il avait « pris conscience » dans la salle du musée, et presque autant qu'elle le connaissait. Leur différend de la veille lui revint à l'esprit. L'idée qu'il sorte de sa vie lui semblait inconcevable. Elle le percevait comme un ange gardien, un confident et un ami. Elle l'aimait bien. Elle l'aimait beaucoup. Elle l'aimait énormément ! C'était dérangeant...

Maude s'étira à nouveau et donna une caresse à Tortille qui ronronnait contre elle.

— Pousse-toi un peu Chatounet, tu m'empêches de me lever. Reste là. Je vais chercher le dossier du guerrier, et mon ordinateur et je reviens me mettre au lit avec toi et tout mon bazar.

Elle adorait lire dans son lit, et le samedi matin était un moment totalement autorisé pour ce genre de flemmardise.

La jeune femme fit coulisser la porte de l'armoire du bureau et ouvrit le classeur de fer dans lequel elle rangeait « le dossier du guerrier ». Rien. Il n'était pas là. Elle entreprit d'explorer tous les endroits possibles, mais ses recherches restèrent infructueuses. C'était incroyable ! Elle était soigneuse, méthodique, elle n'avait pas pu l'égarer ! Exaspérée, elle alluma son ordinateur. Aujourd'hui, elle souhaitait parcourir_tout ce qu'elle avait appris sur Cadwagwn. C'était frustrant de ne pas mettre la main sur le dossier. Peut-être qu'il était dans son vestiaire, au lycée, mais elle ne se souvenait pas l'avoir un jour emporté à son travail. Elle se rabattrait donc sur les articles traitant du sujet par Internet. Mais, là non plus, rien ! Aucun des sites qu'elle consultait habituellement ne traitait du sujet. En désespoir de cause, elle dirigea ses recherches sur le site du Musée de Vienne, et, surprise, là aussi, les pages n'évoquaient pas la pièce maîtresse de leurs expositions.

En proie à un immense doute, elle chercha la photo prise la veille sur son téléphone. Comme elle s'y attendait à présent, la dernière image saisie par l'appareil était ratée. Elle ne montrait qu'un écran noir, illuminé de quelques vagues lueurs correspondant aux endroits où la lumière bleue se réfléchissait sur les meubles blancs de la pièce. Aucune trace du guerrier.

Fébrile, elle composa le numéro de Lucas.

— Salut Lucas, excuse-moi de te déranger si tôt, mais j'ai une question à te poser.

— Vas-y, tu m'intrigues.

— Tu te souviens, l'année dernière, pour les vacances de la Toussaint, je suis montée à Paris, c'était pour voir quoi exactement ?

— Comment, tu as oublié ? Tu es malade ma parole !

— Oui, si tu veux. Allez dis-moi...

— Autant que je me souvienne, il y avait une expo sur le monde celte, et l'Autriche avait gracieusement prêté des vieux trucs en cuir trouvés dans les mines de sel de Hallstatt, et quelques bronzes, des urnes, et aussi divers cristaux découverts dans les montagnes là-bas... Des choses dans ce style, qui n'excitent que les timbrés dans ton genre...

— Et c'est tout ! Il n'y avait pas de momie ?

— Euh... Non, non, s'il y en avait eu, on en aurait parlé. Je me souviens que tu es revenue malade comme un chien, et pourtant ravie de ta balade, mais il n'a jamais été question de momie... T'es certaine que tu vas bien ?

— Oui, oui, ne t'inquiète pas, c'est juste que j'en ai vu une, une fois, mais je ne me rappelle plus où et quand, et ça m'énerve. C'était sûrement au cours d'un de ces voyages idiots avec mes parents, je leur demanderai. Excuse-moi de t'avoir embêté. Ciao.

— Y a pas de problème. À plus.

Abattue, Maude se laissa tomber sur son canapé. Elle était démente. Depuis un an elle s'était créé un personnage, un ami... Elle se leva lentement pour se préparer un thé dans la cuisine. En passant devant la porte ouverte de sa chambre elle vit l'aérosol. Ça aussi, alors, elle l'avait retrouvé toute seule ? Elle était vraiment dingue. À moins que... Elle se jeta sur son ordinateur. C'était impossible, tout était si vrai ! Il fallait qu'elle trouve une preuve, un petit signe, sinon... Fébrile, elle parcourut les sites d'actualité et plus précisément d'actualité scientifique, et là, elle repéra ce qu'elle cherchait désespérément, quelques mots qui prirent une signification particulière pour elle : *À 2 h 49 ce matin, au CERN, les accélérateurs de particules Linac-4 ainsi que le PS-Booster, ont présenté une activité anormale, qui a nécessité l'arrêt total des appareils. Par précaution, l'intégralité des installations sera vérifiée. Les contrôles devraient durer un mois. Ce regrettable incident fera prendre un peu de retard au programme d'expérimentations actuel, mais ne devrait pas le remettre en cause...* »

Voilà ! Écrit noir sur blanc ! Il avait osé ! Il l'avait fait ! Plus jamais elle ne le reverrait ! Avait-il réussi ? Elle ne saurait jamais. Peut-être était-il retourné au néant. Maude repensa soudain à la légende de Bran, si chère à Cadwagwn. Il avait tenté un retour dans son monde. Était-il, à présent, réduit en cendres, comme le compagnon de son héros ? Errait-il dans un au-delà, une autre dimension ? Ou avait-il réussi, avait-il changé la fin de son histoire ? Si plus aucune trace ne subsistait de son passage dans le XXIe siècle, c'est qu'il n'y était jamais venu que ce soit sous la forme d'une momie ou d'un esprit. Donc, il était parvenu à modifier quelque chose au cours du temps !

Peu à peu, son visage s'illumina d'un grand sourire. Que pouvait-on souhaiter à un ami, si ce n'est qu'il arrive au bout de ses rêves, de ses ambitions ?

Elle imprima le message concernant la panne des accélérateurs du CERN, entoura l'aérosol dans la feuille pliée, glissa un élastique sur le tout, et déposa le petit paquet au fond du tiroir de la table de chevet. Elle savait où elle en était, et n'avait plus besoin de vérifier ces preuves à chaque instant. Elles étaient là, c'était suffisant.

Elle revint s'asseoir dans le bureau, devant l'ordinateur posé sur la table. La photo sur laquelle elle posait avec Nathan la regardait. Pour la première fois depuis le drame, elle prit le cadre dans ses mains et observa. Elle se souvenait exactement où cette photo avait été prise. C'était en Haute-Loire, à leur arrivée au Puy-en-Velay. Cet été-là, avec des vélos équipés d'énormes sacoches, ils avaient passé des vacances merveilleuses. Partis d'Aix, ils avaient roulé jusqu'à la ville pieuse. Sur la route, ils avaient connu des joies et des souffrances, rencontré des gens étonnants, parfois aimables, parfois bourrus ; essuyé des orages, pique-niqué dans des prés, vécu une multitude d'anecdotes, partagé une complicité à toute épreuve. Ils s'étaient endormis chaque soir, fatigués, parfois dans des endroits insolites, et toujours en faisant doucement l'amour. Et ils s'étaient chaque fois réveillés, tendrement enlacés. Sous les encouragements de Nathan, elle avait réussi ce voyage, petit exploit sportif dont elle ne se croyait pas vraiment capable. Elle avait entrevu la nature d'un bonheur jamais éprouvé durant ses voyages avec ses parents. Pour la première fois, elle était actrice à part entière de l'aventure, et l'homme avec lequel elle la partageait était tout pour elle. Tout était là, rigoureusement et profondément inscrit dans sa tête. Il suffirait d'une image, d'un son, d'un parfum, d'une couleur, pour que tout surgisse à nouveau avec le même relief.

Nathan n'était plus là, mais ce qui avait été vécu l'était bel et bien. Si Cadwagwn avait réussi son retour en arrière, c'est que le passé continuait à exister, sinon… Sinon le guerrier n'était qu'un leurre inventé par son cerveau fatigué, sans importance à présent, car elle était guérie. Rien, à part, peut-être, la démence sénile, ne pourrait altérer ses souvenirs. Nathan était vivant dans son esprit, et jamais elle ne le perdrait. Ce qu'ils avaient partagé ensemble était inscrit en elle pour toujours. Elle comprenait que la seule richesse qui lui était propre, inaliénable, incomparable, et qui la différenciait de toute autre personne était son vécu, sa mémoire, ses souvenirs et leur capacité à la rendre forte. Alors oui, Maude considérait sa chance. Dorénavant, nul abominable remords ne hanterait sa mémoire. Il y avait un drame, qui la rendait toujours aussi inconsolable. Mais, ce bout de chemin avec Nathan la laissait riche d'instants vécus, extraordinaires, insolites, drôles, tendres. Une palette qu'elle avait eu l'enchantement de connaître parce que Nathan avait croisé sa route, et elle osait espérer lui avoir donné autant qu'elle avait reçu.

Maude prit une profonde inspiration. Elle allait changer la trajectoire de sa vie. Nathan pensait qu'elle devait reprendre ses études, qu'elle pouvait aller plus loin. Parfois, il la harcelait pour qu'elle franchisse le pas. Au fil des minutes, le grand vide qui avait envahi son esprit en comprenant l'acte du guerrier, commença à se remplir d'images et d'idées. Oui, à présent, elle le pouvait. Elle aurait le courage de mettre en œuvre ses ambitions : démissionner de l'enseignement. Reprendre ses études de physique à l'université et trouver un emploi dans la recherche. Où qu'il soit, il serait fier d'elle.

Elle remit l'ordinateur en route, édita un dossier d'inscription pour la faculté, il n'était pas trop tard pour cette année. Ensuite elle rédigea un courrier, une demande de mise en disposition de l'enseignement. Lorsqu'elle eut terminé et cacheté soigneusement ses courriers, elle prit une douche, se maquilla et s'habilla avec soin, retourna sur son écran pour lancer une invitation à ses amis, Laurent, Lucas, et tous les autres, ceux qu'elle fuyait depuis des mois.

38

688 av J.-C.

Cadwagwn s'éveilla avec une impression étrange. La fureur qui le rongeait depuis sa dernière rencontre avec Vaughn l'avait quitté. Il observa la pièce où il était allongé, il la connaissait par cœur. Cette hutte, il l'avait construite avec Tadhg, lorsqu'il avait souhaité vivre avec Enora. L'endroit lui parut soudain sommaire et très dépouillé, mais rassurant et confortable. Enora lui manquait toujours, il ne l'avait pas connue assez longtemps. Elle était drôle et savante des enseignements de son père adoptif, mystérieuse aussi, à cause de sa naissance au cœur d'un autre peuple. Il avait probablement rêvé d'elle cette nuit, car son image flottait de façon insistante dans sa tête, mais il ne se souvenait pourtant d'aucun songe précis.

Il posa la pointe de son menton sur le front d'Aranrhod, enlacée, nue, au creux de son bras. Il l'aimait aussi profondément qu'il avait aimé Enora. Et, en y réfléchissant bien, cette femme-là aussi s'auréolait de mystère. Sa mère, issue d'une tribu du grand nord, lui avait appris des magies dont elle était la seule héritière. Submergé par une vague d'amour et de désir, il contempla son beau visage. Sa main glissa doucement sur la peau douce de son épouse, effleurant les seins ronds, elle se posa sur le ventre tendre. Une onde de bonheur et de bien-être le submergea. Il le savait déjà. Il avait deviné. Bientôt Aranrhod lui parlerait. Ces derniers jours, elle semblait irradiée d'une lumière intérieure. Cette poitrine un peu tendue, et ce ventre si plat, au renflement presque imperceptible, Cadwagwn en connaissait la raison. Il attendait qu'elle parle, il lui abandonnait le plaisir de livrer son secret de femme, bien qu'il l'ait découvert ce matin. Aujourd'hui, il n'aurait su dire pourquoi, l'idée d'une vie à naître lui procurait une excitation particulière, plus intense qu'il ne l'aurait jamais imaginé. Elle représentait un renouveau, le rendait invincible et avide de nouveaux défis.

Ce sentiment étrange de sérénité, de certitude absolue, de bonheur aussi, perdurait. Il se sentait neuf, entreprenant, invincible. Soutenu par une sorte d'allégresse qu'il n'expliquait pas. Son état d'esprit le portait vers des envies de conquêtes.

Le corps de sa femme contre le sien, chaudement couvert de fourrures, dans un bien-être absolu, ses pensées s'éparpillèrent. La seule chose parvenant à troubler son allégresse prit le visage du druide. Il le verrait aujourd'hui même pour en finir une bonne fois pour toutes. Sa décision plairait sûrement à Aranrhod, car elle se sentait menacée par Vaughn. Le druide ne l'aimait pas, et encore moins depuis qu'elle était l'épouse de Cadwagwn. Sachant qu'elle pratiquait en secret des potions et des rites inconnus, il se montrait vite suspicieux. Elle avait peur de lui.

Le guerrier se dégagea doucement de l'étreinte de sa femme. Cette dernière se replia sur elle-même, la tête dans le creux de son bras. Il glissa hors de leur couche, revêtit ses braies et sortit. Inspirant lentement, il gonfla ses poumons d'air hivernal presque vitrifié, puis relâcha son souffle par petites bouffées, l'impression était prodigieusement agréable. Quelques poignées de neige frottées sur son visage et son torse suffirent à le réveiller tout à fait. De retour à l'intérieur, il revêtit sa tunique de laine et une cape de fourrure.

Une impression particulière perdurait, comme si, à chaque geste, les sensations étaient décuplées. La douceur lisse de la chair de sa femme sous sa paume dure, l'odeur de paille et de fourrage de leur couche, le poids des peaux de bêtes sur leurs membres, les fibres de son corps, rétractées par le contact glacial de la neige, la rugosité de l'étoffe de sa chemise... C'était comme s'il retrouvait soudain ses sens, après en avoir été longtemps privé.

Cette fois, il quitta sa hutte pour se rendre à l'écurie. Aidé par la blancheur de la neige, le soleil commençait à dissoudre lentement l'obscurité. Tadhg était là. Son chien, un molosse gris couché devant le bâtiment, émit un grondement étouffé à l'approche de Cadwagwn. Son frère leva la tête et l'observa, interrogateur.

— Salut à toi, Tadhg.

— Salut à toi Cadwagwn.

— Y a-t-il quelque chose de particulier, pour que tu viennes si tôt chercher Yuzkar ?

— Oui, je viens le chercher, ainsi que la monture de notre père. Je vais la lui mener, et l'accompagner dans sa ronde matinale.

— Notre père est déjà venu. Il ne dort plus beaucoup mais il ne baisse pas la garde. Tu n'es pas sans savoir qu'il aime inspecter le village et ses abords très tôt le matin, au cas où il y aurait des secrets à découvrir. Et de toi à moi, ça lui permet aussi de dissimuler ses faiblesses de vieillard, à moins que ce ne soit le souvenir de vieilles blessures. Ainsi, personne n'assiste au combat qu'il livre chaque matin pour monter sur le dos de son cheval. Mais toi, que complotes-tu ?

— Rien. Je n'ai rien à te cacher. Je vais même te dire de quoi je souhaite l'entretenir. Il s'agit de l'expédition qu'Herbod envisage pour ce printemps vers l'est. Je souhaite y participer avec Aranrhod et notre fils. Je veux les soustraire au druide. Il ne permettra jamais que je te confie Hartmod pour le fosterage, et je le crois très dangereux. Mais jamais notre père ne nous autorisera à partir tous les deux. Alors avant de m'entretenir avec lui, je veux savoir si tu as l'intention de te porter volontaire.

Tadhg eut un large sourire, en posant la main sur l'épaule de son frère.

— Il y a des jours que tu évites tout le monde et que j'attendais le moment de te parler. Je ferai partie de cette campagne, parce que notre père m'en a donné le commandement. En tant qu'aîné, il m'a chargé de te le dire.

Cadwagwn s'était pétrifié, comme si on l'avait frappé par surprise. Aucun filet d'air chaud ne s'échappait de sa bouche pour produire de la buée dans l'air du petit matin. Il s'était tout bonnement arrêté de respirer. Un flot bouillonnant s'agitait en lui. Tadhg lut la révolte dans les yeux de son cadet. Il décida de ne pas prolonger son trouble.

— Vois-tu, Vaughn et Detlef sont de plus en plus durs à contrôler c'est un fait. Mais tu te trompes en ce qui concerne notre père : Il connaît leur hostilité à ton égard comme à celui de ta femme et de ton fils. Son idée est de vous faire partir définitivement, et qu'avec les autres membres de l'expédition vous fondiez une colonie. Seuls quelques guerriers, et moi-même, reviendrons au village pour raconter ce que nous avons découvert et donner des indications sur votre situation. Les druides seront débarrassés de vous sans coup d'éclat qui pourrait retourner l'opinion contre eux. Ils espéreront probablement que tu meures avec ta famille avant même d'y parvenir. Mais, moi je sais. Tu es un guerrier robuste et émérite, ta présence est un gage de succès pour cette aventure. Tu vas y arriver ! Ensuite, le temps fera son œuvre… Tu reviendras plus tard, si tu le désires…

Cadwagwn observa son frère, un instant incrédule, puis un souffle de vapeur sortit enfin de sa bouche, suivi d'un rire de soulagement. Tadhg qui s'était interrompu pour discuter reprit son travail, éparpillant du foin à même le sol, sous l'œil approbateur d'une demi-douzaine de chevaux bruns.

— Tu sais, je suis vraiment heureux que tu sois venu. Vaughn est averti, il a donné son consentement, hier. La seule chose qu'il souhaite c'est que tu ailles toi-même annoncer la nouvelle au druide ambisonte…

Cadwagwn fit une grimace.

— Je suppose qu'ils vont conjuguer leurs efforts, invoquer les dieux et la magie pour lancer des obstacles sur notre route…

Cadwagwn haussa les épaules.

— La volonté d'un guerrier déterminé est plus puissante que celle des dieux…

L'aîné haussa les sourcils.

— Que t'arrive-t-il ? Je ne t'ai jamais entendu prononcer des paroles aussi peu respectueuses envers les dieux.

— Ce n'est pas un manque de déférence. Je respecte et j'honore nos dieux, mais le premier pas vers la réussite, c'est l'homme qui le fait. Je ne me laisserai pas impressionner comme un enfant. Notre troupe sera constituée de guerriers forts et rusés et non de lâches. Aranrhod pratique des magies inconnues de nos druides, nous gagnerons ce défi !

— Je suis vraiment satisfait que nous ayons parlé ce matin. J'avais peur que tu fasses quelque chose de stupide.

— Tu as raison ! Hier, en me couchant j'avais l'intention de rendre visite au druide ambisonte. Ce matin, pour le faire céder. J'étais furieux. Et s'il n'avait pas changé d'avis, je ne sais pas de quoi j'aurais été capable.

— D'une bêtise, c'est certain. Mais, je continue à me méfier de tes réactions impétueuses. Je finis ici et je te rejoins.

Cadwagwn avait déjà passé la bride à Yuzkar et jeté une fourrure sur les reins de la bête. D'un saut alerte, il fut sur son dos. Il talonna les flancs du cheval en adressant un signe de la main à Tadhg sans même le regarder. En quelques instants il fut hors de vue de son frère.

Épilogue

Les cieux ressemblent à des brassées de laines. Gris, épais, ils ne laissent filtrer aucun rayon de soleil. Çà et là quelques légers flocons s'échappent. Un épervier quitte le refuge de la forêt, s'envole haut dans le ciel, tournoie en un cercle parfait, puis, comme s'il n'y avait rien à espérer en ce lieu, se dirige plus loin, en direction des cimes montagneuses.

Une hermine écoute le coup régulier de sabots étouffé par la neige. Au lieu de se réfugier dans son abri, elle s'entête à observer, le museau tourné dans la direction d'où vient le bruit.

Soudain, surgit un cavalier.

C'est un guerrier qui ressemble à un géant. Une cape en peau de loup couvre son dos, ses longs cheveux blonds voltigent dans l'air glacial, et l'harmonie qui l'unit à sa monture, à cet instant, lui donne la grâce d'un dieu.

Devant eux s'offre la surface pétrifiée du lac gelé, recouvert d'un voile blanc. Ils abordent la pente conduisant à la rive. Parvenu sur la grève, le cheval cabre légèrement et s'ébroue pour marquer son refus.

Son maître tapote l'encolure de l'animal et prononce quelques paroles d'un ton rassurant. Il effleure du regard l'immensité vierge, et semble réfléchir un long moment, comme s'il se perdait dans ses réflexions et regardait en lui au lieu de scruter l'horizon.

Puis, il sort de sa rêverie et avise un sentier, plus haut, qui longe la rive.

— Allons Yuzkar, ne t'inquiète pas. Mes pensées n'ont jamais été aussi claires. Je ne vais pas te demander de couper par le lac. En d'autres temps, la colère et l'emportement m'auraient dicté un comportement stupide. Mais, vois-tu, la nuit m'a porté conseil. À moins que ce ne soient les dieux… Je sens qu'ils sont avec moi, aujourd'hui. Il est plus agréable de vaincre la volonté des druides par la patience et la ruse, plutôt que par la force.

L'homme tire légèrement sur la bride du cheval, pour qu'il remonte le raidillon et emprunte, au pas, le sentier contournant la glace.

Au moment où ils parviennent au sommet, il entend crier son nom. Il se retourne et voit son frère qui le rejoint à vive allure sur son destrier sombre. Il attend que Tadhg soit parvenu à son niveau. Silencieux, ils échangent un sourire et repartent lentement sur le chemin poudreux de cristaux brillants, appréciant l'instant partagé, et la saveur d'une vie à venir dans une complicité de frères et de guerriers.

LISTE DES PRINCIPAUX PERSONNAGES ANTIQUES

Aranrhod : deuxième épouse de Cadwagwn et mère de Hartmod

Cadwagwn : le guerrier défunt

Deltef : druide du clan Ambisonte

Enora : première épouse de Cadwagwn

Hartmod : fils de Cadwagwn et de Aranrhod

Herbod : chef de la tribu cimbre, père de Cadwagwn et de Tadhg

Nialls : chef des Ambisontes

Peadar : chef d'une tribu cimbre qui participe à l'exode

Tadhg : le frère du guerrier défunt

Vaughn : druide du clan cimbre

Yuzkar : cheval de Cadwagwn

Pour la cohésion du roman, j'ai privilégié les origines européennes, voire celtes, du peuple des momies. En réalité, même si certains archéologues caressent cette hypothèse, les autres privilégient celle du peuple des Tokhariens.

Le peuple tokharien aujourd'hui disparu présentait certaines ressemblances avec les peuples européens, ce qui peut malgré tout laisser place à certaines interrogations. Il semble toutefois qu'il s'agisse d'élucubration un peu fantaisiste, mais il est à peu près certain que cette population a absorbé plusieurs flots migratoires. Je me suis donc autorisée à imaginer que des Celtes auraient pu, pourquoi pas, aboutir à cet endroit.

Je souhaite adresser des remerciements à :

Cécile pour le temps consacré avec gentillesse et bonne humeur à la relecture de mon manuscrit.

Albert Langlois, mon oncle sculpteur. C'est avec fierté que j'ai choisi une de tes œuvres pour illustrer la couverture du livre. De plus, c'est en l'observant que j'ai eu l'idée de raconter la légende de Bran.

Alain, en mécène, tu m'as offert la possibilité de finaliser mon projet.

Tous ceux de m'ont entourée. Vous avez consacré du temps et de la patience en relecture, en conseils et en encouragements.

Enfin, je remercie les auteurs des divers sites internet consultés pour construire cette histoire.